여전히 가족은 어렵습니다만

2021년 2월 5일 초판 1쇄 발행. 박은빈이 지었으며, 도서출판 샨티에서 박정은이 펴냅니다. 편집은 이홍용이, 표지 및 본문 디자인은 김경아가 하였으며, 이강혜가 마케팅을 합니다. 인쇄 및 제본은 상지사에서 하였습니다. 출판사 등록일 및 등록번호는 2003. 2. 11. 제25100-2017-000092호이고, 주소는 서울시 은평구 은평로 3길 34-2, 전화는 (02) 3143-6360, 팩스는 (02) 6455-6367, 이메일은 shantibooks@naver.com입니다. 이 책의 ISBN은 979-11-88244-62-1 03810이고, 정가는 16,000원입니다.

여전히
가족은
어렵습니다만

차례

4 내가 좋아하는 걸 너도 좋아하게 된 여행

5 다시 겨울, 그리고 집

1년간의 가족 여행, 그것은 '가족 속으로' 떠난 여행이었다

6년이 흘렀다. 19살 고등학생인 여동생이 학교를 자퇴하고, 53살 목사인 엄마가 교회를 그만두고, 55살 농부인 아빠는 이웃에게 밭을 맡기고, 26살의 나 역시 하던 일을 그만두고 온 가족이 함께 유럽으로 떠났던 그날이 벌써 6년 전이다.

1년 동안 유럽의 여러 생태 공동체, 영성 공동체, 그리고 유기농 농사를 짓는 농장 들을 함께 돌아다녔던 가족 여행, 뜻 깊고 아름답고 때론 함께 박장대소하며 즐거워하기도 했지만 역시 가족과, 그것도 1년씩이나 일하면서 여행한다는 건 쉬운 일이 아니었다. 웃으면서 하는 여행은 딱 보름까지였다. 시간이 지날수록 우리는 서로에게 예민해졌고, 눈물을 보이거나 힘들어 하는 순간들이 많아졌다. 그렇다고 도망칠 수도 없는, '가족 여행'이었다.

살면서 가끔 그런 생각을 했다. '가족은 왜 있는 걸까?' 어른이 되어도 나에게 가족은 여전히 어려운 사람들이었다. 지금 받고 있는 사랑보다 늘 더 많은 사랑을 달라고 바라게 되는 존재들이었다. 가족 여행을 하는 1년 동안 나는 자연스레 더 자주 가족에 대해 질문하게 되었다.

그런데 재미있는 건 가족에 대한 질문이 점점 나에 대한 질문으로 바뀌어갔다는 점이다. 나는 왜 자꾸 가족에게 알 수 없는 짜증이 이는지,

나는 가족에게 구체적으로 무얼 기대하는지 스스로에게 물어봐야 했다. 적어도 가족에게 나에 대해 설명하기 위해서라도 나는 나의 감정과 상황을 잘 알아차리고 이해할 필요가 있었다. 하지만 가족은 내가 아니기 때문에 내가 무얼 바라는지 말해주지 않으면 알 수 없다는 사실을 나는 자꾸만 잊어버리곤 했다.

이 여행기는 6년에 걸쳐 네 번이나 다시 쓰는 과정을 거쳤다. 여행기의 초고와 네 번째 원고의 차이만큼이나 나의 마음과 생각, 삶을 대하는 태도는 달라져 있었다. 초고가 1년간 돌아다녔던 다양한 공동체와 농장에 초점이 맞춰져 있었다면, 마지막 원고는 이 여행을 통해 발견한 '나' 자신과 새롭게 이해하게 된 '가족'으로 초점이 옮겨가 있다.

실은 네 번째 원고를 다시 쓰기로 마음먹었을 때 나에겐 적잖은 용기가 필요했다. 여행하는 동안 내가 왜 그렇게 가족들에게 '못되게 굴었는지' 글에 담아내기가 결코 쉽지 않았다. 태어나서 지금까지 긴 시간 동안 나의 인생사와 가족사가 켜켜이 쌓이고 얽히면서 만들어진 가족에 대한 나의 마음을 나 자신도 정리하기가 어려웠다.

하지만 나는 할 수 있는 만큼 최선을 다해 솔직하게 내 마음의 여정을 적어 내려갔다. 나는 오로지 나를 알아가고 그 과정에서 찾아오는 모든 것들을 수용하겠다는 마음으로 글을 다시 써 내려갔다. '나는 그때 어떤 마음이었을까?' '지금도 나는 똑같은 마음인가?' 질문하면서, 나는 이미 끝난 우리의 여행을 처음으로 돌아가 다시 하고 또 다시 했다. 어떤 대목은 몇 번이고 신나는 마음으로 다시 여행하였고, 어떤 대목은 떠올리는 것만으로도 온몸이 단단하게 굳어져 마주보는 것 자체를 자꾸만 미루기도 했다.

어느 날 문득 그런 생각이 들었다. '여전히 풀리지 않는 나의 감정들과 반복되는 갈등들을 내가 대충 타협하지 않고 끝까지 직시하고 물어볼 수 있는 건 어쩌면 이 책 작업 덕분이겠구나.' 아마도 나는 일찌감치 예상하고 있었던 것 같다. 나에게 가족들과 함께한 1년간의 여행과 그 여행 이야기를 책으로 담는 모든 과정이 곧 나를 사랑하는 여정이 되어줄 거란 사실을.

6년 전 이 여행을 떠날 즈음 생태적인 삶을 꿈꾸며 시골에서 살지 않으면 안 될 것처럼 굴던 나는, 어느새 도시든 시골이든 어디에서 지내든 내가 있는 자리를 사랑하는 사람이 되었다. 미래의 꿈을 실현하기 위해서라면 아무리 어려운 상황도 견뎌내야 한다고 생각하던 나는, 이제 그보다 더 중요한 것을 우선으로 하게 되었다. 지금 내가 정말로 행복한지, 함께하는 사람들이 행복한지 묻고 살피는 것이 더 중요해졌다. 예전에는 이루고 싶은 꿈에 너무 몰두한 나머지 그 이외의 것들에 지나칠 정도로 무심했다면, 지금은 미래의 꿈보다는 삶이 내게 준 '현재'라는 선물을 더 깊게 음미하고 탐구하고 싶다는 생각이 마음의 중심에 자리하게 되었다.

여행할 당시 썼던 일기장을 오랜만에 다시 펼쳐보았다. 그때 내가 일기장 제목을 "사랑과 정직"이라고 써놓은 걸 보며 피식 웃음이 났다. 여행 전과 후로 나에게는 많은 변화가 있었지만 그 토대에는 한결같이 '사랑'이 자리하고 있었구나…… 나를 포함한 모든 존재들을 있는 그대로 사랑하고 싶고, 그러기 위해 내게 다가오는 것들을 정직한 마음으로 마주하고 싶은 것은 그때나 지금이나 똑같았다.

가족들과 함께한, 조금은 낯설고 어려웠던 여행은 나를 사랑하게 된 여행이 되었고, 사랑하는 법을 배우게 된 나는 저 바깥의 누군가에게 사랑을 구하려 찾아 헤매는 일이 조금씩 줄어들었다. 끝까지 곁에서 나의 모습을 거울처럼 되비쳐준 가족 덕분에 나는 아주 가까이에 있는 사랑을 발견하고, 그 사랑을 품고 가꾸는 연습을 하게 되었다. 그리고 그럴

수록 나는 나에게, 가족에게, 또 다른 누구에게 제법 더 푸근한 사람이 되어가고 있다.

그것은 또 여행길에서 만난 친구들, 수많은 풍경 속에서 함께 생활했던 인연들, 그리고 나의 여행기가 한 권의 책으로 엮이기까지 긴 시간 기다리고 응원해 준 샨티출판사 식구들 덕분이기도 하다. 얼마 전 세상을 떠난 우리 할머니에게도 사랑 담은 고마움을 전하고 싶다.

가족은 마치 여행지의 한 이름 같기도 하다. 이 책은 유럽의 여러 공동체와 농장을 1년 동안 여행하는 한 가족의 이야기이지만, '가족'이라는 여행지로 떠난 여행의 기록이기도 하다. 우리 가족의, 그리고 나의 이 용감하고도 멋진 여행은 우리가 나이 들어가는 삶의 여정에서 언제고 다시 펼쳐볼 수 있는 선물이 될 것이다. 이미 저마다의 여정 위에 있을 세상의 다른 모든 가족들에게도 이 책이 작으나마 용기를 불어넣어 줄 수 있다면 참 좋겠다.

2021년 1월,

마음 따스한 겨울날

박은빈

1

우리, 정말 떠날 수 있을까?

"지금이 아니면 평생 한이 될 것 같아."
되도록이면 기한을 정하지 않은 긴 여행을 하고 싶다는
엄마의 바람으로 시작된 우리의 여행 계획.
그러나 떠나기 전 각자 정리해야 할 것들이 너무 많았다.

엄마의
오래된 꿈

큰방 벽에 기대어 자리를 잡고 앉은 엄마, 그리고 그 옆에 찰떡처럼 꼭 붙어 앉은 동생. 묵직한 기류 속에서 모두 아빠가 들어오기만을 조용히 기다렸다. 도대체 무슨 일이기에 한 달 전부터 할 말이 있으니 강원도 집에 모이라고 한 건지, 전화로는 말할 수 없고 가족들 다 모이면 알려주겠다고 한 엄마의 입에서 무슨 말이 나올지 불안하기까지 했다.

해질 무렵이 되어서야 밭일을 마치고 들어온 아빠는 떨떠름한 표정으로 애꿎은 창문만 바라봤다. 오랜만에 한 가족이 둘러앉았다.

"다들 알다시피 얼마 전에 내가 지역아동센터 일을 그만두게 되었잖아. 자연스럽게 시간이 생기더라고. 조용히 기도도 하고, 그러면서 오롯이 내가 하고 싶은 것은 무엇일까 생각해 봤어."

마침내 입을 연 엄마는 느리지만 정확한 말투로 이야기를 시작했다.

18년 전 아빠가 귀농을 하면서 엄마는 교회에서는 목사로, 지역아동센터에서는 센터장으로 일하며 억척같이 가족의 생계를 책임져 왔다.

"정말 딱 하나, 하고 싶은 게 분명하게 떠오르더라. 여행을 하고 싶어. 가능한 한 오랫동안."

다음 말도 잊지 않았다.

"지금이 아니면 평생 한이 될 것 같아."

하루 이틀 만에 툭하고 나올 수 있는 말이 아니었다.

두 딸을 키우는 엄마, 두 여동생을 둔 맏언니, 연로한 부모님을 보살피는 딸, 남편 몫까지 일을 해내는 아내, 원장님, 목사님…… 송경자라는

아빠의 손길로 만들어진 우리 집 창.
나는 자주 창 밖 풍경을 멍하니 바라보곤 했다.

사람에게 붙은 수식어들이 어느덧 유수처럼 흘러가 버린 세월을 그녀가 어떻게 살아왔는지 말해주고 있었다. 어느새 머리가 희끗희끗해진 우리 엄마, 나이가 벌써 쉰셋이다.

“어떻게 보면 내가 무리하며 살았나봐. 그동안 힘들게 살았구나 하는 회한도 들고…… 전후좌우 상황을 고려한 게 아니라 기도하던 중에 여행을 하자는 답이 나왔어. 그걸 실제로 실현하고 싶어. 나 그동안 정말 열심히 살았으니 여행할 자격 있다, 내가 나에게 선물을 주고 싶다 하는 그런 마음인 것 같아. 되도록이면 기한을 정하지 않고 여행하고 싶어.”

엄마의 말이 끝나자마자 예상치 못하게 수빈이가 훌쩍이기 시작했다.

“나도 가고 싶어. 나 고3 되면 입시 준비해야 하잖아. 생각만 해도 싫어. 막막해…… 엄마가 여행이란 말을 하는 순간부터 막 눈물이 나는데, 왜 이러는지 나도 잘 모르겠어. 나 여행 갈래. 내가 정말 꿈꾸던 거란 말이야.”

눈물 콧물 범벅이 되어 쏟아내는 수빈이 말에 우리는 아무도 말을 잇지 못했다. 엄마가 잠시 후 나에게 생각을 물었다.

“수빈이랑 둘이서는 어려울 것 같고, 은빈이까지 셋이라면 같이 여행할 수 있을 거 같아. 은빈이 너도 여행할 생각이 있니?”

“가면 갈 수는 있는데……”

이 얼떨떨한 상황에서 나는 자꾸 아빠의 눈치가 살펴졌다.

나는 그렇게 셋이서라면 가고 싶지 않았다.

“아빠는 엄마가 한 이야기…… 미리 들었어?”

“아니, 지금 처음 들어.”

아빠는 왼손으로 까끌까끌한 턱수염을 만지더니 한참 동안 방바닥만 쳐다보았다.

"수빈이 너는 정말로 여행 가고 싶니?"

아빠가 낮게 내리깐 목소리로 동생에게 물었다.

"응."

한 치의 망설임 없는 동생의 대답에 아빠는 무언가를 골똘히 생각에 잠기는 듯했다. 귀농 후 20년 가까운 세월 동안 한 번도 밭을 떠나본 적 없는 아빠가 짙게 한숨을 내쉬었다.

"일단 여행을 가고 싶어 하는 경자의 마음, 전적으로 존중해. 꼭 여행을 떠났으면 좋겠어. 여행은 셋이 가. 나는 별로 가고 싶지 않아."

예상했던 대답이 돌멩이처럼 데구루루.

"나도 안 가, 그럼."

반사적으로 튀어나온 내 말에 나도 놀랐다.

"난 아빠가 가면 가. 아니면 안 가."

내가 듣기에도 굉장히 단호한 말투였다. 그 말과 동시에 나는 고개를 떨군 채 급기야 눈물을 터뜨리고 말았다.

"아빠가 또 혼자 떨어져 지내는 거 싫어. 난 우리 가족 또 떨어져 사는 거 싫어."

열두 살
은빈이

열두 살이었던 나는 늘 혼자였다. 아빠 혼자 강원도 산골짜기로 귀농하면서 나랑 동생과 엄마는 서울 근교에 따로 집을 구해 살았다. 학교 갔다 돌아온 집은 늘 비어 있었고, 창문에 반사된 붉은 노을만이 집 안 어귀를 물들이고 있었다.

엄마는 평일에는 지역아동센터 일로, 주말에는 교회 일로 바빴다. 그나마 여유가 생기면 유치원에서 돌아온 동생 수빈이를 챙기는 데 손이 갔다. 나는 문제집을 풀어놓으라는 엄마 말을 듣지 않고 집에 들어서면 곧장 텔레비전을 켜고 과자를 까먹었다. 그러다 엄마가 일 마치고 돌아올 시간이 가까워지면 책상에 앉아 열심히 공부하는 척했다.

우리는 아빠가 없는 단출하고도 허전한 일상에 서둘러 적응했다. 할머니는 강원도에서 아빠와 같이 지내시다 가끔 답답해지면 우리 집에 오셨고, 심심한 한낮을 보내다가 내가 학교에서 돌아오면 늘 아빠 이야기를 하며 푸념을 늘어놓으셨다.

"얘, 은빈아. 아빠한테 농사 그만 지으라고 해. 내 말은 절대 안 들어. 너는 딸이니까 네가 말하면 들을 거야."

"왜요?"

"왜긴? 안 그래도 멸치같이 말랐는데 그 고생 해가지고 얼마 돈도 못 벌고…… 왜 멀쩡한 교직원 자리를 그만두었는지 참. 에휴, 속상해."

"할머니도 그렇고, 고모들도 왜 아빠 시골 간 걸 그렇게 싫어해요?"

"담배를 그렇게 피워대니 몸이 성하나? 농사가 얼마나 힘든데 그 몸으로 어떻게 농사를 지어? 혼자서 시골구석에서 살고 있는 것 보면 불쌍해 죽겠어……"

할머니는 종종 아빠에게 하지 못하는 말들을 내게 하셨다. 두 분 사이가 썩 좋지 않다는 걸 어릴 적부터 한 집에서 살며 봐왔기에, 나는 아들을 걱정하면서도 그 앞에서 한마디도 못하는 할머니가 늘 측은하게 느껴졌다.

"그래도 할머니, 아빠는 하고 싶은 걸 하려고 시골에 간 거잖아요? 걱정하지 마세요. 저번에 아빠랑 전화했는데 아빠 잘 지낸다고 했어요."

어린 나는 할머니의 걱정을 덜어드리고 싶어 겉으로는 씩씩하게 말했지만, 속으로는 아빠가 회사를 다니는 평범한 직장인이었으면, 옛날처럼 한 집에서 함께 살았으면 하고 바랐다.

방학이 되면 나는 수빈이와 같이 아빠 집에 가서 일주일 정도 시간을 보내곤 했다. 겨울날 두 볼이 발갛게 언 것도 모른 채 눈 쌓인 언덕배기에서 눈썰매를 타며 신나게 놀았고, 여름에는 깊은 산골짜기 계곡에서 시원하게 물놀이를 했다. 그러다 집으로 돌아오는 날이 되어 고속버스에 올라타면 창밖에 서서 나와 수빈이에게 손을 흔드는 아빠에게 인사하기가 너무 힘들었다. 커튼 뒤에 숨어 토끼 똥 같은 눈물을 떨어뜨리며 아빠 혼자 두고 떠나 슬프다는 말을 속으로 웅얼거리곤 했다. 아빠를 걱정하던 할머니 얼굴도 떠올랐다. 어린 내 눈에 창밖에 홀로 서 있는 아빠가 왜 그리도 외로워 보였는지 모르겠다.

주위 사람들이 아빠 어디 계시냐고 물어보는 게 싫었다. 어린애가 어디서 배웠는지 아빠 없는 집은 사람들이 얕잡아본다는 생각에 아빠가 집에 있다고 거짓말을 하기도 했다. 나는 정말로 아빠 없는 아이처럼 마음이 자꾸 움츠러졌다.

나는 우리 가족이 떨어져 살아서 슬프다는 말을 누구에게도 하지 못했다. 아빠랑 함께 살자고 떼를 쓰지도 않았다. 떼를 쓰기는커녕, 일하느라 바쁜 엄마가 힘들지는 않은지 늘 살피곤 했다. 한편으로는 엄마가 시골을 싫어해서 아빠랑 떨어져 살게 된 거라며 엄마를 원망하기도 했지만, 열심히 일하는 엄마에게 마음의 짐을 지우고 싶지는 않았다.

그런데 또 아빠를 혼자 두겠다니! 나와 수빈이, 엄마 이렇게 셋이라면 여행할 수 있겠다는 엄마가 괘씸하기까지 했다. 엄마가 이대로 영영 아빠를 떠나버릴지 모른다는 불안감도 들었다. 나는 아빠를 혼자 두어서는 안 된다는 생각에 완전히 사로잡혔다.

"아빠 안 가면 나도 절대 안 가! 내가 얼마나……"

나는 울면서도 스스로 주체할 수 없는 내 감정에 당황스러웠다. 스물여섯, 대학을 졸업하고 어엿한 성인이 된 나는 오랜 시간이 지나고 나서야 열두 살 은빈이가 다 흘리지 못했던 눈물을 뒤늦게 쏟아내고 있었다.

농사냐,
여행이냐?

나무들이 흙빛 낙엽을 벗어 내리는 늦가을, 나는 다시 일상으로, 아름다운 밭과 사랑하는 동료들이 있는 농장으로 돌아왔다.

나는 대학을 졸업하고 오랜 꿈을 실현하고 싶어 한걸음에 이곳 농장으로 달려왔다. 충남에 있는 이 농장은 단순히 농사만 짓는 일반 농장과는 달랐다. 농사의 아름다움과 잊혀져가는 '농적農的 감수성'을 교육으로 전달하는 농장이었다. 트랙터로 길을 낸 일자 밭에 한 가지 작물을 대량으로 생산해 내는 전업농과 달리, 곡선으로 된 다양한 모양의 이랑에 수십 종의 채소와 꽃, 허브, 과실수를 키웠다. 아기자기한 정원과도 같은 밭에서 나는 농장 전담 디자이너가 되어 밭의 구획을 나누고 어디에 어떤 작물을 심을지 계획을 짰다. 작물들 간의 궁합과 높낮이, 색깔, 모양, 재배 시기와 활용도에 따라 심고 가꾸는 그 일은 행복하다 못해 경이롭기까지 했다. 절반은 사무실에서 교육 기획 등 사무 일을 보고 절반은 밭에서 일하는 농장 생활이 나에게는 마치 천직처럼 느껴졌다.

고구마도 캐고 금빛 논의 벼도 추수하는 등 빠르게 돌아가는 농장 일에 가족의 여행 이야기는 금세 잊혔다. 아주 가끔 그 후로 어떻게 이야기가 모아지고 있을지 궁금하기도 했지만, 늦가을이 다 가도록 아빠가 변심했다는 소식은 들리지 않았다. 그렇게 여행 이야기는 유야무야되는 줄 알았다. 그날의 전화를 받기 전까지는.

지이이이잉, 지이이이잉~

핸드폰 진동 소리가 그날따라 요란하게 울렸다.

전화를 받고 나서 나는 손에 들고 있던 낫이 무색하게 잠시 멍한 상태로 서 있었다. 밭 한가운데 붙박인 듯 서서 나는 여러 해 머물러온 농장의 풍경들을 마치 처음 보는 사람처럼 한 바퀴 빙 둘러보았다. 품에 한가득 배추를 안아 수레로 나르는 농장 식구들, 파란 가을 하늘, 그리고 해진 내 작업복 바지에 물든 흙물……

오후 다섯시쯤이나 되었을까? 에메랄드 색 플라타너스 이파리들이 노을빛을 받으며 바람에 춤을 췄다. 그 모습을 보고 있으면 나는 늘 마음이 차분해졌다. 나는 그렇게 노을빛에 물든 밭에 있기를 좋아했다.

'아빠가 가면 나도 간다고 했었지……'

나는 당장 내일 이곳을 떠나기라도 할 사람처럼 시무룩해졌다가도 아빠가 함께 여행을 가기로 했다는 사실이 믿기지 않아 헛웃음이 나기

오래된 작업 모자에 앞치마,
그리고 빨간 장화 차림으로
농장에서 일하고 있는 내 모습.

도 했다. 목사가 교회를 그만두고, 고등학생이 학교를 그만두고, 그리고 농부인 아빠와 나도 밭을 떠난다니……

그렇지만 막상 농장을 떠나려니 발이 떨어지지가 않았다. 왠지 이대로 떠나면 다시 돌아오기 어려울 것 같은 느낌에 휩싸였다. 어서 집에 와서 여행 준비하자는 엄마에게 그래도 한 해 농사는 마무리하고 가야지 않겠느냐며 시간을 벌었다. 누구보다도 서로 의지하며 여러 해 동고동락해 오던 농장 식구들에게 소식을 전하기가 고민스러웠다.

농장은 그동안 애써서 만들고 다듬어온 토대 위로 규모를 더 확장해 협동조합을 만드는 일로 바빴다. 함께하는 식구들도 늘어나 이제야말로 진짜 우리가 꿈꾸던 이상을 마음껏 펼쳐볼 수 있는 시기가 온 것 같았다. 밭 옆 둔덕으로 아직 다 지지 않고 피어 있는 메리골드가 마치 가지 말라며 나를 붙잡는 듯했다. 내년에 틔우려고 모아놓은 이런저런 씨앗들, 볏짚을 덮어놓은 밭이랑, 사랑스러운 암탉들도 내가 없으면 안 된다며 나를 붙잡는 것 같았다.

가족에게는 여행을 가겠다고 했지만 지금 이 시기에 농장을 떠나는 게 과연 맞는 선택일지 망설여졌다. 거기에 이후 어떻게 펼쳐질지 모르는 나의 미래에 대한 불안도 슬그머니 내 마음 한쪽을 붙잡고 있었다.

우리, 정말 떠날 수 있을까?

여행 전 우리는 모든 걸 정리해야 했다. 각자 하던 일을 정리하는 데는

고3을 앞둔 수빈이가 가장 간단했다. 자퇴서만 내면 됐으니까. 농부 아빠는 일찌감치 팔릴 줄 알았던 감자가 하필이면 풍년기근으로 3톤 넘게 저장고에서 썩어가고 있어서 무조건 내다팔아야 했고, 밭도 1년 내내 놀릴 수 없으니 대신 농사지을 분을 수소문해야 했다. 그러나 농약 치는 걸 당연히 여기는 마을 어르신들 사이에서 유기농으로 농사지을 분을 찾기는 쉽지 않았다.

정작 문제는 여행을 가고 싶다고 맨 먼저 말했던 엄마였다. 교회는 어렵지 않게 그만둘 수 있었지만, 아픈 외할머니를 걱정하던 형제들의 만류와 오래지 않아 결국 세상을 떠난 외할머니의 장례로 여행은 기약 없이 미뤄지게 되었다. 장례 후에도 엄마는 마음으로 외할머니를 보내드리기 위해 한동안 조용한 나날을 보냈고, 그 후에도 홀로 계시는 외할아버지가 걱정되어 전보다 더 자주 외가댁을 오갔다. 나는 그런 엄마가 마음에 쓰였다.

“은빈아, 우리 형편에 장기간 가족 여행을 한다는 게 현실적으로 가능한 일일까? 아무래도 어려울 거 같아, 그렇지?”

어느 날 엄마가 힘없는 목소리로 물었다. 외할머니가 돌아가신 것도 그렇지만, 여행 경비나 여행 후의 먹고사는 문제 같은 현실적인 것들을 생각할수록 점점 여행의 꿈으로부터 멀어지는 듯했다. 지금 아니면 평생 한이 될 거라고 힘 있게 말하던 엄마의 그 목소리를 되찾아주고 싶었다.

“무슨 소리야? 당연히 가능하지!”

엄마 말대로 우리가 하려는 여행은 4박 5일 정도로 짧게 갔다 오는 것이 아니라 장장 1년에 걸친 장기 여행이기에 그 기간 동안 아무 일을 하지 않고도 여행할 수 있을 만큼 경제적으로 뒷받침이 되어야 가능한 일이었다. 솔직히 소농小農인 아빠가 무슨 돈을 벌고, 교회의 교육목사인 엄마가 번다면 얼마나 벌겠는가? 게다가 대학 학자금 대출 상환중이던 나는 내 앞가림하는 것만도 빠듯했다. 하지만 그런 현실에 주눅 들어 이제 와서 여행이 가능할지 묻는 엄마에게 나는 질문을 바꾸어 되물었다.

"엄마는 어떤 여행을 하고 싶은데?"

여행을 가고 싶다면 돈이 얼마나 들지보다 자신이 원하는 여행이 무엇인지부터 그려보는 게 우선일 테니까. 나는 마치 최면이라도 걸듯 엄마에게 자신이 진정으로 원하는 여행이 무엇인지 자문해 보라고 한 번 더 물었다.

"음…… 난 어떤 여행이든 크게 상관없어. 새로운 나라와 문화, 사람들만 볼 수 있으면 돼. 전 세계를 다녀도 좋겠지만, 유럽은 꼭 가보고 싶어."

엄마의 대답이 끝나자마자 나는 나머지 식구들에게도 똑같이 질문을 했다.

"박수빈, 넌?"

"나? 나는 그냥 떠나기만 하면 돼."

"아빠는?"

"난 하는 수 없이 가는 거야. 의견 없어."

양손을 부딪치며 나온 내 박수 소리가 명랑하게 울려 퍼졌다.

"그럼 딱이네! 하고 싶은 게 없다는 건 뭐든 할 수 있다는 거잖아."

돈이 넉넉하지 않으면 여행에 제약이 따를 수밖에 없다는 우리 사회의 통념을 무시할 수는 없지만, 그렇다고 그것을 자신이 원하는 여행을 하지 못할 이유로 삼을 필요도 없었다. 세상이 하는 이야기들은 단지 우리의 선택에 필요한 자료와 지침 정도로만 활용하면 되고, 우리가 원하는 현실은 우리가 스스로 만들어가면 된다.

"우리, 유럽의 시골 농장이랑 공동체를 돌아다니자!"

농장이나 공동체를 돌아다니는 여행이라면 우리처럼 잘 어울리는 가족도 세상에 몇 없을 거란 생각이 들었다. 나의 제안에 엄마는 잠시 생각하는 듯하더니 굳어 있던 얼굴이 슬그머니 펴졌다. 그렇게 하면 정말 꿈으로만 꾸던 가족 여행을 할 수 있겠다는 어떤 가능성을 발견하기라도 한 것처럼.

"생태 공동체 같은 곳들은 한번 가보고 싶기는 했지."

의견 없다던 아빠가 먼저 슬쩍 한마디 던졌다.

"공동체라면 영성 공동체들도 갈 수 있는 거야?"

누가 목사 아니랄까봐 엄마는 목사다운 관심부터 보였다. 조금 전만 해도 기운 없이 축 처져 있던 엄마의 눈빛이 지금 당장 비행기를 타고 어디론가 떠나는 사람처럼 초롱초롱해졌다.

"당연하지! 유럽에 공동체들이 얼마나 많은데. 게다가 우리가 일을 도와주면 숙식도 제공해 줘."

"그럼 농장에 가서 농사짓는 거야? 그게 무슨 여행이야!"

내 말을 듣던 동생은 불편한 티를 팍 냈다.

"에이, 농사만 짓는다고 생각하면 안 돼. 이런 여행이야말로 현지인들하고 같이 살며 경험하는 진짜 여행이지! 그 나라 문화도 배우고, 친구도 사귀고, 현지인만 아는 숨은 여행지도 다닐 수 있어. 호스트들이 직접 가이드도 해주고. 그런 경험은 돈 주고도 못한다!"

5년 전에 혼자 우프WWOOF(유기농가와 자원 봉사자를 연결하는 세계적인 네트워크)를 통해 호주에 다녀온 경험이 있고 주위에 생태·영성 공동체를 다녀온 지인들도 있어 나는 자신 있게 그렇게 제안했다.

"너무 좋다! 규대 씨랑 은빈이 농사짓지, 다들 공동체 좋아하지, 우리랑 정말 잘 어울리는 여행인 거 같아!"

엄마랑 아빠는 벌써 마음의 결정을 한 눈치였다. 동생은 미간에 주름이 여전했지만……

"나, 런던에서 뮤지컬 꼭 봐야 한단 말이야."

"아이고, 걱정 마세요. 틈틈이 관광도 할 거야~"

한 순간에 한낮처럼 생기가 되살아난 엄마의 목소리가 무엇보다 기분 좋게 들렸다.

경자의
러브 레터

엄마는 마치 꼬깃꼬깃한 세뱃돈을 흔들며 문방구 안을 두리번대는 어린아이처럼 신난 얼굴로 컴퓨터 화면을 계속 두리번거렸다. 구글번역기로 유럽 전역에 수백 개도 넘게 있는 농장과 생태·영성 공동체 들을 살피며 여행지를 물색하는 중이었다. 가족마다 입맛이 제각각이라 아래의 조건들을 충족하는 동시에 호스트의 상황과도 맞아야 하니, 장소 선정은 생각보다 까다로웠다.

규대: 흡연 가능

경자: 영성 공동체, 기독교, 청결, 개별 숙소

은빈: 농장, 텃밭 정원edible garden, 퍼머컬처permaculture(영속 농업), 오프그리드off-grid(필요한 최소한의 전기를 직접 생산해 사용하는 생활 방식)

수빈: 맛있는 거 많이많이

지구 건너편 유럽에서 답장이 오면 엄마는 점심상 차리는 일도 밀쳐놓고 이메일을 몇 번이나 읽고 또 읽었다. 네 사람이 한꺼번에 같이 지낼 공간이 없어 미안하다는 내용의 답신이어도 여행을 떠난다는 실감을 불러일으키기에 충분했다. 엄마는 그 옛날 아빠에게 보낸 러브 레터를 쓰듯 정성스레 답장을 썼다.

"수빈아! 이리 와봐!"

엄마가 호출할 때마다 수빈이는 귀찮다며 입을 삐죽거렸다. 수빈이는 엄마가 한글로 편지를 써주면 사전을 뒤져가며 영어로 옮겨주고 서둘러 자리를 떠났다. 구글번역기로 해석이 불가능한 부분이나 각종 영작은 언어 담당인 수빈이 몫이었다.

호스트와 운 좋게 타이밍이 맞아떨어진 곳들은 중요 행선지로 지도에 표시되었다. 엄마가 여행의 큰 얼개를 짜면 세부적인 교통편과 숙소는 내가, 관광지와 맛집은 수빈이가 찾았다.

영국, 프랑스, 독일, 스위스. 이탈리아, 그리스, 터키…… 지도 여기저기에 우리가 갈 곳을 표시했지만 런던의 빅벤(런던의 명소로 국회의사당 북쪽에 있는 시계탑)이나 파리의 루브르박물관은 여행 목록에 없었다. 그 대신 시골 마을의 주소와 사람 이름 들이 목록에 빽빽이 채워져갔다.

"은빈아! 이리 와봐!"

이번엔 엄마가 나를 호출했다.

겨울을 맞은 우리 집 앞마당의 불두화.
그해 겨울 우리는 긴 여행을 떠나며
집안 살림살이들을 모두 하얀 천으로 덮어두었다.

"얘, 이것 중에서 뭐가 제일 예뻐?"

뜬금없이 크리스마스 카드를 여러 장 보여주는 엄마.

"이건 왜?"

"곧 크리스마스니까 사람들한테 주려고."

"누구?"

"누구긴? 우리가 앞으로 만나게 될 호스트들이지."

샘과 브리짓, 데이빗, 니콜라…… 엄마는 이미 그 이름들을 오랜 친구 이름 부르듯 불렀다.

미루고 미루던 작별 인사

이 여행은 우리 가족에게도 크나큰 이벤트였지만 주위 사람들에게도 대단한 사건이었다. 많은 사람들이 우리의 여행을 위해 도움을 주었다. 특히 친척들은 그동안 못 팔고 있던 아빠의 감자들을 두 팔 걷어붙이고 팔아주기에 나섰다. 지인의 지인들까지 홍보에 가세한 지 며칠, 첫째이모가 엄마에게 전화해 환호성을 질렀다.

"언니! 기적이야!"

기적적으로 수백 건의 주문이 밀려들어 온 것이다. 3톤도 넘는 감자들이 갈 곳을 찾다니! 택배 상자에 담긴 감자들도 두둥실 어깨춤을 추는 것 같았다.

아빠 밭도 절친한 이웃이 맡아주기로 했다. 이웃 아저씨는 유기농으로 농사지으며 잘 지키고 있을 테니 마음 놓고 다녀오라며 아빠를 격려해 주셨다.

엄마 교회의 교인들은 한 명 한 명 손 글씨로 쓴 편지와 함께 그동안 고마웠다는 마음을 담아 엄마에게 한 아름 선물 다발을 건넸다. 정 많은 권사님들은 "송 목사님 못 봐서 어떡하냐?"며 먼 길에 몸 상하지 말고 건강하게 다녀오라며 눈물을 훔치셨다고 한다.

수빈이 친구들은 여행 떠나는 수빈이가 부럽다고 난리였고, 오십대 중반의 부모님 지인들은 "어쩜 다 그만두고 떠날 수 있느냐?"며 대단하다, 잘했다는 박수를 보냈다고 한다.

"너희들 하고 싶은 걸 젊을 때 하는 게 참 부럽고 좋구나. 잘 다녀와라. 다녀와서 이야기도 많이 들려주고."

그중에서도 가장 기억에 남은 것은 인생 후반부를 지나고 계시는 작은외할아버지가 엄마와 아빠에게 해주셨던 말씀이다.

사람들은 마치 자신이 떠나기라도 하는 듯 저마다 우리 여행이 어떤 의미를 지니는지 얘기했고, 개중에는 잊고 있던 오래전 꿈을 기억해 내고 우리의 선택에서 용기를 얻었다고 말하는 사람도 있었다.

나도 농장 식구들과 미루고 미루던 작별 인사를 했다. 걱정했던 것과 달리 아무도 울지 않았다. 농장 식구들과 나는 마치 다음날 만날 사람들처럼 웃으며 헤어졌다. 그들은 무엇보다 내가 가족들과 다시 함께하게 된 걸 축하해 주었다. 속 깊은 이야기를 나눌 때면 나한테서 느껴지던 아빠의 빈자리도 이번 기회에 꼭 채우고 오라며, 그러고 나면 더 자유로운 사람이 될 거라고 응원도 아끼지 않았다.

"네가 어른이 되는 과정에서 꼭 거쳐야 할 관문을 지나겠구나."

농장을 떠나는 날, 나는 친구들과 가꾸던 정든 밭을
쉽사리 떠나지 못하고 구석구석 발자국을 남겼다.

나는 나이만 많은 '어른이'들 세상에서 꼭 멋진 어른이 되고 싶다는 말을 자주 했는데, 그런 나를 잘 알고 있는 한 친구가 어깨를 토닥이며 들려준 말이었다.

26살의 이륙

겨울밤의 차가운 기운이 남아 있는 이른 새벽, 우리는 집을 나섰다.

'놓고 가는 짐은 없겠지? 히드로 공항(영국 런던에 있는 국제 공항) 입국 심사가 까다롭다던데 통과를 못하면 어떻게 하지? 아, 그러고 보니 삼각대를 잊었네!'

어슴푸레한 새벽하늘 아래로 거대한 구름이 빠른 속도로 흘러갔다. 그와 함께 이런저런 걱정들로 내 마음속 파도는 점점 거세게 일기 시작했다. 비행기가 추락하는 괴상망측한 상상도 해보고, 나 없이 친구들끼리 일하고 있는 농장의 풍경을 차창 밖에 그려보기도 하고, 그러다 불현듯 가족들과 함께 낯선 공동체와 농장을 다니기로 한 게 잘한 일인지 걱정이 되기도 했다.

매일 정해진 시간 동안 일을 하고 숙식을 제공받는 방식이 엄마에게 고되면 어쩌지? 돈만 넉넉하다면 굳이 이렇게 여행하지 않아도 되는데…… 농사에 전혀 관심 없는 수빈이가 과연 일을 거들며 지내는 게 가능할까? 잠시 일주일 바람 쐬러 다녀오는 것도 아니고 온 가족이 네 계절을 이런 식으로 떠돌아다닌다니……

나도 모르게 숨이 가빠졌다. 벌써부터 안정된 일상으로 돌아가고 싶은 본능이 꿈틀거리는 것 같았다. 공항까지 버스를 타고 가는 내내 아주 중요한 무언가를 빠뜨린 것 같은 기분에 나는 가방 속 여권과 비상금 주머니를 몇 번이고 확인했다. '거사'는 시작되었고, 이제 돌이킬 수 없었다. 장차 어떤 일들이 우리를 맞을지 한 치 앞도 알 수 없다는 불안감이 인천공항에 도착하기까지 내 가슴을 옥죄였다.

그렇게 해일처럼 밀려들던 생각들은 런던행 비행기가 이륙하고 나서야 간신히 잦아들고, 나는 비로소 숨을 돌릴 수 있었다. 아빠는 신혼여행 때 제주도행 비행기를 타본 게 전부인, 그러니까 생애 첫 해외 여행이었다. 장시간 비행이 낯선지 아빠는 아까 읽었던 신문을 다시 집어 들었다. 엄마는 의자에서 흘러내리듯 귀여운 자태로 앉아서 코를 골며 잤다. 수빈이는 자기가 여주인공이라도 되는 양 부끄럼 띤 얼굴로 로맨스 드라마를 처음부터 끝까지 정주행했다.

내 옆에 앉은 이 사람들을 바라보자니 다시금 1년치 여행 배낭보다 무거운 생각들이 어깨에 내려앉았다. 함께 산 시간만큼이나 떨어져 지낸 시간이 많은 나와 가족들, 같이 여행하면서 그 공백을 어떻게 마주하게 될지 조금은 두려웠다. 정확히 말하자면 이 여행을 통해 나에게 찾아올 변화가 두려웠다. 공중을 나는 비행기 엔진 소음만큼이나 나의 마음도 소란스러웠다.

모두가 잠든 시간, 나는 자그마한 간이탁자 위에 노트를 꺼내놓고 떠오르는 생각들을 암호 같은 필기체로 휘갈겨 적었다. 나는 내게 찾아온 생각들을 피하지 않고 깊이 들여다보기로 했다. 검열하지 않고 떠오르는 대로 모두 써 내려갔다.

묵직하게 내려앉은 생각의 침전물이 더 이상 무겁게 느껴지지 않을 즈음, 마음 깊은 곳에서부터 우르르 눈물이 올라왔다. 그리고 마침내 가느다란 조명등으로 밝힌 노트 위에 마침표를 찍었다.

내가 여행에 임하는 자세

1. 바닥에 엎드려 절하는 자세로 걷기. 삶이 내게 어떤 시간을 선물하든지 티베트 승려들이 오체투지를 하듯 땅을 바라보며 기꺼이 걸음하기
2. 내가 어떤 생각과 마음을 갖든 문제삼지 않고 그대로 인정하기
3. 설령 내게서 심한 욕설이나 폭력적인 마음이 일지라도 온전히 마음으로 허용하고 경험하기

처음부터 의도한 것은 아니었지만, 적고 보니 여행에 임하는 굳은 다짐이 되었다. 이 여행이 스물여섯 살 나의 내면과 외면 모두를 뒤흔들 거라는 걸 직감적으로 알고 있었던 것 같다. 나는 나에게 아무리 힘들고 아픈 순간이라도 지혜롭게 맞이할 힘이 있다고 말해주고 싶었다.

실컷 눈물 콧물을 쏟아내고 나니 눈앞에 보이는 피사체들이 마치 도수가 잘 맞는 새 안경을 쓰고 보는 것처럼 달리 보였다. 가족이라는 이름의 사람들도 전과는 다르게 보였다. 나의 불안한 마음이나 판단과 오해로 덧씌운 지난날의 모습들이 벗겨지자, 아무것도 덧씌워지지 않은 순수한 모습 그대로 가족이 내 옆에 앉아 있었다. "모든 것은 항상 그 자체로 온전하다"는 말이 나도 모르게 떠올랐다.

2

사고 다발 구간, 가족과 안전거리를 유지하세요

"볼 일 없으면 나가줘."
여행 전부터 염려했던 대로 나만의 안전 지대는
시간이 지나면서 가족들에게 무방비로 노출되었고,
나는 가족들의 사소한 행동과 말투, 표정 하나에도 예민해져 갔다.

첫 도착지,
브루더호프

무지막지하게 큰 배낭을 메고 런던 한복판을 한 줄로 걷는 동양인 가족. 거리의 사람들이 다들 그 모습을 보고 웃거나 놀라는 듯했다. 맨 앞에서 길잡이 역할을 맡은 내가 가끔 뒤를 돌아봐도 웃음이 났다. 암탉 뒤를 졸졸 쫓아오는 병아리들처럼 배낭 네 개가 차례로 씰룩씰룩…… 이틀간 런던에 머물며 숨 고르기를 한 우리는 첫 번째 호스트를 만나러 배낭을 짊어 메고 그렇게 다시 길을 나섰다.

나는 처음 와본 영국임에도 현지 가이드처럼 숙소에서 기차역까지 정확하게 길을 안내했다. 아빠는 따라오기만 하는 게 못내 불안했는지 손에서 지도를 놓지 않고 기차 시간을 확인하곤 했으나, 나의 철저한 준비성 덕분에 우리는 한 치 오차 없이 제 시간에 기차에 탑승할 수 있었다.

대도시를 지나자 널따란 들판이 펼쳐지고 기차 안의 따뜻한 기운이 이른 아침부터 긴장했던 우리를 금세 노곤하게 했다. 동생은 자리에 앉자마자 바로 곯아떨어졌다. 뒷자리에 앉은 엄마도 어느새 숙면중. 나는 행여나 내려야 할 곳을 놓칠세라 졸린 눈을 끔뻑끔뻑거리면서 기차가 설 때마다 화들짝 놀라며 밖을 살폈다.

"방금 톤브리지Tonbridge 역이었어."

아빠도 나처럼 걱정이 되었나 보다. 런던 행 비행기에서부터 며칠째 제대로 잠을 못 잔 아빠의 눈꺼풀이 몹시 무거워 보였다.

"내가 볼게. 아빠는 좀 자."

아빠는 못 들은 척 고개를 휙 돌렸다. 괜찮다는 말을 꼭 그렇게 했다.

마침내 로버트브리지Robertsbridge 역에 내렸다. 봄기운 섞인 시골 공기가 마음을 편안하게 했다. 그러나 곧 우리를 마중 나온 젊은 부부의 복장이 심상치 않다는 걸 알아차렸다. 특히 여자가 머리에 쓴 하얀 민무늬 두건은 마치 백 년 전 샘터에 물 길으러 나온 아낙네의 모습을 떠올리게 했다.

"저는 제롬이라고 해요. 여기는 제 아내 칼멘이에요. 반가워요."

아빠보다도 훨씬 키가 큰 젊은 부부가 길을 안내하겠다며 저벅저벅 앞으로 걸어 나갔다. 낯선 외국인을 따라 초행길을 걷는데 나는 마치 잠에서 덜 깬 사람처럼 얼떨떨한 기분이었다. 높은 언덕을 넘어가자 우리의 첫 번째 목적지인 브루더호프Bruderhof 공동체가 한눈에 들어왔다. 몇백 년은 됨직한 측백나무들 사이로 빨간 벽돌집들이 반듯한 모습으로 우리를 기다리고 있었다.

집집마다 주홍빛 등불이 켜진 초저녁, 300여 명의 공동체 식구들이 한데 모여 식사를 했다. 그 많은 사람들이 은은한 촛불과 작은 꽃병이 놓인 식탁 앞에 앉아 식사하는 모습이 마치 영화 〈해리 포터〉의 한 장면을 연상시켰다. 꼬마부터 노인들까지 그 자리의 모든 사람이 우리가 자리에 앉을 때까지 환영의 인사를 건넸다. 그렇게 많은 사람들에게 환대를 받아보기는 처음이라 어색하고 부끄러웠는지 내 두 볼이 움찔움찔거렸다. 과분한 첫 신고식이었다.

어쩌다 우리가 여기서……

이른 새벽부터 베이컨 굽는 냄새와 아이들이 우당탕탕 뛰어다니는 소리에 번쩍 눈이 떠졌다. 잠시 주위를 둘러보며 내가 지금 있는 곳이 어디인지 되짚어보았다. 때마침 알람이 울렸다. 수빈이는 알람 소리에도 아랑곳하지 않고 계속 잠을 자 결국 녀석이 맞춰놓은 알람을 내가 껐다. 손으로 열두 번을 흔들어야 꺼지는 고약한 알람이었다.

"야, 박수빈, 일어나. 여기 우리 집 아냐, 브루더호프야."

커튼을 양 갈래로 젖히자 멀리 짙은 창포 빛 하늘에서 새벽 별이 빛나고 있었다.

브루더호프는 엄마가 꼭 오고 싶어 한 공동체였다. 1920년대 독일에서 시작되어 지금까지도 초기 기독교 정신 그대로 모든 것을 공동으로 소유하고 나누며 단순하고 소박하게 살아가는 영성 공동체였다. 우리가 온 곳은 세계 각지에 있는 브루더호프 중에서도 영국 남동부에 위치한 다벨Darvell이었다.

아침 식사 후 멀리서 종소리가 들려오면 아이들은 부모님 손을 잡고, 혹은 동생과 사이좋게 나무 수레를 타고 공동체 안의 자그마한 학교로 등교했다. 그러고 나면 어른들은 각자 맡은 일을 하러 일터로 향했다.

엄마는 칼멘을 따라 빨래 팀에서 일하게 되었다. 통역을 돕기 위해 나도 잠깐 두 사람을 따라갔다. 세탁실 문을 여니 맞은편 넓은 창으로 아침 햇살이 쏟아져 들어오고, 한쪽에서는 할머니들이 마른 빨래를 가족별로 구분해서 개켜놓고 있었다.

청결을 중요시하는 엄마는 브루더호프에 도착하자마자 세탁기부터 찾았으나 끝내 찾지 못했는데, 이곳에서 그 많은 사람들의 빨래를 한꺼번에 하고 있을 줄이야! 빨래 개면서 주고받는 할머니들의 정다운 이야기 소리에 데굴데굴 돌아가는 드럼통 소리가 잔잔하게 묻혔다. 엄마도 마치 이곳에서 오랫동안 생활해 온 사람처럼 자연스럽게 할머니들 옆에 앉아 빨래를 고르게 펴 접기 시작했다.

"옷들이 아주 오래되었어! 낡은낡은한 것들이 참 많아. 근데 어쩜 그렇게 반듯하고 정갈하게 나이 들었는지! 구멍 난 곳은 기워서 또 입고 그러나봐. 옷들 하나하나에 정성이 가득 묻어 있어."

쉬는 시간에 만난 엄마가 기분 좋은 얼굴로 내게 말했다.

"검소하다는 말로는 부족해. 옷이 사랑받았다는 게 느껴지더라니까."

엄마는 마치 빨래 하나로 여행에서 풀고 싶었던 원을 다 풀기라도 한 사람 같았다.

아빠는 제롬을 따라 공장에서 나무 장난감을 포장하는 일을 했다. 브루더호프는 세계 어느 곳에 있든 친환경 공법으로 아동용 원목 가구와 장난감을 제조하는 것으로 유명하다. 그리고 남녀노소 관계없이 공동체에 필요한 일들은 모두가 나누어서 한다는 이야기를 들었는데, 실제로 공장 곳곳에서 노래를 흥얼거리며 일하고 계시는 할머니 할아버지들을 보니 참 좋았다. 그런 분위기 때문일까, 공장 안은 더 밝고 차분한 느낌이 들었다.

엄마와 나, 수빈이는 각기 다른 일을 하다 늦은 오후가 되면 아빠가 일하는 공장으로 건너가 아빠가 하는 일을 함께했다. 한쪽에서 장난감 부품을 조립하는 엄마와 동생, 그리고 박스를 가득 실은 수레를 끌고 가

제롬과 칼멘이 따뜻하게 차려준 아침 식사. 우리가 찾은 첫 번째 공동체가 브루더호프여서 참 다행이었다.

는 아빠…… 어쩌다 이 사람들이 여기서 이런 일을 하고 있나 싶어 웃음이 났다. 노랗거나 허연 머리칼을 한 사람들 사이에서 검은 머리 셋이 움직이는 모습을 보니 이전에 없던 동지애가 새삼 피어올랐다.

하루에 두 번 있는 티타임. 오후 햇살에 데워진 따뜻한 의자에 앉아 진한 홍차에 우유 조금, 설탕 두 스푼을 넣고 휘저은 밀크티를 한 모금 홀짝이자 곧 온몸이 나른해졌다. 지금도 일주일에 최소 한 번은 꼭 마셔줘야 하는 나의 밀크티 사랑은 이때부터 시작되었다.

그런데 티타임이 끝나고도 이상하게 수빈이가 보이지 않았다. 다시 일 시작을 알리는 종이 울려도 나타나지 않았다. 혹시나 싶어 찾아보니 아니나 다를까 녀석은 쉬는 시간을 틈타 방으로 도망을 쳤다.

"만날 학교에만 앉아 있어서 그런가, 여기 일이 너무 힘들어……"

침대에 누워 이불을 뒤집어쓰고 있던 수빈이가 인기척을 느꼈는지 마치 잠꼬대라도 하듯 말했다. 하긴 365일 책상 앞에만 앉아 있던 고등학생이 하루 종일 몸을 움직여 일을 하려니 힘들 만도 했다.

"쉬는 건 상관없는데, 쉬려면 제롬한테 말하고 쉬어. 어서 일어나."

나는 이곳의 규칙을 지키는 것이 중요하다는 생각에 수빈이 이불을 걷어 젖혔다.

"아~ 좀! 더 잘래!"

"다 같이 생활하는 곳에서 최소한 기본적인 것은 지켜야지. 일어나. 벌써 15분 지났어."

동생은 한참이 지나서야 공장 안으로 터덜터덜 누렇게 질린 얼굴을 한 채 걸어 들어왔다.

"엄마는 힘 안 들어?"

수빈이의 힘없는 목소리가 마치 자기 편이 되어달라고 애원하는 듯 들렸다.

"힘들지는 않아. 근데 같은 부품을 계속 반복해서 조립하려니까 좀 졸리고 지루하긴 하네."

수십 년간 집안 살림에 교회 살림만 꾸려온 엄마였으니 이런 일이 낯설긴 할 터였다.

"근데 있지, 저 할머니들 좀 봐봐. 배울 점이 정말 많은 거 같아. 이 일을 평생 해왔을 텐데 어쩜 저렇게 즐겁게 일하실 수가 있지?"

한국말을 알아들을 리 없는 할머니 한 분이 때마침 우리를 향해 빙그레 웃어 보였다. 엄마도 할머니에게 방긋 웃음으로 화답했다. 다만 동생만은 그 웃음을 이해하기 어렵다는 듯 두어 번 고개를 가로저었다.

처음 본 아빠의 눈물

브루더호프 사람들의 일상에는 늘 예배와 기도가 함께했다. 매일 갖는 티타임도 조용한 묵상 기도 시간 같았다. 평일도 이런데 이들의 일요일은 어떤 모습일지 나는 무척이나 기대되었다.

보자기에 돌돌 감긴 갓난아기부터 휠체어에 몸을 뉘인 할머니까지 공동체의 모든 구성원이 커다란 홀에 달팽이집 모양으로 원을 그리며 오밀조밀 모여 앉았다. 누구도 소외되지 않고 서로를 바라볼 수 있도록 원형으로 앉아 있는 모습이 인상적이었다.

예배가 시작되었다. 그런데 당연히 울려야 할 것 같은 피아노 소리가 들리지 않았다. 그 대신 사람들의 목소리가 그 자체로 수백 개의 악기가 되어 화음을 만들며 찬송을 불렀다. 노래 하나가 끝나면 누군가 부르고 싶은 노래를 자연스럽게 이어나갔다. 선창자가 한마디를 끝낼 즈음 다시 또 이어지는 웅장한 합창 소리…… 그 소리가 와서 닿을 때마다 내 몸은 진동으로 지르르 떨렸다.

그렇게 찬송이 울려 퍼지던 중에 갑자기 몇 사람이 자리에서 일어나더니 각각 누군가의 앞으로 걸어가 멈추어 섰다. 다들 마치 죄라도 지은 사람처럼 어깨가 축 처진 모습이었다. 앉아 있던 사람 중 어떤 사람은 바로 일어나 자기 앞에 선 사람과 함께 밖으로 나가고, 어떤 사람은 한참을 망설이다 마지못해 걸어 나가기도 했다. 그렇게 밖으로 나간 사람들은 한참 후 노래가 끝나갈 즈음 안으로 들어왔다. 서로의 손을 꼭 잡은 채로.

"서로 용서하고 화해하는 시간을 갖는 거예요. 공동체 생활을 하다 보면 다툼이나 갈등이 생기게 마련인데, 이 시간을 통해 당사자들이 직접 손을 내밀고 저렇게 이야기를 나눠요."

예배의 매 순서마다 통역을 해주시던 한국 분의 설명이었다.

그 순간 내 눈에 평소와 다른 아빠의 모습이 들어왔다. 나는 커다래진 눈을 하고 손으로 옆에 앉은 엄마를 콕콕 찔렀다. 아빠가 안경을 벗은 채 눈물을 닦고 있었던 것이다. 엄마는 가만있으라는 눈짓을 보내곤 예배로 시선을 돌렸고, 나도 아빠가 혹여나 내 눈길을 느꼈을까 싶어 얼른 성경책에 얼굴을 파묻었다.

예배가 끝난 후 방으로 돌아오자 아빠가 여전히 붉은 콧망울을 한 채 말을 꺼냈다.

"내가 웬만해서는 이러지 않는데 참…… 송경자 처음 만난 것도 대학 기독교 동아리에서였지. 내가 신앙 생활을 얼마나 열심히 했다고. 군대에서도 군종병이었어. 그러다 언제부터인가 회의가 들면서 교회에 나가지 않았지. 근데 방금 그 사람들을 보면서 속으로 저게 뭐지 싶었어."

우리 셋은 진지한 얼굴로 아빠를 바라보았다.

"그들을 보니 성경 구절이 떠올랐어. '너희가 하나님 앞에 나와 이야기하기 전에 서로 마음 상한 일이나 안 좋은 일에 대해 형제 이웃들과 먼저 화해하라……' 그런데 이 사람들은 스스로 다가가서 먼저 용서를 구하고 화해를 청하는 거야. 죽은 활자 같던 성경의 말씀이 정말 몇십 년 만에 현실에서 꿈틀대고 살아나 움직이는 걸 본 것 같아. 그래서 갑자기 펵 하고 눈물이 나왔네. 감동스러워서. 성서가 살아있구나. 되게 감격스러웠어. 진짜 오랜만에 울었네. 살아가면서 미운 사람, 화나게 하는 사람들이 얼마나 많나? 그들에게 미안하다 말하고 껴안을 수 있는 거, 그거 쉬운 거 같지만 정말 어려운 일이야."

내 나이 스물여섯 살, 처음으로 아빠의 눈물을 보았다. 늘 밭에서 흙빛 얼굴로 일만 하던 아빠가 오늘처럼 물렁물렁 녹아내리는 모습을 보인 건 처음이었다. 저런 눈물을 담고 있던 사람이 그동안 어디로 눈물을 삼켜내고 계셨던 걸까?

마음 한 구석에 오래토록 묵혀두었던 것들과 마주하는지 아빠는 이야기를 마친 후에도 마치 시간 여행을 떠나 있는 사람처럼 한동안 깊은 침묵에 잠겨 있었다.

와이파이 소녀의 질문

토요일 저녁마다 열리는 브루더호프 청년 모임에 나와 수빈이도 참석했다. 친구들은 무릎 위에 성경책을 올려놓고 각자 한 구절씩 읽으며 어떤 감정과 생각이 드는지 이야기했다. 모임이 끝날 무렵 누군가 십집마다 돌며 찬송을 불러주자고 제안하자 모두가 좋다며 따라나섰다.

우리는 서른 명 남짓한 친구들과 함께 마치 크리스마스 이브에 교회에서 '새벽 송'을 돌듯 찬송을 부르며 이 집 저 집을 돌아다녔다. 집 안에서 흘러나오는 노란 전등 불빛이 우리의 걸음을 축복하듯 발끝을 비추고, 제각기 다른 우리의 목소리는 아름다운 화음으로 엮여 은은히 울려 퍼졌다. 별들도 노래를 듣고 기뻐지 다른 어느 날보다도 반짝이는 듯했다.

하지만 수빈이는 방으로 돌아오자마자 태블릿을 부둥켜안고 이불 위로 드러누웠다. 그 덕에 나 또한 현실 세계로 돌아오는 데 단 1초도 걸리지 않았다.

"하, 제발 인터넷만 된다면 소원이 없겠다. 우리 오빠들 콘서트 한다고 했는데! 정보 뜨고 난리도 아닐 텐데. 아…… 정말, 이 공동체는 지금이 어떤 시대인데 와이파이가 안 돼?"

브루더호프 사람들의 생활은 전자 기기나 인터넷과는 거리가 멀었다. 핸드폰으로 문자 메시지를 보내는 대신 손으로 쓴 편지를 주고받는 곳이다. 이런 생활이 처음인 수빈이는 아까 저녁 모임에서도 머리를 앞뒤로 까딱이며 졸던데, 과연 그 아름다운 시간보다 와이파이가 더 소중

한가 보다.

토요일 모임이 있은 지 며칠 뒤, 일을 마치고 방에 들어왔는데 수빈이가 보이질 않았다. 수빈이 침대 위에 이불도 네모반듯하게 정돈돼 있고, 심지어 태블릿 PC도 탁자 위에 고이 놓여 있었다. 도저히 상상할 수 없는 일이 벌어져 있어 나는 다급하게 엄마에게 달려갔다.

"엄마! 수빈이가 없어!"

"수빈이? 어디 갔나보지."

"만날 방 안에서 태블릿만 하는 애가 가긴 어딜 가?"

"글쎄, 나도 모르겠어."

호랑이도 제 말하면 온다더니 때마침 동생이 문을 열고 들어왔다.

"야! 너 어디 갔었어?"

"나? 산책하고 왔는데?"

"산책?"

아무래도 믿기지 않아 내가 되물었다.

"마야가 산책하자고 해서 갔다 왔어. 브루더호프 주변은 다 돌아다닌 거 같아."

마야는 수빈이와 룸메이트이자 열아홉 살 동갑내기 친구였다.

"그랬구나."

나는 아무렇지 않은 척 건조한 목소리로 대답했지만, 속으로는 마야에게 고맙다는 말을 연신 하고 있었다. 며칠 전부터 이 녀석을 어떻게 하면 동굴 같은 방 안에서 끄집어내 탁 트인 언덕이라도 거닐게 할까 고민하고 있었는데 말이다. 내심 산책이 어땠는지 궁금해 수빈이의 표정을 살폈다.

동생은 침대에 철퍼덕 누워 천장을 뚫어지게 쳐다보더니 말했다.

"언니, 근데 여기에 있는 애들 말이야…… 이 애들은 핸드폰도 안 쓰고 컴퓨터도 안 하고 살잖아. 나는 이 애들이 평생 여기에서만 살아서 그런 건 본 적도 없는 줄 알았어. 그게 아니면 이 좋은 걸 놔두고 안 한다

는 게 말이 안 되잖아. 그래서 내가 아까 마야한테 물어봤어. 너네는 왜 핸드폰도 없고 컴퓨터도 하지 않냐고. 근데 뭐라는 줄 알아?"

"뭐라는데?"

"할 수 있대. 근데 그런 게 자기 인생에서 별로 중요하지 않대."

수빈이의 눈동자가 천장 쪽에서 내려와 창문 밖을 향했다.

"마야랑 이야기하면서 느낀 건데 여기 내 또래 애들, 아무것도 몰라서 여기서 이렇게 살고 있는 게 아니더라고. 다른 삶에 대해서도 잘 알고 있어. 자기 스스로 이 삶을 선택한 거야. 내가 마야한테 여기서 사는 게 행복하냐고 물어봤거든? 행복하대. 행복할 수 있는 이유들이 많이 있는데, 그중에 하나라면서 말하는 게 대중 매체나 인터넷에 빠져 있지 않고 소중한 사람들과 함께 뭔가를 할 수 있기 때문이래. 친구와 같이 산책을 하거나 가족들과 이야기하면서 시간을 보내거나 하는 것들 말이야. 어떻게 그렇게 쉽게 행복하다고 말할 수 있지? 나는 행복이 뭔지 아직 잘 모르겠는데……"

인터넷이나 태블릿 PC 쪽에 달라붙어 미동도 하지 않던 동생의 저울추가 갸우뚱하고 다른 쪽으로 움직이기 시작하는 느낌이었다.

"언니, 여행기들 읽어보면 다 그러잖아. 새로운 나를 발견했다, 삶의 의미를 찾았다, 뭐 그런 거. 그렇게 이야기하는 사람들이 진짜 많던데 나도 그렇게 될까? 나도 이 여행이 끝나면 마야처럼 행복하다고 말할 수 있을까? 나도 달라질까?"

"그러게~"

나는 그런 수빈이가 한편으로 흐뭇하면서도, 마음속으로는 이렇게 스스로에게 묻고 있었다.

'그러게~ 우리 네 사람의 인생은 앞으로 어떻게 흘러가게 될까?'

웃으면서 하는 여행은 딱 보름까지

차에 올라탄 지 두 시간쯤 지났을까, 운전을 하던 브리짓이 몸에 열이 나는지 한 손으로 위태롭게 운전대를 잡은 채 검은색 두터운 잠바와 털 모자를 차례로 벗었다. 우린 어느새 브루더호프 일정을 마치고 다음 장소인 잉글랜드 동부의 핀챔스 농장Fincham's farm으로 향하는 길이었다. 두 번째 호스트인 브리짓이 마침 브루더호프 근처에 볼일이 있다고 하여 함께 이동하게 되었다.

차에 막 올라탔을 때만 해도 70대 중후반은 됨직한 할머니가 우리를 태우고 장거리 운전을 해주시겠다니 미안한 마음뿐이었다. 하지만 차 시동을 켜자마자 이내 전력 질주하는 그녀의 스피드를 체험한 우리는 이럴 줄 알았으면 우리끼리 알아서 가는 게 나을 뻔했다는 눈빛을 암묵적으로 교환하였다.

브리짓은 차선을 아슬아슬하게 바꿔가며 운전하는 것은 기본이고, 한 손으로 운전대를 잡고 다른 한 손으로는 전화 통화를 하거나 문자를 보내기도 했다. 결국 나는 초등학생 때 이후 처음으로 울렁이는 속을 부여잡다 못해 갓길에 두 번이나 차를 세우고 속엣것을 게워냈다. 원체 남의 차를 잘 못 타는 아빠는 손잡이를 잡은 두 손을 끝까지 내려놓지 못했다.

네 시간이 열 시간처럼 느껴지던 긴긴 여정을 마치고 농장에 도착했을 때는 어두운 밤이 되어 있었다. 나는 멀미 때문에 정신이 반쯤 나가 있었다. 문을 열고 들어선 부엌은 어두컴컴하고 소란스러웠다. 가만 보니 몇 달은 감지 않은 듯한 머리에 술 취한 사람처럼 얼굴이 벌건 한 아저씨가 걸걸한 목소리로 혼자 떠들고, 형광색의 공사장 조끼를 입은 다른 사람은 까닭 모르게 그 주변을 뱅뱅 돌고 있었다. 그나마 멀쩡해 보이는 한 남자와 인사를 나누었는데, 그가 씨익 웃자 벌어진 입 틈 사이로 구멍 뚫린 앞니가 드러났다. 그러자 퍼뜩 브리짓이 차 안에서 들려준 이야기가 떠올랐다.

"우리 집은 노숙자나 마약 중독자, 알코올 중독자 들이 다시 사회에 나가 적응할 수 있을 때까지 함께 지내는 작은 공동체예요."

그래봤자 우리와 다를 바 없는 사람일 뿐이라며 가벼이 여겼던 나의 생각은 그들의 강렬한 첫인상 앞에서 무참히 꺾여버리고 말았다.

'이 사람들하고 앞으로 보름 동안이나 한 집에서 살아야 한다고?'

긴장으로 잠시 멈춰 있던 멀미 기운이 다시 속을 뒤흔들기 시작했다.

브리짓은 다음날 이른 아침부터 농장을 보여주겠다며 우리를 너른 뒤뜰로 데려갔다. 시작부터 뭔지 모르게 부산스런 느낌이었다. 밭에는 토마토 줄기가 누렇게 말라비틀어져 있었다. 목장에는 조랑말과 얼룩 돼지가 땅에 코를 박고 풀을 뜯느라 인사를 해도 본체만체하는데, 주변으로는 치우지 않은 똥들이 널려 있었다.

"요즘 너무 바빠서 하나도 못 치웠어요. 목장에 있는 똥도 치워야 하고, 온실도 정리해야 하고……"

브리짓은 원래 습관이 그런지 민망해서 그런지 같은 말을 몇 번씩 반복해서 했다. 그녀는 농장에서 생활하는 마약 및 알코올 중독자들에게 가끔 자활 훈련의 일환으로 농장 일거리를 나누어주었지만, 지금은 그럴 여력이 못 되어 작은 텃밭 정도만 유지한다고 덧붙였다. 농기구 창고에는 녹슨 낫과 목 빠진 삽자루가 바닥에 나뒹굴고 쇠갈퀴는 삐걱거렸다. 두서없던 농장 소개는 엉킨 노끈 타래를 풀다 말 듯 슬그머니 끝나버리고 말았다.

"자질구레한 일들이 많겠구나."

뒷짐 진 채 농장 소개를 죽 듣고 있던 아빠가 조용히 한마디 내뱉었다.

'여행 오기 전 같이 농사짓던 친구들에게 내가 얼마나 떵떵거렸는데 이게 뭐야……'

나는 실망감을 감추지 못하고 먼저 방으로 들어와 버렸다. 유럽 시골 마을의 농장들을 돌아다니며 많이 배워오겠다고, 선진 농업 견학과도 같은 멋진 여행이 될 거라고 자랑삼아 말했는데 첫 번째 농장부터 불길한 예감이 들었다.

불편한 아빠

"은빈아, 그렇게 하면 안 돼. 봐봐, 이렇게 해야지."

아빠는 가위로 가시덤불을 잘라내는 나에게 뿌리를 찾아서 한 번에 잘라내라며 직접 시범을 보였다.

"뿌리를 찾기가 어려우니까 그러지."

내게도 그럴 만한 사정이 있었다. 덤불 사이에 뾰족뾰족한 철망이 한데 엉켜 있어 뿌리를 찾아내기가 쉽지 않았다. 우리 넷은 마치 영화 〈가위손〉의 주인공처럼 가위를 들고 오랜 시간 방치되어 있던 목장 울타리를 정리하고 있었다.

"그렇게 안 하면 두 번 일이야."

일하면서 무심코 내뱉는 아빠의 말들이 점점 거슬렸다.

다음날 감자를 심기 위해 이랑을 만들 때도 그랬다. 이른 봄 잡초를 걷어낸 땅 위로 내가 괭이를 내리쳐 이랑을 고르면 엄마가 뒤에서 흙 묻은 풀을 탈탈 털어 밖으로 내던졌다. 한 고랑 두 고랑 모습이 갖춰져 가자 다른 일을 하던 아빠가 지나가며 한마디 했다.

"감자 이랑은 더 깊이 갈고 높게 만들어야 돼."

감자 농사만 수십 번도 넘게 지어온 대선배의 잔소리였다.

"괭이 줘봐. 보여줄게."

하지만 나는 못 들은 척 계속 괭이질을 했다.

아빠는 아무 대꾸도 하지 않는 내 태도가 언짢았는지 가만히 지켜보다 조용히 사라졌다.

"야, 너 왜 아빠가 말하는데 대답을 안 해?"

엄마가 물었다.

"아니, 계속 잔소리잖아, 짜증나게."

"그게 왜 잔소리야? 가르쳐주는 거지."

엄마도 아빠와 한 패다.

"아니, 내가 그걸 모르나? 그냥 일하는 꼴을 못 보잖아……"

아빠가 들을까봐 말꼬리는 슬쩍 흙 속에 파묻었다. 순간 알아차렸다, 내가 이렇게 아빠에게 불만을 표현해 본 적이 처음이라는 걸. 어쩌면 아빠에게 듬직한, 아빠 몫까지도 대신해 낼 수 있는 큰딸이 되고 싶은 마음이 짜증 섞인 반응을 부추겼는지도 모르겠다.

"아이고. 벌써 시간이 이렇게 됐네! 이제 그만 정리할까요?"

일에 열중하던 브리짓이 굽은 허리를 펴며 손목시계를 확인했다. 아까부터 계속 시계를 들여다보던 수빈이는 이미 끝날 시간을 카운트다운하고 있었고, 엄마도 뒷정리를 시작하고 있었다. 하지만 저 멀리 농기구를 손에서 놓지 못하는 유일한 한 사람이 있었으니……

"아빠! 여기까지 하재. 그만 들어가자!"

수빈이가 큰소리로 아빠를 불렀다. 아빠는 먼저 들어가라며 손을 두어 차례 휘이 젓더니 곧 다시 땅으로 시선을 돌렸다. 지독히도 고독하게 일해오던 습관은 여기서도 고스란히 드러났다. 아빠는 귀농하기 전의 옛 직장에서도, 귀농한 후에도 많은 일을 혼자서 해온 사람이었다. 해마다 4톤 가까이 되는 배추도 혼자 절여서 팔아왔고, 강원도 산중턱의 흙집도 3년 동안 혼자서 지었다. 동네 할머니들에게 품삯을 드리며 일손을 더는 것도 싫어했다. 기어코 자기 맘에 들 때까지 일을 해야 속이 풀리는 근성은 그 누구도 말릴 수가 없었다. 그런 아빠에게 내가 하는 일이 마음에 들 리 없었다.

초저녁의 스산함을 옷에 묻히고서야 방 안으로 들어오는 아빠를 보자 다시금 불편한 마음이 올라왔다. 해야 할 일을 하고 들어온 것뿐이라고 말하는 아빠를 이해하고 싶지 않았다. 내 눈길은 자꾸만 아빠의 굽은 허리와 어깨 주변을 맴돌았다. 나는 먼 타지에 와서도 자기 밭에서처럼 일을 하는 아빠에게 그러지 말라고 말하고 싶었다. 내게 잔소리하는 아빠도, 남의 일을 자기 일처럼 하는 아빠도 그런 내 마음을 모르기는 매한가지였다.

사고 다발 구간,
가족과 안전거리를 유지하세요

여기가 영국인지 한국인지 분간이 안 될 만큼 오래지 않아 우리는 익숙한 생활 패턴으로 돌아왔다. 한 지붕 아래 있더라도 함께 일하는 시간 외에는 남남처럼 각자 방에 들어가 좀처럼 얼굴을 보이지 않았다. 무슨 생각을 하며 사는지, 오늘 하루는 어땠는지 구태여 묻지도 않았다.

인터넷을 할 수 없던 브루더호프를 떠나 와이파이 존으로 복귀한 이래 수빈이는 방에 처박혀 온종일 태블릿으로 좋아하는 영상들만 들여다봤다. 모 아이돌 그룹의 노래를 A부터 Z까지 흥얼거리다 못해 가끔은 혼자 방에서 춤까지 추는지 요란스러운 소리가 문틈으로 새어나오기도 했다. 아빠는 평소의 책 읽던 습관대로 늦은 새벽까지 혼자 다락방에 올라가 브리짓네 집에 있는 책이란 책은 집히는 대로 꺼내놓고 그 속에 파묻혀 지냈다. 엄마는 아무도 모르게 이 방 저 방에서 빨랫감을 모으고 세탁을 하는 등 끊임없이 주변 정돈을 했다.

엄마가 내 방문을 열고 빼꼼이 얼굴을 들이밀었다.

"내 빨래는 내가 알아서 해. 건들지 마."

벽에 기대앉아 글을 쓰던 나는 엄마가 왜 문을 열었는지 묻지도 않고 무작정 인상부터 찌푸렸다. 아무에게도 방해받고 싶지 않아서이기도 했지만, 가족들과 온종일 함께 있는 것이 갑갑해서 아마 더 그랬을 것이다.

"볼 일 없으면 나가줘."

방 안에 들어오지도 나가지도 못하고 어정쩡하게 서 있던 엄마는 결국 문을 닫고 나갔다.

여행 전부터 염려했던 대로 나만의 안전 지대는 시간이 지나면서 가족들에게 무방비로 노출되었고, 나는 가족들의 사소한 행동과 말투, 표정 하나에도 예민해져 갔다.

엄마는 평소에도 우리 외에 다른 사람들과는 말을 잘 섞지 않았다. 이럴 거면 뭐 하러 여행을 왔는지 묻고 싶을 정도였다. 엄마가 혼자서 호스트와 대화를 시도할 때가 있다면 딱 두 가지 이유에서였다. 하나는 청소 도구와 세탁기가 어디에 있는지 물을 때였고, 다른 하나는 수빈이의 부탁을 전달할 때였다.

어느 날 엄마가 농장 식구 중 한 명인 소피에게 말을 걸었다.

"익스큐즈 미, 물을 어디서 먹으면 돼요?"

가족들과 호스트 간의 의사소통을 도맡아오던 나는 드디어 엄마가 변하는구나 싶어 흐뭇한 마음으로 한쪽에서 그 광경을 지켜보았다. 손짓을 섞어 대화를 나누고 있었지만 나는 중간에 나서서 통역을 돕지 않았다. 그때까지도 나는 엄마가 물을 마시고 싶어서 그러는 줄 알았다.

엄마는 호기롭게 컵에 가득 물을 담더니 곧장 수빈이 방으로 향했다. 그 순간 내 마음이 싸늘해지는 것이 느껴졌다. 수빈이 방으로 들어간 물 컵은 빈 컵으로 되돌아 나왔다. 보나 마나 침대에 누워 태블릿을 들여다보던 수빈이는 엄마가 건넨 물 컵을 당연하게 받아 들고 쭈욱 들이켰을 것이다.

"박수빈은 혼자 물도 못 떠 마셔?"

나는 수빈이 똑똑히 들으라는 의도로 큰 목소리로 말했다. 수빈이 할 일을 대신해 주던 엄마의 습관이 여기서도 그대로 되풀이되고 있었다. 내 눈에 수빈이는 엄마에게 의존하는 어린아이처럼 보였다.

"그냥 내가 떠다준 거야."

엄마는 재빨리 수빈이를 변호하고 나섰다.

"박수빈이 영어를 못해? 몸이 아파? 왜 엄마가 해줘?"

"수빈이가 직접 물어보는 게 어렵다길래 해준 거야."

"엄마가 그렇게 다 해주니까 쟤가 저러지."

"내가 뭘?"

그제야 수빈이가 방에서 볼멘 목소리로 입을 떼었다. 억울해하는 목소리였지만 눈은 아까부터 보고 있던 아이돌 영상에 그대로 붙박여 있었다. 내가 무슨 말을 하든 수빈이는 귓전으로 들을 게 뻔했다.

"됐다 됐어."

나는 말을 더 섞고 싶지 않아 싸늘한 표정으로 내 방에 들어갔다. 엄마나 수빈이나 똑같이 한심하다는 생각밖에 들지 않았다.

입맛이 까다로운 아빠도 나는 마음에 들지 않았다. 집에서도 엄마가 상을 차리면 국이 짜다는 둥 소스를 빼달라는 둥 사족이 많은 아빠였다. 아빠의 음식 평가는 영국에 와서도 여전했다.

"에이 진짜! 이 향신료는 도대체 왜 넣는 거야?"

아빠는 다 같이 식사하는 자리에서 손에 들고 있던 숟가락을 휙 내려놓았다. 아무리 한국말로 한 말일지라도 온갖 인상을 쓴 표정을 보면 누구나 그 내용을 짐작하고도 남을 터였다.

"그런 말 하지 마."

나는 싸늘한 목소리로 말했다. 참고 참다가 터져 나온 말이었다.

"뭘?"

아빠가 당황해서 물었다.

"그런 식으로 말하지 말라고."

그렇게 말하는데 내 목소리에는 물론이고 온몸에 잔뜩 힘이 들어가 있는 게 느껴졌다.

아빠는 내가 아주 어렸을 적부터 젓가락질을 똑바로 해라, 밥알은 한 톨도 남기면 안 된다 등등 밥상머리에서 하루도 빠짐없이 내 잘못을 지적했었다. 혹시라도 내가 반찬투정을 하면 나를 무섭게 내려다보기도 했다.

그때마다 아빠가 하는 말이라면 뭐든지 군말 없이 따랐던 나는 이제 아빠의 말과 행동이 모순되기도 한다는 걸 알 만큼 훌쩍 자라버렸기에 그냥 지나칠 수 없었다.

'쌀 한 톨도 귀한 거라며! 뭐든 그냥 감사히 맛있게 먹어!'

그렇게 소리 지르고 싶은 걸 꾹 눌러 삼켰다.

아무도 믿을 수 없었다

일주일 내내 잠을 설쳤다. 오늘도 식은땀으로 축축해진 이불에서 아침을 맞았다. 꿈을 꾸며 얼마나 겁에 질려 웅크렸는지 굳은 몸은 잠에서 깨어나도 펴지지 않고 온몸이 흠씬 두드려 맞은 것처럼 아팠다. 아무것도 모르고 신나게 지저귀는 새들과 방 안까지 드리운 아침햇살이 그저 야속하게 느껴질 뿐이었다. 단순히 악몽을 꾸는 정도가 아니었다. 매일 밤 찾아오는 그 기분 나쁜 느낌은 온종일 나를 따라다니며 마치 내 영혼을 야금야금 갉아먹는 것 같았다. 나는 무엇이 나를 이리도 힘들게 하는지 알고 싶었다.

핀챔스 농장에 온 이후 겨우겨우 버티고 있던 나는 연이은 악몽으로 인해 스스로를 조절하기조차 힘들 지경이 되었다. 이유를 알 수 없는 화가 치밀고, 특히나 아빠를 보면 히스테리 같은 신경증세가 일어나곤 했다. 같이 여행을 하다 보니 어쩔 수 없이 내가 싫어하는 아빠의 행동들을 보게 돼 그럴 수 있다고 생각하고 싶었지만, 아빠의 작은 말 한 마디에도 나는 분명 필요 이상으로 분노하며 온갖 감정을 일으키고 있었다.

오래 전 일이다. 모두가 잠든 새벽, 눈을 감고 다시 이불 속으로 파고들어 보지만 누군가 불쑥 내 방의 문을 열고 들어올 것 같은 불안감에 뒤통수가 서늘해지곤 했다. 하필 나 혼자 쓰는 방에 잠금 장치가 없어, 나는 문 너머로 들려오는 조그마한 소리에도 눈이 번쩍번쩍 떠지고 심장이 쿵쾅댈 정도로 불안했다.

불현듯 오래전 그날의 기억이 떠올랐다. 이미 다 정리되었다고 생각한 그날의 기억을 이 새벽, 영국에서 다시 마주하게 될 줄이야. 그날 밤에도 나는 비몽사몽간에 밖에서 들려오는 발자국 소리에 귀를 기울였다. 마치 내 안의 무언가가 자고 있던 나를 세차게 흔들어 점점 가까워지는 발자국 소리를 듣게 하려는 듯했다. 몸은 자고 있었으나 신기하게도 귀에서 들리는 소리는 점점 또렷해졌다.

하지만 그때까지만 해도 나는 누군가 물을 마시러 가는 거겠거니 생각하고 대수롭지 않게 여겼다. 다시 잠을 자기 위해 몸을 뒤척였지만, 내 양쪽 귀는 아직 내가 들어야 할 소리가 더 남아 있다는 듯 그 발자국 소리에 집중했다. 멀리서 들리던 발자국 소리는 점점 내가 있는 곳에 가까워졌고, 곧 내가 있는 방 문 앞에서 멈춰 섰다. 잠시 후 비스듬히 열린 문틈 사이로 바깥의 둔탁한 공기가 흘러들어 왔다. 그와 동시에 난 본능적으로 이불 속으로 파고들며 온몸을 웅크렸다. 요 며칠간 그랬던 것처럼.

방 문을 열고 들어선 사람은 당시 학생이던 내가 믿고 따르던 어른이었다. 그렇게 1년 여간 나는 그 사람에게 성폭력을 당했다. 몸이 겪은 물리적 경험과 더럽혀졌다는 수치심, 그러나 그보다 더 오래 나를 괴롭혔던 건 믿고 따랐던 사람이 준 배신감이었다.

그 일이 있고 난 다음날에도 나는 여느 때처럼 학교로 향했다. 몸은 익숙한 기억에 따라 전철역까지 길을 찾아갔으나, 내 귀는 삐이~ 하는 이명 소리로 가득했고 내 눈은 마치 정전이 되어 컴컴한 어둠 속을 헤매는 듯했다. 전철 속에 사람들이 가득했지만 나는 까마득한 나락 속에 홀로 팽개쳐져 있는 느낌이었다.

'아무도 없다. 아무도 믿을 수 없다. 이런 나를 아무도 이해할 수 없다.'

이 말만이 가슴을 에며 나와 어둠과 절망 사이를 맴돌았다.

그 일 이후 나는 다시는 그런 일을 겪지 않기 위해 주변 남성들, 특히나 중년 남성들을 경계하는 버릇이 생겼다. 혹시라도 내면에 추악한 이중성을 감춘 인간일지 모른다는 의심의 눈으로 그들을 바라봤다. 종종 의심의 단서들이 우연의 일치처럼 들어맞으면 나의 과대망상은 내 안에 더욱 견고한 실재가 되어 자리를 잡았다. 아빠라고 그 의심에서 예외일 수 없었다.

부모님 집에서조차 나는 긴장을 놓지 못했다. 방문을 잠그지 못하면 혼자서 잠들지 못했다. 혹시나 아빠도 그 사람처럼 내가 모르는 다른 모습을 감추고 있는 건 아닐까 두려웠다. 내가 겪은 일을 부모님께 모두 털어놓은 뒤에도 매일 밤이 공포였다. 작은 소리에도 잠이 달아났다. 모든 문을 꼭꼭 걸어 잠근 방 안에 나 홀로 있을 때라야 안도할 수 있었다. 하지만 그 단절이 주는 안도감만큼 나는 외롭고 쓸쓸했다.

이미 망가질 대로 망가진 일상에서 내가 살아가야 할 이유는 찾기 어려웠다. 뭐라도 탓하고 혐오하지 않으면 나 자신을 자꾸만 포기하고 싶어졌다.

오래된 일이었다. 여러 해 명상과 치유 작업을 하며 많이 나아졌다고 생각했지만, 이렇게 여행길에서 다시 그 기억과 조우하고 말았다.

아빠와도 열두 살 이후로 한 공간에서 이렇게 가깝게 붙어서 생활해 본 건 처음이었다. 때때로 머무는 곳의 형편에 따라 아빠와 같은 방을 사용하거나 설령 공간이 다르더라도 내 방문에 잠금 장치가 없을 때에는 그 기억 속의 트라우마가 되살아나기에 충분했다. 그 트라우마는 아빠를 잠재적 범죄자라 소리치도록 나를 몰아세웠다.

나는 기억 속의 그 남자를 보듯 아빠를 보았던 것 같다. 아빠가 나를 쳐다보는 게 싫었다. 물어보는 질문에도 대답하고 싶지 않고, 내가 찍은 여행 사진을 아빠가 들여다보는 것도 싫었다. 망상의 굴레에 떨어진 나는 아빠의 모든 행동이 혐오스러웠다. 그러니 아빠를 대하는 나의 태도도 무례하고 폭력적으로 변해갔다.

그러다가 곤두박질치는 감정에서 잠시 벗어나 냉정을 되찾을 때는 나 자신을 자책했다. 아무 잘못도 없는 아빠에게 왜 그러냐며 스스로에게 화를 냈다. 내 안에 무수히 많은 자아들이 마치 굶주린 육식 동물처럼 나를 향해 달려들었다. 나는 의지할 곳이 필요했다.

나는 방에 홀로 앉아 하릴없이
벽에 물든 그림자를 구경하곤 했다.

나는 아직도 가족에게 적응 중

하루는 일을 마치고 들어오니 집 안에 새로운 얼굴이 여럿 보였다. 브리짓과 동년배로 보이는 여성들이 오순도순 이야기를 나누며 부엌에서 저녁 식사를 준비하고 있었다.

"인사해요, 빈! 여기는 내 절친한 친구 캐리예요. 거리의 목사라 부르기도 하죠. 아 참, 캐리! 빈네 엄마 송도 목사이셔. 둘이 인사하면 좋겠다!"

친구들을 만나서인지 한층 더 들떠 보이는 브리짓이 맞은편에 서 있는 캐리를 소개해 주었다. 거리의 목사라니! 소개부터 멋졌다.

"캐리는 이 농장이 만들어지기 전부터 같이 활동해 온 오래된 친구예요. 거리에서 만난 갈 곳 잃은 사람들, 노숙자들을 여기로 데려오죠. 지금은 다 할머니들이 되었지만, 우리는 젊었을 때부터 사회 약자들을 위한 여러 가지 주거 운동을 해왔어요. 그 일환으로 지금의 핀챔스 농장이 만들어진 거고요. 농장을 만든 지 20~30년이 되었지만 아직도 갈 길이 멀어요. 함께 살아갈 수 있는 방법들을 끊임없이 시도해 봐야죠."

브리짓이 친절하게도 그간의 농장 이야기들을 들려주었다. 백발의 할머니가 장거리 고속 운전을 할 때부터 무언가 남다르더라니. 어디서건 환영받기 어려운 활동이었을 텐데 지금껏 이어올 수 있었던 건 아마도 청년 못지않은 브리짓의 에너지 덕택일 것이다.

"여기 있는 꼬마 아가씨를 내가 소개했던가? 제 손녀딸이에요. 제가 입양한 딸이 세 명 있는데, 이 애는 내 둘째딸의 아이랍니다."

식탁에서 인형 놀이를 하던 꼬마아이를 덥석 끌어안는 브리짓의 표정이 그 어느 때보다도 밝아 보였다.

달착지근한 수프 냄새를 맡고 다른 핀챔스 농장 식구들도 부엌으로 모여들었다. 기다란 식탁에는 따끈한 수프가 사람 수만큼 놓였다. 얼마 전까지만 해도 낯설어 곁눈질만 하던 나는 이제 웬만큼 적응이 되었는지 식탁에 둘러앉은 핀챔스 식구들과 눈을 마주치며 인사를 나누었다.

브리짓의 손녀부터 네이슨, 소피, 다렉…… 피 한 방울 섞이지 않은 이 사람들은 핀챔스라는 한 지붕 아래 함께 사는 '가족'이었다. 다른 곳에서 태어나 이제껏 남으로 살다 우연히 만난 사람들이 함께 밥을 먹으며 다 같이 웃고 있으니 각기 다른 얼굴들이 닮은꼴이 되어 하나로 오묘하게 겹쳐져 보였다.

"데인은 왜 안 보여?"

비어 있는 한 자리를 가장 먼저 허전해하는 브리짓.

"방에 있을 걸?"

소피는 대답과 동시에 수프를 한 숟가락 입으로 가져갔다.

"다 같이 먹어야 맛있지!"

데인을 부르러 나가는 브리짓의 뒷모습을 보며 내 머릿속에 문득 질문이 하나 떠올랐다.

'가족이란 뭘까?'

평소에도 밤늦게까지 거실에 앉아 차 한 잔을 앞에 두고 뭐가 그렇게 재미있는지 까르르 웃으며 대화하던 소피와 브리짓은 영락없는 모녀간처럼 보였다. 때로 데인이 속을 썩여 큰소리가 날 때도 있었지만 그때뿐이었다. 그들은 자유롭게 서로의 솔직한 마음들을 주고받았다.

그와 동시에 서로에게 무심하리만큼 아무 말도 없는 우리 가족을 돌

부엌을 가득 채운 핀챔스 농장 식구들.
서로 다른 삶을 살다 모인 이들이 서로를 가족이라 불렀다.

아보았다. 식사 후에도 소리 없이 자기 공간으로 돌아가는 우리 가족. 혼자 있는 게 편한 사람들. 겉으로는 아무런 내색도 하지 않지만 속으로 자기 몫의 수만 가지 생각과 감정을 각자 끌어안고 있는 사람들……

나는 어려서부터 우리 부모님이 다른 집 부모님들과 많이 다르다고 생각했다. 친구네 부모님들은 저녁마다 이웃들과 함께 삼겹살을 굽고 술판을 벌이며 왁자지껄 즐거운 시간을 보내던데, 우리 집은 그런 날이 태어나서 지금까지 통틀어 열 손가락을 넘지 않았다. 그것도 부모님 두 분 다 술을 안 드시니 어쩌다 대학 동기나 후배들, 직장 동료들이 집에 놀러와 식사 한 끼를 하는 정도가 고작이었다.

엄마는 계 모임을 한다거나 학교 행사 때 다른 학부모들과 어울리는 친구네 엄마들과 달리 필참이 아닌 이상 학교에 오지 않았고, 친구 엄마들 중 특별히 누군가와 사귀지도 않았다. 그렇다고 성격이 소극적인 분들도 아니었다.

부모님은 그 흔한 부부싸움도 별로 하지 않았다. 내 기억에 서로 언성을 높이며 말다툼을 한 건 내가 여덟 살 때 딱 한 번뿐이었다. 살다 보면 답답할 때도 있을 텐데 친구나 다른 가족에게 통화하며 넋두리하는 모습도 본 적이 없다. 뒤에서 싫은 소리도 하지 않았다. 그렇다고 서로 대화를 많이 하며 애정 표현을 주고받는 분들도 아니었다.

두 분 모두 우리에게 헌신적인 분들이었지만 쉽게 다가가기에는 어려운 어른들이었다. 어렸던 나는 아빠 얼굴에 수심이 깊어 보이는 날이면 왜 그런지 물어보는 대신 베란다에서 줄담배를 피우는 아빠에게 다가가 담배 연기로 도넛을 만들어 보여달라고 졸랐다. 아빠는 그저 아무 일 없다는 듯 뻐끔뻐끔 담배 연기를 뱉어 도넛을 만들어주었다. 그러곤 방으로 돌아가 텔레비전을 보거나 혼자 책을 읽을 뿐 아무 말이 없었다.

엄마의 컨디션은 나의 작은 행동에 어떻게 반응하는지 보고 눈치껏 가늠하기도 했지만, 이따금씩 어두워 보이는 엄마를 볼 때면 무엇이 그리도 엄마를 어둡게 만드는지 알 수 없었다. 하물며 친구네 엄마도 시시때때로 어린 나와 친구에게 미주알고주알 푸념을 늘어놓았는데, 정작 우리 엄마는 어떤 고민을 하고 사는지 내게 들려준 적이 없었다.

아주 가끔 엄마가 인적이 드문 숲속에 비밀 장소처럼 숨어 있는 기도원으로 나를 데려가곤 했다. 해질녘까지 아무도 없는 예배당에서 무릎 꿇고 묵상 기도를 드리던 엄마의 모습을 보며 나는 알지 못하는 수많은 이야기를 하나님은 알고 계시겠구나 싶었다. 그래서 안심이 되기도 했지만 다른 한편으로 질투가 나기도 했다.

나는 성장하면서 두 분이 각기 보내는 혼자만의 시간들을 서로에게 짐 지우지 않으려는 배려와 사랑으로 이해했다. 또 그렇게 사는 게 숨 쉬는 것처럼 자연스러워졌다. 그러면서 나 또한 보이지 않는 가족의 질서에 적응하고 따랐다. 하지만 때때로 적막했고 때때로 까마득하게 높은 벽을 두고 서로 단절된 것처럼 느꼈다. 의지하고 기대고 싶은 부모님이 내가 모르는 자기들만의 세계에 머무를 때면 마치 나를 두고 어디론가 떠나버린 것처럼 불안했다.

그곳은 어른들만 알 수 있는 세계이기 때문에 어린 나는 함께할 수 없는 거라고 스스로를 위로하곤 했지만, 그 거리가 내게는 너무나 멀게 느껴졌다. 나는 외로웠지만 외롭다고 말해본 적이 없었다. 부모님이 그랬던 것처럼 나도 내 마음속의 일들을 온전히 나 혼자 정리해야 할 몫으로 가져갔다. 나는 세월이 흘러도 가시지 않는 외로움을 인생은 혼자 사는 거란 말로 위로했고, 다들 이 정도의 거리감과 외로움을 안고 살아가는 건 줄로 여겼다.

바래고 무뎌졌을 거라 여겼던 마음들이 이번 여행을 통해 가차 없이 들추어졌다. 핀챔스 농장의 가족들을 보면서 그리고 식사를 끝마치기 무섭게 각자 방으로 들어가는 우리 가족을 바라보면서 난 채워지지 않은 오랜 갈증을 느꼈다.

엄마, 아빠, 수빈이는 모두 괜찮은데 나만 유난스러운 걸까? 모두들 혼자만의 시간을 잘 보내고 있는데 나만 유달리 받아들이지 못하는 걸까? 나는 다시 그렇게 스스로를 들볶았다. 이 가족을 26년이나 겪고도 나는 여전히 적응중이었다.

취미는 농사

영국에 온 지 한 달밖에 지나지 않았다니! 나는 달력을 넘기며 벌써 한 달이나 지났느냐는 엄마의 말에 혀를 내둘렀다. 우리가 서로 얼마나 다른 시간대를 살아가고 있는지 단번에 알 수 있었다.

핀챔스 농장에서 보름을 보낸 후 우린 예정대로 다음 목적지를 향해 떠났다. 어깨가 내려앉을 만큼 무거운 배낭을 짊어 매는 건 아직도 적응하기가 어려웠다. 보름이라는 시간은 짧지도 않았지만 그렇다고 길지도 않았다. 호스트들과 정들 만하면 헤어지는 게 조금 아쉽긴 했으나 나는 한편으로 떠나는 날이 언제 오나 기다려지기도 했다. '다음 목적지에는 내 또래 친구가 있을지도 몰라' '제대로 운영되는 농장에 가게 될지도 몰라!' 같은 기대를 하면서 말이다.

우리는 밀턴 케인즈 근교에 있는 레드필드 공동체Red Field Community에 도착했다. 방이 60개나 되는 대저택에 넓은 부지를 공동으로 임대하여 생활하는 도시형 주거 공동체였다. 공동체 구성원인 데이빗이 노란 수선화들이 흩뿌려진 듯 널려 있는 정원을 지나 농장 안 이곳저곳으로 우리를 안내했다. 양을 키우는 목장과 닭장, 조그만 과수원, 그리고 직접 지었다는 작은 패시브 하우스(에너지 절약형 주택)도 보여주었다. 하지만 그 어디에도 양손의 주름마다 흙물이 깊게 밴 농부는 보이지 않았다. 레드필드 사람들은 대부분 평일에는 인근 도시에 있는 직장으로 출퇴근하고 농사는 취미로 짓는다고 했다.

다음날 아침 나는 갓 구운 토스트 냄새에 이끌려 부엌에 나갔다. 금발의 숏컷을 한 여성이 내게 아침 인사를 건넸다.

"저는 멘디라고 해요. 반가워요. 지난밤에 잠은 잘 잤어요? 지내면서 필요한 게 생기면 언제든 말해요."

이어서 멘디는 공동 부엌의 사용법을 알려주었다.

"달걀은 바로 앞 닭장에서 아침마다 당번이 꺼내온 거예요. 마음껏 드세요."

냉장고 옆 찬장 바구니 안에는 달걀마다 다른 연필 글씨로 산란 일자가 적혀 있었다. 멘디의 말이 끝나기도 전에 나는 입맛을 다시며 식구들 숫자만큼 달걀을 집어 들었다.

프라이팬에 좌르르 익어가는 달걀 노른자 위로 탱글탱글 윤기가 흘렀다. 배고픔을 참지 못하고 먼저 맛본 고소하고 부드러운 달걀 프라이

맛은 친구들과 농장에서 키우던 암탉들이 낳은 바로 그 달걀 맛과 똑같았다. 뒤쪽에서 요리하던 데이빗이 정체불명의 연보라색 핸드 메이드 주스를 권했다. 수상쩍어 처음에는 혀끝으로 살짝 맛을 보았는데 맛이 환상적이었다. 나는 금세 잔을 비우고 말았다. 직접 기른 블랙베리와 레드 커런트, 라즈베리로 만든 주스라고 했다.

'계란, 꿀, 양고기, 각종 야채, 게다가 과일까지…… 전업 농부도 이렇게 알뜰하게 자급자족하기 어려운데……'

나는 입 안에 남은 열매 씨앗들을 오독오독 깨물며 생각했다. 어제 처음 와서 느꼈던 실망감은 없었던 걸로 하기로 했다.

나,
여기 있어요

꿀벌의 날갯짓 소리가 들리는 오후, 벌들이 이 꽃 저 꽃 비집고 돌아다니며 봄소식을 전했다. 오전에 멘디와 함께 라벤더를 심고 나서 오후에 일이 없다는 희소식을 들었지만 방 안에 혼자 있으려니 심심했다.

나는 우프를 통해 사람들과 깊은 관계도 맺고 공동체에 대해 토론하거나 요즘 하는 고민들은 뭔지 이야기도 나누는 등 깊이 교류하기를 갈망했다. 하지만 레드필드는 서양 사회 특유의 독립성이 느껴지는 곳이었다. 공동체라면 끈끈한 결사체 같을 것이라는 내 예상과는 달랐다. 공동으로 하는 일들도 있지만 개별적인 생활 영역을 더 중요하게 여기는 분위기였다. 우퍼들이 활동하는 시간도 딱 정해져 있어 여유 시간이 많았다.

물론 영어 실력에 자신이 있었다면 내가 더 적극적으로 다가가 이것저것 물었을 것이다. 그러나 나에게 먼저 다가와 말을 붙여주는 사람은 없었다. 누군가 나에게 관심을 가져주길 은근히 기대하며 나는 거실에 놓인 피아노로 감성적인 연주곡과 클래식 곡, 유명 영화의 OST를 애절한 감정을 담아 연주해 보기도 했지만, 봄볕에 일광욕하는 새들 말고는 관심을 보이는 이가 아무도 없었다.

결국 나의 선택은 주경야필晝耕夜筆. 낮에는 일을 하고 저녁이 되면 글을 썼다. 친구랑 운영하는 조그만 온라인 저널에 한 달에 두 번씩 여행기를 연재했다. 나는 여행하러 온 건지 여행기를 쓰러 온 건지 의문이 들 정도로 방에 콕 틀어박혀 글을 썼다. 지금 와서 하는 이야기지만 그때 여행기를 쓰는 일은 "나 여기에 있어요" "나 여전히 농사지어요" "나 아직도 공동체적인 삶을 꿈꿔요" 하고 사람들에게 외치며 자신의 정체성을 확인하려는 몸짓이 아니었나 싶다.

그 당시 나는 몸은 먼 여행길에 올라 있었지만, 마음은 여전히 한국에 있는 친구들, 또 그들과 함께 일궈오던 농장에 머물러 있었다. 그곳을 떠나왔지만 미처 챙기지 못하거나 두고 온 것들이 많았다. 동네 헌책방의 검붉은 피아노 위에 자주 연주하던 악보집만 두고 온 게 아니었다. 추운 겨울 잘 견디라며 밭이랑마다 덮어준 볏짚이며, 아침마다 자전거로 오가던 벚꽃 길도 모두 두고 왔고, 옆집 할머니에게는 먼 여행 떠난다고 제대로 인사도 드리지 못하고 왔다.

그리운 농장이 있는 마을은 내게 고향과도 다름없는 곳이었다. 내가 다녔던 고등학교도 그곳에 있어서 아마 더 그렇게 느껴졌을 것이다. 나는 그곳에서 고등학교를 다닐 때부터 장차 시골에서 농사를 지으며 사람들과 공동체를 이루어 살고 싶다는 꿈을 꾸기 시작했다. 그래서 농촌 지역 복지를 공부하겠다는 뜻을 세우고 대학도 서울 모 대학의 사회복지학과에 진학했다. 대학에 가서도 학생회 활동을 하면서 '농農'과 '촌村'을 배우는 교육 농활을 해보자며 수십 명을 데리고 나의 고등학교가 있는 마을을 찾아왔고, 졸업하기 위해 필수로 이수해야 하는 실습도 교수님을 설득해 일반 종합사회복지관 대신 다시 마을로 돌아와 농촌 복지 관련한 실습을 했다. 그 후 마을에 있는 교육 농장에서 일하게 된 건 자연스러운 수순이었다.

농장에서 일한다고 하자 엄마는 돈도 얼마 못 받는데 먹고살 수 있겠냐며 전화기 너머로 물었지만, 난 내가 알아서 잘살겠다며 전화도 뚝, 그동안 받던 용돈도 뚝 끊었다. 자주 심심한 밤에 초가집에 혼자 앉아 있을 때면 외롭기도 했지만, 오래전부터 로망이었던 농사를 짓는데 그까짓 외로움쯤은 꿀꺽 삼켜낼 수 있었다.

그리고 그곳에는 친구들이 있었다. 도시 생활이 익숙한 나에게 시골살이 안내에 싸움 상대까지 해주느라 폭삭 늙은 친구, 아직도 저만큼 더 삽질을 해야 한다는 사실에 정신이 까마득해질 즈음이면 달큼한 포도 효소를 타 내오던 친구, 깜빡하고 놓친 일들을 슬그머니 뒤에서 처리해주던 친구, 밭일을 놀자판으로 만들어 한참을 웃게 만들던 친구…… 해가 뜨고 질 때까지 모든 날에 우린 함께 밭에 있었다.

그뿐만 아니라 한여름에 아이스크림을 던져놓고 도망치듯 사라지던 이웃 형님, 명절마다 집에 가져가라고 주머니 가득 빵을 챙겨주던 빵집 언니, 쉬면서 천천히 일하라며 손을 흔들던 밭 건너편 마을 학교 선생님도 있었다. 정성스럽게 쓴 편지를 갈피에 끼워 책을 선물해 주시던 동네

출판사 사장님도 그리웠다.

누구와도 마음속 이야기를 나누기 힘든 날, 나는 어서 돌아가 "여행 잘 다녀왔습니다" 하고 꾸벅 인사드리고 친구들이 일하고 있을 밭으로 달려가고 싶었다.

수빈이가 서울에서 살았더라면

보름이 지나고 우리는 미리 계획한 일정을 따라 다음 여행지로 건너왔다. 겉보기에는 바로 전의 레드필드 공동체와 크게 다르지 않아 보이는 또 다른 주거 공동체였다. 다만 공간은 더 넓은 데 반해 빈 방이 많았고, 구성원들은 50~60대로 연배가 높았다.

그곳에 도착하자 금발과 흰머리가 반반인 할머니가 나와서 우리에게 차를 내주셨다. 그때까지 우리는 영국식 전통 벽난로에 장작을 넣고 찻물을 데우는 모습을 신기하게 쳐다보고 있었다.

"어떻게 이렇게 한 가족이 다 같이 여행을 하게 된 거예요?"

할머니가 홍차에 우유를 따르며 물었다.

"여기가 첫 방문지예요?"

할머니는 궁금한 게 많은지 우리가 대답할 틈도 주지 않고 연거푸 물었다.

"여긴 네 번째예요."

"아, 이미 여행을 꽤 한 상태구나! 어디가 제일 좋았어요?"

이름이 수빈이의 영어 이름과 똑같은 할머니 루시는 으레 처음 만나면 하는 질문들을 우리에게 계속 했다. 나는 우리 넷만 알아들을 수 있는 한국말로 낮게 속삭였다.

"야, 박수빈, 네가 대답 좀 해봐."

그러나 언어 담당인 동생은 괘씸하게도 아무것도 모르겠다는 표정이었고, 하는 수 없이 내가 대답했다.

"뭐, 딱 어디가 좋다고 말하기는 어렵네요. 다 좋은 점도 있고 안 좋은 점도 있죠. 근데 루시는 여기서 산 지 얼마나 됐어요?"

대화를 돌릴 참으로 내가 물었다.

"한 20년 넘은 거 같아요."

그 당시 30대 후반이었던 루시는 여섯 살짜리 아들을 데리고 이곳에 왔다고 한다. 여름이면 동네 사람들과 친구들을 초대해 앞마당에서 큰 축제를 벌이기도 했단다.

"벌써 옛날 일이네요. 우리도 늙었어요. 조용할 일밖에 없죠."

과연 루시의 말처럼 이곳은 한낮인데도 문 여닫는 소리 하나 들리지 않고 적막했다. 창밖에 마당을 노니는 닭들 말고는 모든 것이 정지된 것처럼 보였다.

"루시 아들도 여기에서 같이 살아요?"

"런던에서 살아요. 일찌감치 여길 떠나고 없어요. 여기서 살기 싫대요. 줄곧 도시로 나가고 싶어 했어요. 아무래도 시골에서는 하고 싶은 걸 하기가 어렵잖아요. 여기 식구 중에 트레이시도 열아홉 된 아들이 있는데, 그 애도 나가서 살고 싶대요. 대학도 가고 싶고…… 우리 아들은 다시 여기로 돌아올 생각이 없대요."

다 비워진 그녀의 찻잔이 쓸쓸해 보였다. 루시의 아들도 어쩌면 시골을 떠나고 싶어 하던 수빈이와 같은 마음이었을지 모르겠다. 많은 곳을 이사 다녔던 나와 다르게 시골 동네 한 곳에서 자라서일까, 수빈이는 오래전부터 서울에 살던 나를 몹시 부러워하며 서울에서 살고 싶다는 말을 밥 먹듯 했다. 서울에서 살면서 수빈이가 가장 먼저 하고 싶은 것은 방송국 대기줄 맨 앞쪽을 차지해서 '우리 오빠들'을 마음껏 보는 것, 유명한 맛집들을 매일 가는 것이었다.

"루시는 그러고 보니 나랑 이름이 같네요. 루시는 앞으로 뭐 하고 싶어요? 한국은 대학 입시 분위기가 엄청 힘들다고 하던데, 맞아요?"

"아아…… 한국이요. 그렇죠…… 저요? 음… 기자?"

마지못해 대답하던 수빈이는 방에 들어오자마자 씩씩대며 화를 냈다.

"그런 질문은 도대체 왜 하는 거야? 진짜 싫어. 그게 왜 궁금해? 남 일에 왜 그렇게 관심이 많아? 짜증 나. 나 이제 중졸이라고. 어떡해?"

이제 알았나 보다.

"뭘 어떡하긴 어떡해? 중졸, 겁나 멋있네."

나는 진심으로 그렇게 대답했다. 누가 중졸이라고 하면 기존 교육 제도의 틀을 깨고 자유롭게 살아가길 선택한 용감한 사람으로 바라보곤 했으니까.

"장난해? 내 친구들은 곧 모의고사야. 걔네들은 수능 때문에 엄청 공부하고 있다고."

"그 대신 너는 무엇과도 바꿀 수 없는 여행을 지금 하고 있잖아."

엄마가 동생에게 말했다.

"그러면 뭐해? 한국 돌아가면 다시 입시 준비해야 하잖아. 나는 아무리 잘하려고 해도 안 돼. 될 수가 없어. 이미 늦었어. 이게 다 내가 시골에 살면서 학원을 못 다녀서 그래. 지금 반에서 1~2등 하는 애들하고 나는 애초에 시작부터가 달라. 걔네들은 어렸을 때부터 시내에서 온갖 과외 다 받아서 기초가 튼튼할 수밖에 없다고."

수빈이의 말에는 마디마다 울퉁불퉁한 감정이 서려 있었다.

"겨우 졸라서 난생처음 하게 된 과외도 여행 간다고 그만두고…… 다른 엄마들은 학원 못 보내고 과외 못 시켜서 안달인데 엄마는 완전 방임이야!"

"이놈아, 엄마처럼 훌륭한 사람이 어디 있다고? 네가 시내에 사는 친구들과는 다른 환경에서 지내서 속상한 것도 있겠지만, 반대로 그 친구들이 경험하지 못한 걸 너는 누리고 있는 거기도 해. 세상에 얼마나 많은 길이 있는데! 각각에 다 뜻이 있는 거야."

아빠가 애써 달래보려 했지만 소용없었다.

"됐어. 뭘 해주지도 못할 거면서 그렇게 말하지 마. 집에 돈도 없으니까 이것저것 해달라고도 못해. 무슨, 아빠랑 엄마는 만날 다 길이 있대. 완전 추상적이야. 하나도 도움이 안 돼."

계속되는 동생의 짜증에 나는 안에서 불쑥 튀어나오려는 화를 참느라 애꿎게 입술만 깨물었다.

'대학에 꼭 가야 해? 대학에 왜 가고 싶은데? 넌 뭘 하고 싶은데? 괜히 부모 탓하지 마. 그전에 네가 정말 뭘 하고 싶은지 그것부터 생각해. 그게 더 중요해. 추상적인 거? 어쩌면 그게 더 현실적인 거야!'

차마 그렇게 말하지는 못했다. 손에 들고 있던 컵에 물은 다 마시고 없는데 그 자리에 생각이 들어찼는지 그 어느 때보다 무겁게 느껴졌다.

비 오던 어느 날의 외국인 노동자 가족

비 오는 날은 유독 아침잠을 뿌리치기가 힘들었다. 창문에 소란스레 부딪치는 빗줄기와 아직 어두컴컴한 하늘빛 때문인지 아침 같지가 않았다.

"비 오니까 일 안 하겠지?"

수빈이가 전날 밤 일기예보가 맞았다며 침대에 누운 채로 기뻐했다.

"모르는 일이야. 그래도 나갈 준비해. 시간 다 됐어."

여행 매니저 혹은 가이드나 다름없던 나는 어기적어기적 바지를 주워 입고 바깥 상황을 살피러 나갔다. 계단을 내려오자 공동체 구성원 중 한 명인 니콜라가 벌써 나와서 기다리고 있었다.

"비가 오네요."

나는 밖에서 일하기 어렵겠다는 뜻을 그렇게 은근히 내비쳤다. 하지만 니콜라는 내 말은 개의치 않고 오늘 할 일을 소개해 주겠다며 우산을 건넸다. 먹구름 가득한 음침한 하늘 아래서 무슨 일을 하게 될지 염려되었지만 일단 문밖으로 따라나섰다. 빗줄기 사이로 퇴비장 쪽에서 기괴한 소리가 들려왔다. 가까이 가보니 어제까지만 해도 없던, 이삿짐센터 크레인처럼 생긴 기계가 우악살스럽게 나무더미를 집어삼키고 있었다.

"나무를 분쇄해서 퇴비로 만드는 거예요. 우리가 밭에 쓰기도 하지만 일부는 지역 주민들에게 팔기도 해요."

잘디 잔 나무 조각들과 함께 쏟아지는 거대한 소음에 나는 온몸이 긴장되었다.

"나뭇가지를 나르려면 포크가 필요할 거예요. 어디 있는지는 알죠?"

설마 이 비에 이런 일을 하라고 할 줄은 생각지도 못했다.

"비가 이렇게 오는데요? 다른 일을 하는 게 좋을 것 같아요."

"어쩔 수가 없어요. 기계 대여가 오늘밖에 안 된다고 해서 오늘 꼭 해야 해요."

니콜라는 안 그래도 커다란 눈을 더 크게 치켜뜨며 나를 내려다보았다. 파란 눈동자가 오늘따라 더욱 차가워 보였다. 나는 한숨을 쉬며 가족들이 기다리고 있는 방으로 돌아왔다.

"왔구나. 무슨 일 한대니?"

엄마가 소파에 앉아 성경책을 읽고 있다가 나를 돌아보며 물었다.

"오늘 일 좀 힘들 거야. 비 맞고 해야 하니까 우비 하나씩 챙겨."

"무슨 일인데?"

뒤에 있던 아빠가 물었다.

"나무 분쇄하는 일 하래."

아직도 귀에서 기계 소리가 웅웅거리는 것만 같았다.

"지금 해야 한다고? 물어본 거 맞아?"

엄마가 되물었다.

"아, 그럼 물어봤지, 안 물어봤겠어? 지금 해야 한대!"

하기 싫은 일을 설명하려니 짜증이 묻어났다. 아빠는 밖으로 나와 빗속에서 작동중인 분쇄기를 보더니 한층 더 심각해져서 말했다.

"이 일 위험하니까 일단 엄마랑 수빈이 데리고 들어가."

나는 아빠의 말을 무시했다. 매번 아빠 혼자서 궂은일 도맡아 하려는 것이 마음에 안 들었다. 아빠랑 말을 주고받는 것도 불편했기에 내가 왜 이 일을 하려는지 일일이 설명하기도 싫었다.

"난 할 거야."

"이걸 어떻게 해? 엄마랑 수빈이는 다른 일 해야 한다고 가서 말해."

"왜 못해? 정 그러고 싶으면 아빠가 알아서 해. 난 할 거니까."

아빠는 나의 완고한 태도가 이해할 수 없다는 표정이었다. 나는 곧장 포크를 들고 와 멀리 있는 나뭇가지들을 퍼서 나르기 시작했다. 우산을 쓰고 대문 쪽에 서 있는 엄마와 수빈이가 신경 쓰였지만 못 본 척 일에만 열중했다. 하지만 얼마 지나지 않아 엄마와 수빈이 쪽으로 가보지 않으면 안 되었다. 둘이 니콜라와 이야기를 하고 있었는데, 이상하게도 수빈이는 가만히 있고 엄마가 서툰 영어를 구사하고 있었다.

"무슨 일이야?"

"몰라, 언니. 이 사람 진짜 이상해. 우비가 하나 모자라서 우비 달라고 내가 말했는데도 무슨 말인지 못 알아듣겠대."

정확한 이유는 모르겠지만 니콜라는 이미 찌푸린 얼굴에 귀를 닫은 지 오래였고, 어떤 말을 해도 들으려 할 것 같지 않았다.

"엄마, 됐어. 그만 말해. 그냥 내가 찾아줄게."

니콜라의 태도에 나도 그만 화가 났다. 나는 허락도 구하지 않고 온 집안을 휘젓고 다니며 우비를 찾았다.

'아빠 말대로 엄마랑 수빈이는 다른 일 하게 할 걸 그랬나?'

우리를 무시하는 듯한 니콜라의 표정이 계속 떠올랐다. 급격히 우울해진 내 마음을 아는지 모르는지 비는 계속해서 쏟아졌고, 비에 젖은 나뭇가지들은 더 무겁게 느껴졌다.

그러나 검은 우비로 무장한 엄마와 수빈이는 의외로 별생각 없다는 듯이 일에 합류했다. 수빈이는 몸집에 비해 큰 우비를 입고 큰 갈퀴를 들

ARBOR
EATER

고 일하는 엄마의 모습이 우스꽝스러운지 웃고 또 웃었다. 엄마도 수빈이가 웃으니 따라 웃었다. 그에 반해 나는 오기가 생겨 이를 악물고 일을 했다. 아빠한테 이 정도 일쯤은 얼마든지 해낼 수 있다는 것을 보여주고도 싶었다. 엄마와 나, 수빈이는 커다란 나무더미를 질질 끌어다 기계 옆에 가져다 놓고, 아빠는 그 더미들을 기계 안으로 집어넣었다.

"이쪽으로 더 오지 마! 위험해!"

콧잔등에 나무 찌꺼기들이 달라붙어 얼룩진 얼굴이 된 아빠는 우리가 조금이라도 기계 옆에 다가오면 덜덜거리는 기계음보다 더 크게 소리쳤다. 졸지에 우리는 비 맞으며 일하는 외국인 노동자 가족이 되어 말 한마디 없이 나뭇가지들을 나르고 또 날랐다. 낡은 우비 사이로 빗물이 스며 어느새 옷은 젖어 있었고, 힘이 들면 잠깐씩 헛간 처마 아래에 꾸부정하게 앉아 쉬던 엄마와 수빈이는 연거푸 시계를 들여다봤다. 니콜라는 말도 없이 사라진 지 오래였고, 열 명도 넘는 공동체 식구들 중 우리가 일하는 동안 얼굴을 내민 사람은 단 두 사람뿐이었다.

"아, 진짜 말이 돼? 중요한 일이라면서 자기네들은 하나도 안 하고!"

수빈이 말처럼 이 사람들 진짜 해도 해도 너무했다.

다~ 내 탓

점심 시간이 거의 다 되어 우리 가족은 각자 방에서 휴식을 취했다. 바깥에서는 일하느라 몰랐던 한기가 온몸을 타고 올라왔다. 축축하게 젖은

옷을 말리던 나에게 엄마가 잠시 대책 회의를 하자고 했다.

"뭘 어떻게 했으면 좋겠는데?"

나는 금방이라도 돌아서 나갈 사람처럼 방문 앞에 서서 물었다.

"여기 일정표를 보면 지금이 볼런티어 주간이라고 돼 있어. 그 사람들한테 우린 우퍼가 아니라 볼런티어인 거야."

아빠의 말인즉슨 교류를 위한 만남이 아니라 긴급한 일거리에 쓰일 노동력으로서 우리를 본다는 의미였다.

"다른 곳 같으면 이렇게 비 오는 날 일 안 하는데 여긴 정말 너무 배려가 없어."

엄마가 속상하다는 투로 말했다.

"거긴 거기고 여긴 여기야. 다른 곳이랑 비교하지 마. 오후 일을 어떻게 할지만 이야기했으면 좋겠어."

나는 부정적인 것만 골라 평가하듯 말하는 가족들이 싫었다. 물론 이 일이 우리에게 무리였다는 것을 인정하고 싶지 않은 마음도 있었다.

"오후 일을 어떻게 해? 진짜 오후에도 저 일 하라고 하면 대박이다 진짜!"

수빈이가 흥분한 목소리로 말했다.

"일 못한다고 해. 은빈이 네가 이번에도 말 못하겠다고 하면 내가 가서 말하면 돼."

아빠가 완강한 입장을 표했다.

"됐어. 내가 말할게."

아빠에게 맡겼다가 괜히 일을 복잡하게 만들고 싶지 않았다. 내 방으로 돌아온 나는 으슬으슬 떨며 라디에이터 곁에 쭈그려 앉았지만, 턱없이 부족한 열기에 겨우 손가락 끝만 데우는 꼴이었다.

'짜증나. 왜 이거 가지고 난리야? 일하기 싫었으면 중간에 그만두던가. 일하기로 했으면 그냥 하면 되지 뭐 그렇게 말이 많아? 이미 끝난 거 불평하면 뭐가 달라져?'

비 속에서 일을 시킨 니콜라만큼이나 가족들의 볼멘소리는 나를 화나게 했다. 나는 호스트와 우리 가족 사이에서 소통해야 하는 중간자이기도 했기 때문에 무조건 가족들 편만 들 수 없었다. 나에게는 어딜 가든 가족보다 호스트가 사는 문화와 방식을 이해하고 맞추려는 자세가 더 우선이었다. 붉으락푸르락 화를 속으로 내지르다 별안간 니콜라의 차가운 눈빛이 떠올랐다.

'맞아. 다 그 인간 때문이야. 저번에도 우리한테 일거리 건네주고 자기는 쏙 빠지더니, 혼자 노래 부르면서 개랑 산책이나 하고. 우리가 자기네 일 해주러 온 하인인 줄 아나!'

화르륵 마음에 불이 타오르더니 갑자기 푹 꺼졌다.

'정말 힘들다. 이 여행 그만하고 싶다. 이렇게까지 해야 하나?'

창문에 투다닥 부딪치는 빗소리가 뾰족한 바늘로 변해 내 마음을 찌르는 듯했다.

'박은빈, 네가 오자고 한 공동체야. 네가 이렇게 여행하자고 했잖아. 아빠 말 듣고 니콜라에게 더 강경하게 이야기했으면 가족들이 이렇게까지 힘들지 않았어. 다들 감기 걸려 누우면 네가 책임질 거야?'

내 안에 또 다른 내가 표독스런 눈으로 나를 노려보았다. 그 눈으로 왜 너는 그것밖에 못하냐며 타박하는 듯했다. 나는 나에게 더 가혹하게 굴고 있었다.

오후 일을 시작할 시간이 거의 다 되었다.

"니콜라 어디 있어요?"

나는 우연히 마주친 루시에게 혼자 울다 퉁퉁 부은 눈을 들킬까봐 고개를 숙인 채 물었다.

"모르겠네. 왜요?"

아무 영문도 모르는 듯 밝은 루시의 목소리에 불쑥 화가 났다.

"오후 일에 관해서 말할 게 있어요."

"아, 오후에는 니콜라 말고 나랑 일하는 거니까 나한테 말해요."

나는 거두절미하고 비가 와서 오후 일은 어렵겠다고 말했다.

"그래요. 알았어요. 푹 쉬어요."

예상보다 너무 간단하게 원하는 대답이 돌아왔다. 하지만 방으로 돌아와서도 내 마음은 여전히 편치 않았다. '니콜라가 우리더러 일 안 하고 꾀부리는 사람들이라고 험담하는 건 아닐까?' 혼자 침침한 방 안에 누워 있으려니 별의별 생각이 다 들었다. 그때 똑똑 소리와 함께 엄마가 문을 열고 들어왔다.

"여기 안 춥니? 어머! 히터가 작동이 안 되네. 고장 났나봐. 괜찮아?"

"괜찮아. 냅둬."

"괜찮긴, 딱 봐도 춥고만. 내가 이거 고쳐달라고 말할게."

엄마의 호들갑이 시작되었다.

"그냥 내버려두라고!"

난 공동체 사람이든 엄마든 그 누구와도 이야기할 기분이 아니었다.

"아 참, 은빈아, 아무래도 다음 장소 호스트한테 엑서터Exeter에서 픽업해 달라고 하는 게 좋겠어. 좀 쉬고 나서 전화나 메일 좀 보내줘."

며칠 전에도 엄마의 요청으로 그곳에 연락해 픽업 장소를 바꾸었는데 또 바꾸자는 소리였다. 우리 편의만 생각하며 호스트와의 약속을 번복하는 엄마의 태도에 다시 짜증이 일었다. 픽업 장소가 바뀌면 나도 다시 교통편을 알아봐야 했다.

"엄마가 알아서 해. 제발 좀 나가줘."

나는 등을 돌리고 이불을 뒤집어썼다.

엄마도 내 목소리에 실린 무언의 감정을 읽었는지 아무런 말 없이 서 있다가 방을 나갔다. 그런데 잠시 후 문 밖에서 엄마 목소리가 들려왔다. 옆방에서 지내는 던의 목소리도 들렸다. 엄마는 더듬거리는 영어로 내 방에 히터가 고장 났다는 말을 하고 있었다.

난 이불을 걷어차고 일어나 신경질적으로 방문을 열어젖혔다.

"필요 없어요!"

던은 어정쩡한 표정으로 나와 엄마를 번갈아 쳐다보았고, 나는 문을 쾅 닫고 다시 이불 속으로 들어갔다.

엄마가 금방 방으로 따라 들어왔다.

"박은빈, 이야기 좀 하자. 엄마 방으로 좀 와."

잘 알지도 못하면서

나는 한참 후에야 무거운 몸을 억지로 일으켜 엄마 방으로 갔다. 엄마는 침대에 걸터앉아 정적 속에서 한참 동안 나를 뚫어지게 쳐다보았다.

"이야기 좀 해봐. 왜 그렇게 짜증이니?"

올 것이 왔다. 그동안 나를 두고 참고 넘어갔던 것들이 자잘하게 쌓여 그 임계치를 넘어선 것이다.

"몰라. 알면 내가 이럴까?"

싸늘한 내 말투가 순식간에 주변을 차갑게 휘감았다.

"뭣 때문에 그렇게 화가 나 있는 거야?"

"……"

"네가 뭣 때문에 그러는지는 모르겠는데, 그렇다고 아까처럼 그렇게 사람을 대놓고 무시하고 짜증내는 거 아니야."

입술을 질끈 깨물고 말하는 모습이 단단히 화가 난 것 같았다.

"짜증이 났는데 어떡하라고?"

나는 조금도 굽히는 기색 없이 고개를 더 빳빳이 세우고 말했다.

"너도 이게 한두 번이 아닌 거 알지? 언제부턴가 너는 무슨 말만 하면 화를 내. 이렇게 더 가면 정말 안 될 것 같아."

"……"

"교통편 알아보고, 목적지 찾아가고, 사람들 만나면 소통하고…… 그런 거 다 너 혼자 하다 보니 부담이 커져서 그런 거니?"

"……"

엄마는 내 짜증을 근래에 시작된 단순한 스트레스라 여기고 싶은 걸까?

"가족들이랑 있는 게 싫어."

한참을 침묵하던 나는 엄마의 눈을 똑바로 쳐다보며 말했다. 이왕 말이 나온 김에 한번 해보자는 생각이 들었다.

HIPPIES
USE
SIDE DOOR

"이 여행 자체가 싫어. 아니 가족들이 싫어. 엄마는 사람들한테 용건이 있을 때 말고는 대화도 안 하고. 그러려면 뭐 하러 여행 온 거지? 박수빈도 마지못해 억지로 일하고, 아빠는 자기 혼자 다 책임지려고 하고. 다 짜증나고 다 싫어."

이런 내 자신도 싫다는 말은 하지 못했다.

"내가 그동안 말을 안 하고 있었는데 오늘은 좀 해야겠다."

상황을 가만히 지켜보기만 하던 아빠가 말을 꺼냈다.

"내가 아마 너한테는 여행 와서 한 마디도 뭐라고 한 적이 없을 거야, 그렇지? 나는 네가 다 큰 딸인 줄 알았어. 여행 오기 전에는 얘가 이제 어른이 다 됐구나 하면서 자랑스럽게 여겼어. 근데 아니야…… 생각해 보면 말할 수 없을 만큼 속상한 게 많아. 너는 상처 줄 수 있는 말들을 너무 아무렇지도 않게 해. 내가 네 말 때문에 일 끝나면 힘든데도 방에서 쉬지 못하고 매일 얼마나 멀리씩 걸어갔다 오는지 몰라. 아무리 힘들고 어렵더라도 어떤 건 혼자 감당할 줄도 알아야 해. 가까이 있는 사람이라고 막 대하고 그러는 거 아냐. 지켜야 할 예의란 게 있어. 이렇게 부모한테 짜증내고 화풀이하는 건 그냥 징징대는 거야."

묵혀두었다 꺼낸 아빠의 이야기가 날카로운 칼처럼 나를 깊숙이 찔렀다. 엄마도 얼마 전 내게 그런 말을 했었다. 어려서부터 떼 한 번 안 쓰던 순둥이였고, 커서도 매사를 혼자서 잘해내고 무슨 일이든 가족 먼저 배려하고 믿음직스러웠는데, 여행 나오면서 너무나 달라졌다고…… 난 여태껏 부모님이 말하지 않아도 알아서 집안일과 밭일을 돕던 어른스러운 큰딸이었다. 그랬던 내가 이렇게도 차갑게 돌변할 줄은 나 자신도 예상하지 못한 일이었다.

"맞아, 징징대는 거야. 근데 내가 전에 이런 적 있어?"

내 말에 아무도 대답을 하지 못했다. 나는 제발 내가 울지 않기를 바랐지만, 일찌감치 두 눈 가득 고인 눈물을 더 이상 억제할 수 없었다.

이 여행에서 무언가가 자꾸만 내 안의 어린아이를 흔들어 깨웠다. 아빠랑 같이 걷고 싶어 종종걸음으로 좇아가던 일곱 살 적의 옛 기억도 떠올랐다. 아빠에게 같이 걸어가자고 보채지도 않고 그저 아빠 걸음에 자신을 맞추려 애쓰던 조그만 아이가 보였다. 아빠는 그 아이의 작은 걸음을 고려하지도 않고 바쁜 사람처럼 커다란 보폭으로 혼자서 성큼성큼 앞서 나가곤 했다.

"아빤 할 말 없어. 뭘 안다고 그렇게 말해? 엄마도 다 똑같아. 뭘 잘 알지도 못하면서 나보고 징징거린대."

내 마음 깊은 곳에 숨어 있던 외로운 아이가 아무도 자신을 알아주지 않는다고, 나는 왜 늘 혼자냐고 소리치며 서럽게 우는 것 같았다. 아빠와 함께 지내고 싶었던 유년 시절, 그리고 커서도 어둠 속에 웅크리며 힘들게 보내던 순간들에 그들은 내 곁에 없었다.

우리는 서로에 대해 잘 몰랐다. 그저 각자 추측만 했을 뿐 구태여 서로 어떤 생각을 하고 어떤 일을 겪고 있는지 묻지도 않았고 먼저 말을 꺼내지도 않았다. 오늘의 대화도 어디서부터 시작된 것인지 알 수 없었다. 서로를 알아가기 위해서는 여행 전으로, 아니 그보다 훨씬 먼 과거로 돌아가 거기서부터 이야기를 시작하지 않으면 안 될 것이다.

"난 이제 더 할 말 없어. 갈게."

지끈거리는 왼쪽 머리를 손으로 누르며 나는 방을 나왔다. 결코 오늘 하루에 끝나지 않을 대화란 걸 알았다.

3

가족 모임을 권합니다

여행을 하는 동안 우리는 매달 한 번씩 가족 모임을 했다.
하루 24시간 꼬박 붙어 있었지만 우리는 정작
서로를 이해하지 못하는 순간이 많았다.
…… 내 차례가 되었다.
"음, 다들 알다시피 내가 이 여행에서 제일 요주의 인물인 것 같아.
나도 내가 왜 이렇게 가족들에게 못되게 구는지 정리가 잘 안 돼."

가족을 대하는 또 다른 자세

우리는 비 맞고 일했던 루시네 공동체에서 예정보다 나흘 일찍 서둘러 나왔다. 떠나기 전 아빠는 공동체 멤버 중 한 사람에게, 비 오던 그날처럼 궂은일을 함께하지 않고 볼런티어에게만 떠넘기는 건 진정한 공동체의 모습이 아니라고 충고를 했다고 한다.

다른 때 같았으면 나는 출발하기 전에 대략 우리가 움직이는 동선과 어디서 몇시에 버스를 갈아타는지 브리핑을 했겠지만 이번에는 내키지 않아 생략했다. 다음 목적지인 12지파The Twelve Tribes 공동체로 향하는 길, 우리는 우연히 마주친 동양인 관광객들처럼 몇 발짝씩 서로 떨어져 움직였다. 난 엄마 아빠의 그림자만 봐도 인상이 찌푸려졌기에 타야 할 버스가 보이자 말없이 혼자 올라타 버렸다. 그 자체로 이 버스를 타라는 충분한 신호가 될 테니까.

우리를 마중 나온 남성은 단발머리를 단정하게 묶고 얇은 끈을 이마에 두르고 있었다. 12지파 공동체의 커뮤니티 홀에 들어서기 전까지 나는 그것이 그만의 패션인 줄 알았다. 커뮤니티 홀에서 잠시 기다리라는 말에 우린 의자에 앉았다. 점심때가 되어 테이블에 음식을 나르는 사람들이 우리 앞을 분주히 지나다녔다. 나는 힐끔힐끔 그들을 쳐다보았다. 남자들은 아까 우리를 마중 나온 사람과 똑같은 머리 스타일을 하고 있었고, 여자들은 수수한 집시풍 드레스를 입고 있었다. 그들의 옷차림은 우리가 과거의 어느 시대에 와 있는 것 같은 착각을 불러일으켰다.

"정말 잘 왔어요! 저는 샤벳이라고 해요. 짐이 무겁겠어요! 먼저 방부터 안내해 드릴게요."

마치 성경 속에서 툭 튀어나온 듯한 복장에 수염까지 덥수룩한 아저씨가 우리를 맞았다. 샤벳이 안내해 준 첫 번째 방은 부모님이 사용하게 될 방이었다. 문을 열자 여린 하늘빛 꽃무늬 이불이 덮인 침대와 아담한 나무 테이블이 보였다. 엄마는 농장과 산이 내다보이는 창문을 보며 감탄사를 연발했다. 특히나 창틀에 놓인 환영 메시지와 들꽃 송이는 큰 감동을 주었다.

"여러분이 앞으로 여기에 머무는 동안 저희 가족이 대표로 여러분을 모시게 되었어요. 언제든 필요한 것이 있으면 주저하지 말고 저를 찾아주세요."

샤벳의 '모신다serve'는 표현이 생소하게 들렸다. '12지파 공동체'는 초기 기독교 문화에서 하던 그대로 옷차림을 하고 계율을 지키는 등 생활의 모든 것을 성경 말씀대로 실천하는 신앙 공동체였다. 이곳 사람들은 손님을 맞는 역할을 자신의 수행 기회로 받아들이는 것 같았다. 극진한 귀빈 대접이 낯설어 내가 혼자 알아서 하려고 하면 그들은 오히려 서운한 표정을 지어보였다. 허울이 아니라 진심이 담긴 표정이었다.

수빈이와 나는 이층 침대가 놓인 다락방으로 안내를 받았다. 할머니 두 분과 함께 쓰는 방이라 비좁은데다 한낮에도 볕이 잘 들지 않는 방이었다.

"나는 엄마 아빠 방에서 지낼래."

수빈이가 침대에 잠시 앉더니 실망한 표정을 숨기지 못하고 말했다.

"됐다. 그냥 여기서 지내."

내 말투에서 뭔가 만만치 않은 느낌을 받았는지 수빈이는 내 말에는 대꾸하지 않고 쪼르르 엄마한테 달려갔다. 아니나 다를까 수빈이는 엄마에게 방을 바꾸자고 졸랐고, 엄마는 다른 방이 없는지 대신 물어보겠다고 나섰다. 나는 화가 솟구쳐 나도 모르게 소리를 지르고 말았다.

"야! 네가 필요한 건 네가 직접 말해! 너 또 엄마한테 뭘 부탁하기만 해봐. 알았어?"

엄마는 내 말에 놀랐고, 수빈이는 태블릿을 두드리기만 할 뿐 아무 대꾸도 하지 않았다.

"진짜 죄다 맘에 안 들어."

그렇게 한마디를 남기고 나는 다시 방으로 돌아왔다. 성난 마음을 다독이다 나도 몰래 낮잠에 들었다가 나는 화들짝 놀라 잠에서 깨었다. 침대 발치를 비추고 있는 한 줄기 햇살을 보고서야 마음이 놓였다.

'다행이다. 엄청 잔 줄 알았네.'

무거운 눈꺼풀을 들어 올리고 멍하니 천장을 바라보는데 어디선가 끼익끼익 하는 소리가 들렸다. 오래된 철제 침대가 흔들거리며 내는 소리 같았다.

'나는 가만히 누워 있는데 왜 침대가 흔들거리지?'

나는 조심스레 침대 밖으로 나와 위를 올려다보았다. 웬걸, 수빈이가 침대 위층에서 뒹굴거리며 자고 있었다.

침대 주변에는 수빈이의 짐이 가지런히 정리되어 있었다. 바구니마다 옷과 가방, 책과 노트가 분류되어 있는 걸 보니 제대로 살림을 차려놓은 것처럼 보였다. 수빈이는 투덜거리기는 했지만 결국 이렇게 불편함을 받아들였다. 언니라는 게 동생의 투덜거림 하나 제대로 받아주지 못하고 화를 냈구나 싶어 뒤늦게 미안한 마음이 들었다. 잠이 달아났다.

내가 처음으로 다른 사람과 한 방에서 살게 되었던 때가 떠올랐다. 기숙사 고등학교를 다녔던 나는 입학하고 며칠 후 모두가 자고 있는 한밤중에 눈물바람을 한 적이 있었다. 우리 집의 안락한 내 방이 몹시도 보고 싶었다. 어쩌면 이 녀석도 내가 울던 그때처럼 울다가 잠든 건 아닐지…… 나는 다락방 지붕에 난 하늘 창을 비스듬히 열었다. 산 위를 미끄러져 내려온 선선한 바람이 그 사이로 들어오자 방 안의 공기가 바뀌었다.

"야, 박수빈, 일어나. 저녁 먹을 시간이야."

밥이라면 벌떡 일어나는 놈이었다.

"너, 싫다면서 짐 정리 다 해놨더라?"

나는 잘했다는 말을 그렇게 에둘러 했다.

"거기 바구니 하나 남아 있는 거 언니 쓰라고 남겨둔 거야. 언니 써."

눈 비비적거리며 일어나서 하는 수빈이의 말, 내가 쏘아붙이던 말과는 아주 달랐다.

자신과 화해한 사람만이 깊은 잠에 들 수 있다

하루에 두 번 있는 개더링gathering 시간. 12지파 사람들은 어른과 아이 할 것 없이 한데 모여 서로 인사를 나누었다. 같이 살면서도 마치 오랜만에 만난 듯 반가운 얼굴들을 하면서 말이다. 인사를 할 때는 상대와 악수를 한 채로 나의 오른쪽 어깨를 상대의 오른쪽 어깨에 마주 대는 독특한 방식으로 했다.

얼추 인사가 끝나자 샤벳이 40여 명의 식구들에게 우리를 소개했다. 그 순간 환영의 박수갈채가 우리 넷을 향해 쏟아졌다. 부담스러워서 이제 그만해도 된다는 의미로 예의를 갖춘 미소를 보냈지만 박수는 그치지 않았다. 답인사를 해야 끝나나 싶어 우리 넷은 파도타기로 인사를 했다. 하지만 되레 박수소리만 더 키웠다. 이런 낯선 스포트라이트에 어쩔 줄 몰라 나는 바지 밑단만 내려다보다가 잠시 후 용기를 내어 고개를 들어보았다.

우리를 바라보며 박수를 치는 그들과 눈동자가 마주쳤다. 그들의 눈빛에서 따뜻함이 느껴졌다. 마치 사랑이 담긴 마흔 가지의 표정을 보는 듯했다. 우리가 어디에서 왔고, 왜 여기에 왔는지, 우리 이름이 무엇인지도 모르는 사람들이 우리의 지난 몇 달을 아무런 조건 없이 위로하고 토닥여주는 것 같았다. 네가 여기에 있어줘서 기쁘다고 말해주는 것 같았다. 나는 처음 받아보는 긴 박수 세례에 뜻 모를 눈물이 차올랐다.

'고맙습니다.'

잔뜩 긴장해 있던 어깨가 스르르 펴지고 온몸이 녹아내리는 듯했다. 박수소리는 이윽고 흥겨운 노래로 바뀌었다. 누군가 첫 소절을 시작하자 모두가 따라 불렀다. 탬버린을 흔드는 꼬마, 기타를 치는 할아버지, 젬베를 두드리는 젊은 친구의 반주가 한데 어우러지고, 사람들은 함께 원을 그리며 춤을 추고 노래를 불렀다. 우리는 부끄럼타는 소년소녀처럼 원 바깥에 서서 지켜보기만 했다.

어느덧 해가 지고, 사람들은 노래를 마치고 자리에 앉았다. 그러자 여섯 살 정도 되어 보이는 아이가 누가 시키지 않았는데도 일어나 말했다.

손을 맞잡고 함께 춤추고 기도하는 12지파 공동체 사람들,
그들을 보며 나는 문득 "낮에 자신과 화해한 사람만이
깊은 잠에 들 수 있다"는 말이 떠올랐다.

“저는 오늘 엄마 말을 듣지 않았어요. 음, 음, 그래서 엄마를 속상하게 했어요. 어, 앞으로는 말을 잘 들을 거예요.”

그 아이는 양손을 반듯하게 모으고 말도 반듯하게 또박또박 천천히 했다. 다음에는 내 또래로 보이는 청년이 일어나 성경책을 펴더니 오늘 하루 마음속에 품었던 구절을 사람들과 나누었다.

“저는 오늘 이 말씀이 계속 떠올랐어요. 매 순간 혼자가 아닐 텐데 왜 자꾸 잊어버리는지…… 다시 되새깁니다.”

어깨를 흔들며 노래하던 흥겨운 분위기는 어느새 잠잠해지고 사람들은 진지한 얼굴로 서로의 신앙 고백에 귀를 기울였다. 돌도 안 되어 보이는 아기도 엄마 품에 안겨 동그란 눈을 깜빡이며 사람들 말을 경청하는 듯했다.

눈이 파란 사람, 피부가 검은 사람, 팔뚝만 한 갓난아기를 안은 할아버지…… 어디서 온 누구든 간에 모두가 한 가족처럼 아끼고 보살핀다는 느낌이 들었다. 개더링은 모두가 서로의 어깨에 손을 얹고 기도를 하면서 마무리되었다.

“낮에 찻집에서 만났던 아주머니에게 사랑이 깃들기를 기도합니다.”

“프랑스로 떠난 야돈이 지금쯤 무사히 잘 도착했길 기도합니다.”

“오늘도 하루를 선물해 주셔서 감사합니다.”

매일을 이렇게 기도하며 살면 어떨까? 문득 “낮에 자신과 화해한 사람만이 깊은 잠에 들 수 있다”는, 언젠가 나의 가장 오래된 친구로부터 들었던 말이 떠올랐다.

나를 있는 그대로 풀어놓을 수 있는 곳

12지파 공동체의 아이들은 모습이나 행동이 꼭 어른 같았다. 아기의 표정에서는 인자한 할머니의 웃음이 보이고, 부엌에서 칼질하는 열 살 이샤의 모습에서도 뭔지 모르게 위엄이 묻어났다. 착착착 일정한 크기로 야채를 자르는 모습이 차분하고 안정감 있었다. 아이들은 대부분 어른들을 따라 이런저런 집안일을 돕는 한편, 공동체에서 함께 성경 말씀도 배우고 플루트나 바이올린도 배웠다. 그러지 않을 때에는 친구들과 어울려 그림을 그리기도 하고 들꽃으로 목걸이를 만들거나 술래잡기를 하며 놀기도 했다.

우리 가족은 이곳 아이들이 너무 어른스러워서 놀랐다. 대개 아이들이라면 장난감이 눈에 보이면 사달라고 떼를 쓰거나, 친구가 자기 물건을 집어 들면 빼앗으려고 할 텐데, 이곳 아이들은 서로 양보할 줄도 알고 자기 차례가 될 때까지 기다릴 줄도 알았다. 수빈이는 그런 아이들을 보며 안쓰러워했다.

"그 다섯 살짜리 꼬마 있잖아, 아까 걔가 뛰다가 넘어졌거든. 그런데 그 순간에 울어야 할지 말아야 할지 고민을 하는 것 같더라고. 아, 그 표정을 보는데 왜 그렇게 불쌍한지……"

아빠는 생각이 좀 달랐다.

"나도 여기 애들 보고 처음엔 좀 이상하다 싶었어. 너무 어른스러우니까 이상하더라고. 어른들이 아무리 바른 가치관을 갖고 있다고 하더라도 아이들한테 너무 일찍부터 어른들의 가치관을 가르치면 그것도 폭력이야. 그런데 여기서 자란 청년들을 보니까 모두 기품 있고 잘 자랐어. 인사하는 표정이나 걸어가는 자세, 자기 이야기를 하는 태도…… 걔네들 보면서 생각이 달라졌지."

아빠 말처럼, 보름 동안 내가 12지파 아이들과 생활하며 느낀 건 이 세상 어떤 존재라도 그들 앞에 서면 스르르 녹아버릴 것처럼 아이들이 해맑고 순수하다는 것이었다. 나는 그 아이들을 바라보면서 오히려 무엇이 정말 아이다운 것인지 되묻게 되었다. 세상이 규정한 그 '아이다움'이라는 틀을 떠나서 말이다. 아이가 아이다울 수 있는 건 어른이 어른답기 때문에, 다시 말해 어른이 어른에게 걸맞은 순수함을 간직하고 있기 때문이라는 생각이 들었다. 12지파 사람들은 아이들뿐만 아니라 어른들에게서도 본받을 점이 많았다. 이들은 자신의 부족함을 거짓으로 포장하려 애쓰기보다 있는 그대로 인정할 줄 알았고, 상대방의 미숙함 또한 이해하고 끌어안을 줄 아는 사람들이었다.

여느 때와 다름없는 저녁 개더링 시간이었다. 한 여성이 떨리는 목소리로 아이들을 데리고 공동체를 나가겠다는 이야기를 꺼냈다. 말을 많이 하지는 않았지만 얼마나 오래 고민하다 꺼낸 말인지 충분히 느껴졌다. 그러지 않아도 개더링 때 다른 사람들에 비해 유독 말수가 적고 표정이 굳어 있어 눈길이 자주 가던 사람이었다. 왜 그런지 사연이 궁금했지만 내가 아는 건 그녀가 이 공동체의 아주 오래된 멤버라는 사실뿐이었다.

그녀는 공동체를 떠나겠다는 이유를 말하면서 먼저 자신의 잘못과 한계부터 고백했다. 그리고 스스로 기도하고 신앙으로 극복하고자 노력했지만 결국 떠나기로 결심했다는 말을 차분히 이어갔다. 오랜 세월 머무르면서 어쩌면 공동체의 문제점도 많이 보고 사람들 간에 갈등도 많이 겪었을 텐데, 그녀의 말에서나 그 사이 행간에서나 그 어떤 비난이나 원망도 묻어나지 않았다.

나는 다른 구성원들이 어떻게 반응할지 궁금했다. 일반 회사를 같이 다니던 동료가 어느 날 그만두겠다고 해도 서운한 법인데, 하나의 뜻을 가지고 공동체를 일구며 살아가던 가족이 어느 날 갑자기 떠나겠다고 하면 수만 가지 생각과 감정이 이는 게 당연할 것이기 때문이다. 그러나 그들이 그녀를 대하는 모습은 내 예상과는 전혀 달랐다.

그 다음날 오후였다. 평소에는 책상과 의자만 놓여 있던 큰 방 하나가 마치 아기자기한 카페처럼 변신해 있었다. 푹신한 매트와 색색깔의 쿠션이 놓이고, 먹음직스러운 간식과 예쁜 장식품들도 놓여 있었다.

"오늘 여기에서 뭐 하나요?"

무슨 일인가 궁금해 방 앞을 기웃거리던 나는 같은 방을 쓰는 할머니 틱샤에게 다가가 물었다.

"오늘부터 며칠 동안 여기서 특별한 개더링을 할 거예요. 어제처럼 공동체 안에서 누군가 어려움을 겪고 있으면 우리는 이렇게 공간을 꾸미고 거기에서 그 사람과 함께 모임을 가져요. 공간이 따스한 느낌이 들어야 사람들도 편안하게 자기 이야기를 꺼낼 수 있으니까 이렇게 꾸미는 거고요."

틱샤는 문 입구부터 시작해 방 안쪽으로 군데군데에 촛불을 켰다. 공동체를 떠나겠다고 한 그 여성을 위해 마련된 이 특별한 개더링에는 공동체 구성원만 참여할 수 있었다. 공동체 생활에 어려움을 겪는 이를 위해 마련되는 첫날 모임에서는 모든 사람이 그의 이야기를 경청하며 간간이 질문을 주고받는다고 했다. 그 기한은 정해진 게 없이 자리의 주인

공에 따라 이틀이 되기도 하고 몇 시간 만에 끝나기도 한단다. 주인공의 이야기가 끝나면 그 다음으로는 어린이들을 포함한 공동체 구성원 모두를 위한 시간을 보낸다고 했다. 주인공의 이야기를 듣는 동안 어떤 것을 느끼고 깨달았는지 이야기를 나누며, 어려움을 겪고 있는 사람의 경험을 모두의 경험이 되도록 한다고 했다. 이때에도 시간을 정하지 않고 한 사람 한 사람 충분히 이야기를 풀어내도록 한다는 점이 인상 깊었다.

사흘째 되는 날, 마지막으로 주인공을 위해 축하하는 의식이 치러졌다. 개더링에 참석한 공동체 식구들이 주인공과 함께 찬송을 부르며 마당에 있는 작은 연못으로 나왔다. 그간 어떤 대화들이 오고 갔는지 나로선 알 수 없지만, 하루하루가 다르게 사람들 표정이 밝아지고 분위기가 편안해지는 것을 보면서 나는 그녀가 공동체를 떠나지 않으리란 것을 직감할 수 있었다.

공동체 식구들 모두가 기도해 주는 가운데 그녀와 그녀의 가족이 연못 깊은 곳을 향해 걸어 들어갔다. 네 사람은 연못 안에 서서 잠시 기도를 했다. 그녀의 얼굴은 차분하고 편안해 보였다. 그 순간 갑자기 네 사람이 몸 전체를 물속으로 풍덩 던졌다. 몇 초가 흐르고 숨을 들이마시기 위해 물 밖으로 내민 그들의 얼굴에서 환한 미소가 한가득 피어났다. 마치 새로운 존재가 되어 새로운 인생을 다시 시작하는 사람들처럼 보였다. 연못 바깥에 있던 공동체 식구들이 물 밖으로 나온 그들을 따뜻하게 껴안아주었다.

그 모습을 바라보는데 내 눈시울이 뜨거워졌다. 어둡던 그녀의 얼굴이 어느 때보다 밝게 빛나는 걸 보며 되레 내가 행복했다. 그렇게 그녀는 공동체 식구들의 도움을 받아 자신의 어둠을 깊이 들여다보고 끌어안을 수 있었으며, 이제는 그 어둠을 자유롭게 놓아준 듯했다. 그녀가 자신의 어둠을 주변 사람들에게 떠넘기거나 짐 지우려 하지 않는 모습이 인상적이었다. 나는 내게 물었다.

'나는 나의 어둠을 있는 그대로 바라보고 인정하는가? 내 안의 어둠을 다른 사람 탓으로 돌리고 있지는 않은가?'

아니라고 말할 수가 없었다. 나는 내 안의 어둠이 버거워 애써 무시하고 있었다. 움직여 밖으로 나가고 싶어 하는 어둠에게 꼼짝 말고 거기 숨어 있으라고 명령하기만 했다. 그리고 내 어둠의 근원이 다름 아닌 가족들에게 있다며 그들을 탓하고 싶어 했다. 그와 동시에 그런 나 자신을 탓했다.

나는 그날의 특별한 개더링을 지켜보며, 그녀가 자신은 물론이고 다른 누구도 몰아세우지 않았던 것처럼 나도 나 자신과 다른 누구도 비난하지 않기로 단단히 마음을 먹었다. 지금 이 여행에서 나 자신과 또 가족들과 부딪치며 겪고 있는 일들도 나 스스로를 이해해 가는 과정이라 여기고 싶어졌다. 엉망진창인 내 마음에게 '왜' 그러느냐고 따지고 추궁하기보다 그냥 '그렇구나' 하고 인정해 주는 어른이 되고 싶어졌다.

평소처럼 12지파 공동체 식구들은 춤과 노래로 하루를 마무리했다. 다섯 살짜리 꼬마부터 청년, 아주머니, 흰머리 할아버지에 이르기까지 모두 다 아이처럼 순수하고 행복해 보였다. 매일의 나를 있는 그대로 풀어놓을 수 있는 곳, 그리고 곁에서 함께 묵묵히 기도하는 삶을 살아가는 사람들을 만나게 된 것만으로도 나의 마음 한구석이 든든해졌다.

떠나는 날, 우리를 배웅하는 공동체 사람들.
그들처럼 나도 '왜 그러느냐'고 따지기보다
'그렇구나' 하고 인정해 주는 어른이 되고 싶어졌다.

박 씨네 이발소

12지파 공동체를 떠나, 카우치서핑Couch Surfing(잠을 잘 수 있는 소파를 의미하는 '카우치'와 파도를 타는 '서핑'의 합성어로, 숙박 혹은 가이드까지 받을 수 있는, 여행자들을 위한 비영리 커뮤니티)을 통해 연결된 어느 노부부 별장에서 머무르게 되었다. 여행을 시작할 때만 해도 짧은 커트머리였던 나는 어느덧 목덜미까지 뒤덮은 단발머리가 되었다. 아빠도 1980년대 늦깎이 대학생이 되었을 때처럼 장발이 되었다.

"아, 머리 잘라야 하는데~"

아빠가 평소에도 귀찮아하던 것 중 하나가 이발이었다.

"그래! 자기 머리 좀 잘라야 돼!"

엄마는 아빠가 머리나 수염 기르는 걸 딱 질색했다.

"아빠! 내가 잘라줄까?"

뚱딴지같은 수빈이의 말에 다들 어처구니없다는 표정을 지었다.

"요즘에는 인터넷으로 머리칼 자르는 법 배워서 혼자 하는 사람 많아. 내가 마스터해서 잘라줄게."

다시 들으니 수빈이 말이 조금 그럴듯하게 들리기도 했다. 하지만 경험도 없는 수빈이가 설마 정말로 자르겠나 싶어 나는 대수롭지 않게 여겼다.

"그래? 그럼 네가 잘라봐."

예기치 않은 아빠의 승낙에 엄마와 나는 눈이 동그래졌다. 평소 소박하게 자급자족하는 삶을 동경하던 아빠는 무엇이든지 직접 하는 것을 좋아했다. 그게 좀 심해지면 고집불통이 되기도 했지만, 어쨌거나 아빠다운 선택이었다.

"진짜!?"

놀잇감이라도 생긴 아이처럼 수빈이가 싱글벙글하며 되물었다.

"아빠! 그럼 나 공부하고 올게. 조금만 기다려~"

곧바로 수빈이는 태블릿을 들고 와이파이가 터지는 노부부네 집 거실로 뛰어갔다. 엄마와 나는 불길한 예감이 들었지만, 아빠의 선택을 존중하겠다는 뜻으로 잠자코 지켜보기만 했다. 확실히 여행을 시작한 뒤로 우리 가족은 점점 더 모험하기를 두려워하지 않았다.

수빈이가 사라지자 아빠는 이발에 필요한 준비물들을 찾아다녔다. 이발사 키에 맞는 의자를 찾고, 장시간 방해 없이 안정적으로 앉아 있을 장소도 물색하는 듯했다. 마지막으로 아빠가 분주히 찾아 나선 건 목 아래를 덮을 이발용 가운이었다. 이곳저곳을 뒤지고 나서야 아빠는 배낭 가장 밑바닥에 꼬깃꼬깃 접혀 있던 투명 김장 비닐을 찾아냈다. 마치 이 날을 위해 한국에서 가져왔나 싶을 만큼 이발 가운으로 제격이었다. 비닐 한가운데를 동그랗게 가위로 오려내고 머리를 집어넣으며 사이즈를 체크하는 아빠의 모습이 왠지 비장해 보였다.

아빠는 하얀색 러닝셔츠 위에 핸드메이드 이발용 김장 비닐 가운을 두르고 다소곳이 앉아 수빈이가 오기만을 기다렸다. 하지만 저녁때가 다 되어가도록 수빈이는 나타나지 않았다. 결국 아빠가 직접 찾아 나섰다. 김장 비닐을 두른 차림 그대로였다. 게다가 꽃무늬 햇빛 가리개를 머리에 쓰고 흙 묻은 파란색 장화를 신은 채 아빠는 수빈이가 있을 건너편 노부부네 집으로 향했다. 부스럭~ 부스럭~ 아빠의 모습은 덤불에 가려

보이지 않았지만, 걸음을 뗄 때마다 들려오는 김장 비닐 소리에 엄마와 나는 웃지 않을 수가 없었다.

이윽고 거사가 시작되었다. 아빠 뒤에 서서 핀으로 머리의 구역을 나누는 수빈이의 폼이 사뭇 이발사 느낌이 났다. 머리를 맡긴 채 게슴츠레 눈을 감고 있던 아빠는 막상 이발이 시작되자 얼굴에 긴장한 기색이 역력했다. 시간이 얼마쯤 흘렀을까, 나는 방에서 글쓰기를 멈추고 문득 아빠 머리가 어떻게 되었나 궁금해 거실로 나갔다. 그런데 아빠 모습을 목격한 순간 내 입이 떠억 벌어지고 말았다. 아무 소리도 내지 못하고 도로 방으로 돌아온 나는 엄마에게 나가보라며 손짓으로 바깥을 가리켰다.

"어머! 수빈아! 그만 잘라!"

엄마는 자기도 모르게 낸 큰소리에 놀랐는지 손으로 입 주변을 감쌌다.

"뭐야? 왜?"

자잘한 머리카락들을 얼굴에 뒤집어쓴 아빠도 낌새를 감지하고 불안한 목소리로 물었다. 수빈이는 이미 잘라낸 머리 모양 때문인지 가위질을 멈추지 못했고, 아빠 머리는 그럴수록 더 들쑥날쑥해졌다.

"아빠, 움직이지 마. 잠깐만, 조금만 더 자르면 돼."

수빈이는 애써 태연한 척했다.

"무슨 소리야? 그만해. 그만 잘라."

소란스레 말리는 엄마 때문에 수빈이는 사태의 심각함을 곧 인정할 수밖에 없었다. 아빠는 그제야 머리를 손으로 만졌다.

"거울 줘봐."

안색이 어두워진 아빠가 얼굴에 묻은 머리카락을 손으로 쓸어내며 말했다. 수빈이가 슬그머니 손거울을 건네자 아빠는 정확히 1.5초 만에 거울을 내려놓았다. 그리고 그 즉시 담배를 챙겨 거친 발길로 밖으로 나갔다.

"딱 아니다 싶었을 때 그만뒀어야지, 에이 참."

엄마는 심각한 분위기를 읽었는지 아빠 귀에 들리지 않도록 작은 목소리로 수빈이를 나무랐다.

"아, 뭐, 그래도 노력한 거야!"

수빈이는 억울하다는 듯이 도리어 엄마에게 역정을 냈다. 나는 설마 하던 일이 벌어져 황당하면서도 자꾸만 웃음이 터져 나왔다. 아빠보다 심각한 엄마의 표정, 순진무구한 수빈이의 행동, 자취를 감춘 아빠…… 상황이 중대한 것은 차치하고 이런 일을 벌였다는 것 자체가 무슨 시트콤의 한 장면처럼 느껴졌다. 자꾸만 웃음이 나면서 그간 가족들과 나 사이에 쌓여오던 마음의 벽이 한 순간에 와르르 무너져 내리는 것 같았다.

한참 후 숙소로 들어온 아빠는 가위를 들고 화장실로 직행했다.

"어떻게 복구할 수도 없네. 하, 이게 사람이냐? 원숭이지……"

화장실에서 나온 아빠는 우리 얼굴을 쳐다보지도 못했다. 머리를 보아하니 일부러 작정하고 망쳐놓은 머리처럼 군데군데 움푹 팬 곳들이 도드라져 보였다. 괜찮아 보인다는 거짓말로 대충 무마하고 넘어갈 상태가 아니었다. 아빠를 제외한 나머지 세 사람은 웃느라 합죽이가 되다시피 했다.

"반삭을 할 수도 없고…… 내가 몸이 말라서 반삭으로 머리를 밀면 불쌍해 보인단 말야."

아빠는 당혹감에서 헤어 나오기 어려운지 혼잣말을 늘어놓았다.

"머리는 금방 자라니까! 곧 괜찮아질 거야~"

엄마가 위로삼아 말했다. 그 순간 아빠가 조심스레 우리를 쳐다보았고, 아빠 머리를 정면으로 마주한 우리 셋은 아무렇지 않은 척 아빠 머리를 바라보아야만 했다. 하지만 미안하게도 몇 초를 못 견디고 우리는 웃음보를 터뜨리고 말았다.

"규대 씨, 미안."

엄마는 아빠의 눈치를 보며 웃던 입을 다물어보려 노력했지만 마음처럼 되지 않는 듯했다. 나와 수빈이는 더 이상 아빠를 보지 못하고 뒤돌아서서 시원하게 웃어댔다.

"웃기냐?"

박장대소하는 세 모녀를 어이없다는 듯이 지켜보던 아빠도 슬슬 입꼬리가 올라갔다. 이 순간만큼은 우리 가운데 누구도 그간 우리에게 어떤 일이 있었는지, 어떤 갈등이 있었는지 기억하지 못했다. 그저 함께 웃을 뿐이었다.

가족 모임을
권합니다

여행을 하는 동안 우리는 매달 한 번씩 가족 모임을 했다. 하루 24시간 꼬박 붙어 있었지만 우리는 정작 서로를 이해하지 못하는 순간이 많았다. 나는 소파에 앉아 지난 일기장을 펼쳐보며 그동안 어떤 일들이 있었는지 훑어보았다. 여행을 시작한 첫날부터 하루 전 일기까지 두꺼운 페이지가 순식간에 넘어갔다. 실제로 지나온 넉 달이란 시간은 그렇게 쉽게 지나가지 않았는데 말이다.

맨 처음 이런 시간을 갖자고 제안한 사람은 나였다. 가족으로부터 멀리 도망치고 싶은 내게 그들을 피할 수 없도록 하는 장치가 필요했다. 이번 달 모임은 회계 담당인 엄마의 숫자 발표로 시작했다.

"이번 달은 우리가 총 100만 원 정도 썼어. 저번에 엑서터Exeter에 다녀온 것과 한인 마트에서 장 봤던 게 주된 지출이고 나머지는 소소하게……"

수빈이와 내가 모아두었던 돈까지 포함해 전 재산을 탈탈 털어서 온 여행이었기에 자금이 어떻게 쓰이는지 네 명 모두 알 권리가 있었다.

"그 정도면 우리 잘 쓰고 있는 거야?"

수빈이가 물었다.

"그럼! 훌륭하지. 우리가 일부러 절약하면서 지내는 것도 아니고, 하고 싶은 거 하고 필요한 거 사는데도 이 정도 나온 거면."

"그러게. 박수빈이 군것질거리 같은 이상한 걸 그렇게나 샀는데도 그 정도밖에 안 나왔어?"

어딜 가기만 하면 조각 케이크와 마카롱 같은 디저트류를 기념품처럼 사던 수빈이가 못마땅해서 내가 한마디 했다.

"내가 언제 그랬어? 나는 정말 뭘 사는 것도 아니야."

수빈이는 억울하다는 듯 입을 내밀었다.

"그게 사는 것도 아니라고? 네가 그동안 돈을 제일 많이 썼을 걸?"

"아유, 됐어. 그만해. 그 정도면 괜찮아~ 어서 이야기나 하자. 누구부터 할래?"

그렇게 물어본 엄마부터 이야기를 시작하기로 했다.

"이번 달은 어떻게 보냈더라…… 난 다들 보다시피 잘 지내고 있어. 무리하지 않도록 컨디션 조절해 가면서. 근데 나는 영어를 너무 못해서 고민이야. 한국에서부터 정말 열심히 공부했는데도 말을 못하겠는 거 있지? 저번에는 어떤 아이가 복도 청소를 하는데 너무 기특한 거야. 애가 청소를 얼마나 꼼꼼하게 하던지! 잘한다는 말을 하고 싶었는데 뭐라고 해야 할지 몰라서 아무 말도 못했어. 뭐라고 해야 되는 거니? 아직도 모르겠어."

"그냥 '굿 잡'이라고 말하면 돼. '굿 보이' 해도 되고."

수빈이가 간단하게 일러주었다.

"그렇구나. 나는 그게 그 당시에는 도저히 생각이 안 나는 거야. 아무 말도 못하고 방으로 돌아오는데 얼마나 암담했는지, 그런 말 한 마디도 못한다는 게……"

그러고 보니 엄마는 여행하며 아무것도 모르는 사람, 아무 말도 못하는 사람으로 살아가고 있었다. 한국이란 나라에서 오랜 세월 사회 생활을 한 어른으로서 많은 걸 알고 있고 또 알려주는 역할에 익숙할 텐데 말이다.

다음은 아빠 차례. 아빠는 자기 이야기를 입 밖으로 끄집어내기까지는 늘 어느 정도의 시간을 필요로 했다.

"흠…… 말할 게 없는데……"

"아빠는 말할 게 없다면서 늘 나보다 이야기를 많이 한다?"

요즘 수빈이는 아빠 놀리는 재미가 늘었다. 처음 모임 때만 해도 가족들은 이런 식으로 감정 표현이나 소감을 나누기가 낯간지러워 말을 아겼었다. 큰일이 있을 때라야 표현하지 평소에는 밖에서 있던 일도 잘 나누지 않던 사람들이었다.

"지난 1~2년 간 송경자가 웃는 모습을 거의 본 적이 없었어. 행복해하는 모습을 잘 보지 못했던 것 같아. 내가 귀농하고부터는 농사로 생활비를 다 못 대니까 경자가 목회도 하고 지역아동센터도 나가고 그러느라 그동안 엄청 힘들었을 거야. 난 그게 다 내 탓 같아서 미안했지. 그런데 경자가 여행하면서 얼굴이 달라졌어. 얼마나 많이 웃는지 몰라. 여행하길 참 잘했구나 하는 생각이 들어. 그것 말고는 뭐……"

아빠는 턱을 쓸어 만졌다. 아직 할 이야기가 남았다는 뜻이다.

"아무래도 귀국하고 나면 앞으로 어떻게 먹고살까 고민을 하게 돼. 생활협동조합을 만들까, 아니면 건넛마을 건축팀에서 겨울 동안에라도 일을 할까…… 내가 귀농하면서부터 쉬지 않았던 게 양봉이잖아. 그런데 양봉을 하려면 개화 시기를 따라서 전국을 돌아다녀야 하거든. 그럼 농사를 제대로 짓기가 어려우니 또 마음을 접게 되고. 아무튼 요즘 생각이 많아. 여행하고부터 밤에 잠도 잘 못 자고 있어. 할망구가 자꾸 꿈에 나오는 것도 신경 쓰이고……"

난 아직도 자기 이야기를 꺼내는 아빠의 모습이 낯설었다. 엄마와 아빠가 둘이서만 나누던 어른들의 대화를 몰래 엿듣는 것만 같았다. 아빠가 가장으로서 묵직한 책임감을 가지고 있을 거라 어렴풋이 추측은 했지만 내가 감히 물어볼 만한 얘기는 아니었다. 아빠의 생생한 육성으로 전해 듣는 이야기들은 박규대라는 한 사람의 인생 속을 들여다보게 만들었다.

"아, 우리 귀여운 할머니…… 할머니가 꿈에 나와서 뭐래?"

수빈이도 가끔씩 할머니 이야기를 했다. 나도 수빈이도 할머니가 보고 싶긴 매한가지였다.

"몰라도 돼, 인마. 이제 네 차례야."

나는 아흔이 다 되신 어머니를 두고 온 박규대 씨의 마음을 혼자 상상해 보다가 곧 시작된 수빈이의 이야기로 고개를 돌렸다.

"난 솔직히 얼마 전까지지도 여행하면서 계속 끌려다니는 느낌이었어. 근데 이제 주체성을 갖게 된 것 같아. 나 처음으로 자기 계발이라는 걸 시작했어! 나를 위해 무언가 한다는 생각을 학교 다니면서는 한 번도 해본 적이 없더라고. 요즘 매일 머릿결 관리랑 운동이랑 영어 공부를 하고 있는데 앞으로도 꾸준히 할 거야. 완전 좋아!"

"그래. 수빈이 방금 한 말이 굉장히 중요한 거야. 가족 여행이기 이전에 내가 이 여행에 어떤 의미를 두고 있는지가 더 중요해. 가만 보면 수빈이 제일 잘 지내는 것 같아. 하고 싶은 것만 하면서 말이야. 일할 때 일 안 하고 자기 하고 싶은 농땡이를 얼마나 피우는지!"

농담 섞인 아빠의 말에 엄마와 나는 고개를 끄덕이며 웃었다. 한 바퀴 이야기가 돌고 나자 나는 그동안 내 옆에 있는 사람들에 대해 얼마나 자의적으로 생각했는지 깨달았다. 나 혼자만 치열하게 여행하는 줄 알았는데 그게 아니었다.

"그럼 이제 나만 남았나?"

대망의 순서. 내 차례가 되었다.

"음, 다들 알다시피 내가 이 여행에서 제일 요주의 인물인 것 같아. 나도 내가 왜 이렇게 가족들에게 못되게 구는지 정리가 잘 안 돼. 단순히 과거 사건으로 인한 트라우마 때문만이 아니라 여러 복잡한 마음들이

쉬는 날, 산에 오르는 우리 가족.
하루 24시간 꼬박 붙어 있었지만
우리는 정작 서로를
이해하지 못하는 순간이 많았다.

얽혀 있어. 너무 괴롭다 보니까 이 여행에 오자고 한 엄마를 속으로 많이 원망했어. 가족하고는 이야기하기 싫고, 친구는 없고, 그러니까 외롭고…… 아무튼 난 아직 이런 상태야. 그래도 많이 좋아졌어. 다들 크게 느끼지는 못하겠지만. 모두에게 상처를 주어 미안해. 근데 솔직히 이렇게 말하면서도 내일은 또 어떻게 될지 모르겠어."

지난번 가족 모임 때 나는 그간 혼자서 끌어안고 있던 아빠에 대한 두려움을 털어놓았었다. 부모님은 과거의 성폭력 사건으로 생긴 나의 트라우마에 대해서 그 일이 있던 당시부터 알고 계셨지만, 내가 이번 여행에서 다시금 그로 인해 괴로워하는지는 모르고 있었다. 털어놓고 나니 왠지 벌거벗은 것 같은 기분 빼고는 크게 달라진 건 없었다. 그럼에도 말을 꺼낸 건 이유도 모른 채 나의 연이은 공격 세례를 받아온 아빠에게 내가 왜 그토록 예민해져 있는지 말해주어야 한다고 생각했기 때문이다. 그 말을 하면서 나는 내가 왜 그런 일을 겪어서 지금까지도 괴로워야 하는지, 내 자신이 억울해서라기보다도 아무 잘못도 없는 아빠를 공격의 대상으로 삼은 것이 미안해 눈물이 멈추질 않았었다.

이번에는 그때보다 훨씬 스스럼없이 속이야기를 꺼냈지만, 그럼에도 왠지 거북하고 마음이 졸아들기는 마찬가지였다. 가족들이 어떤 반응을 보일지 불안했다. 짧은 순간에 위로받고 싶은 마음, 무슨 반응이 오든 괜찮다는 담대한 마음, 회피하고 싶은 마음 등 여러 마음이 스쳐 지나갔다. 가족들은 내 말에 별다른 반응을 하지 않았다. 그저 평소처럼 나를 바라봐 주었다. 마치 여전히 정돈이 되지 않은 내 마음을 그 자체로 존중한다는 것처럼.

"그러고 보면 우리 정말 한 사람도 아프지 않고 잘 지내고 있어. 나는 그것만으로도 정말 감사해. 난 더 바랄 게 없어. 부족하면 부족한 대로 넘치면 넘치는 대로~"

엄마의 푸근한 말이 오늘따라 싫지 않았다.

나에게만 낭만적인 오프그리드

웨일스 남서쪽 펨브룩셔Pembrokeshire의 작은 마을 뉴포트Newport로 왔다. 무거운 배낭을 짊어 메고 축축한 비를 맞으며 한동안 시골길을 걸어 들어가야 했다. 숙소 현관문을 열자마자 쌀가마처럼 무거웠던 배낭부터 바닥에 내동댕이쳤다.

"다른 방은 없나?"

엄마는 비에 젖은 겉옷을 벗지도 않고 거실 한가운데 멍하니 서서 말했다. 브릿트마 공동체Brithdir Mawr Community에서 우리가 사용하게 된 숙소는 사람이 사용한 지 꽤 오래되어 보이는 곳이었다. 집 안 바닥에 먼지가 한 층을 이루고, 잠잘 방은 손가락보다 긴 다리를 가진 거미들이 입구를 막고 있었다.

"여기 써야지 뭐. 치우면 괜찮을 거야."

보다 못한 아빠가 청소에 나섰다. 호스트에게 다른 숙소가 있는지 물어보았지만 우리 네 명이 같이 지낼 곳은 거기밖에 없다고 했다. 주위가 어둑해져서야 숙소는 가까스로 사람 사는 집다워졌다. 나는 다락방에 짐을 풀고, 수빈이는 거실에 자리를 잡았다. 하지만 엄마는 늦은 밤까지 방 앞을 서성이며 잠을 이루지 못했다. 며칠 후 엄마가 다시 한 번 우리에게 물었다.

"우리…… 다른 곳으로 가는 건 어때?"

그 말을 하는 엄마는 지난밤에도 잠을 못 잤는지 눈 아래로 피곤한 기운이 검게 내려앉아 있었다.

"싫어."

난 일말의 고민도 없이 대답했다.

"이만큼 청소했으면 됐잖아. 엄마가 너무 유별난 거야. 그냥 이 사람들 기준에 좀 맞춰봐."

쌀쌀맞은 나였다.

엄마는 풀이 죽은 듯 더 이상 말하지 않고 방으로 들어갔고, 그 모습을 보자 나는 조금 미안해져 다시 작은 목소리로 말했다.

"여기, 드디어 제대로 된 농장에 온 거란 말이야. 궁금해. 어떤 곳인지 더 알고 싶어."

브릿트마 공동체는 바람 좋은 날이 빨래하는 날이었다. 세탁기를 돌리기 위해 지나가는 바람을 반가워해 보기는 처음이었다. 모두 열 명 정도 되는 공동체 사람들이 생활하는 데 필요한 전기는 집 옆 계곡에 수력 발전기를 설치해 직접 생산해서 썼다. 그마저도 거창한 수력 발전기를 사다 설치한 것이 아니라 간단히 세탁기 모터를 개조해서 만든 것이었다. 브릿트마 공동체는 외부로부터 전력과 가스 등 에너지를 공급받지 않고 독립적으로 생산하거나 자연 친화적인 방식으로 생활하는 오프그리드off-grid 방식을 실천하는 곳이었다. 한낮을 뜨겁게 달군 태양 에너지로 물을 데워 따뜻하게 샤워를 하고, 영국식 전통 화목 난로에 나무를 태운 열기로 요리를 했다. 자연에서 주어지는 만큼만 누리며 살아가는 오프그리드 삶의 방식은 생각보다 낭만적이었다. 나도 자연의 일부로서 자연과 연결되어 있다는 느낌, 그리고 소박하고도 자연스럽게 살아가고 있다는 것이 주는 만족감을 느낄 수 있었다.

지금까지 내게 쓰던 물과 전기는 달마다 고지서에 표시되는 숫자와 같은 것들이었다. 돈만 있으면 얼마든지 쓸 수 있는 당연한 것들이었는데, 이곳에서 지내며 생각이 많이 바뀌었다. 내가 사용하는 물과 전기가 어떻게 태어나고 어떤 과정으로 나에게 오는지 직접 보고 경험해 보니 자연의 수고로움에 빚지고 있다는 걸 다시금 확인할 수 있었다. 아무 때나 당연하게 제공될 수 있는 것이 아니었다.

이 같은 오프그리드 삶의 방식과 함께 브릿트마가 마음에 든 또 한 가지 이유는 삼시세끼 놀라운 비건 요리를 맛볼 수 있다는 점이었다. 오늘의 식사당번인 폴이 요리한 점심 메뉴는 찐 근대, 파를 주재료로 한 커리, 토마토퓌레로 졸인 삶은 달걀이었다. 향신료, 밀가루, 쌀, 버터 등을 제외하고 모든 재료는 농장에서 직접 재배한 것들이었다. 이들은 냉장고를 사용하지 않기 때문에 늘 그 계절에 자라는 제철 채소들을 갓 따서 먹었다. 거기에 이른 아침마다 짜온 염소젖, 닭장에서 암탉들이 낳아놓은 달걀…… 그뿐 아니라 부엌 옆 벽면에는 갖가지 병조림들이 가득 채워져 있었다. 병조림에는 어떤 요리에도 빠질 수 없는 수제 토마토소스, 다양한 야채 피클, 과일 잼 등 그곳에서 수확한 농산물이 사시사철 먹을 수 있도록 저장되어 있었다.

채소를 기르기만 했지 맛있게 요리해 먹을 줄은 몰랐던 나에게는 모두 꿈같은 일이었다. 폴이 만든 카레는 몹시 맛있어서 나는 세 그릇 넘

게 퍼다 먹었다.

"아, 정말 슬프다. 오늘도 고기가 하나도 없네. 맛없어."

나와 달리 수빈이는 왜 이런 '풀떼기'들만 먹어야 하냐며 한두 숟가락 억지로 떠먹고는 그냥 자리를 떴다.

20년을 넘게 함께 살았지만 우린 여전히 남남……

매끼 감동적인 식사를 마치고 숙소로 돌아오면 입구에서 라면 냄새가 진동했다. 아끼고 아껴 먹던, 한국에서 가져온 비상 식량들이 점점 사라져갔다. 엄마는 이번에도 얼마 남지 않은 보물 김치를 꺼내 라면에 말아 먹고 있었다.

"왜 밥 먹으러 안 왔어?"

이해할 수가 없었다.

"저기서 못 먹겠어. 주방이 너무 더러워."

엄마는 그간 깨끗하고 시설 좋은 곳에서 지내다가 브릿트마 공동체에 와서 큰 고비에 봉착한 듯했다.

"정말 여긴 최악인 것 같아."

엄마가 라면 한 젓가락을 입으로 가져가며 말했다.

"그 정도는 아닌데?"

나는 가만히 들어주지 못하고 결국 한마디 쏘아붙였다. 한마디 더 하고 싶었지만 입을 꾹 다물었다. 엄마는 내 반응이 새롭지 않다는 듯 아무런 대꾸도 하지 않았다. 마침 수빈이가 젖은 머리에 수건을 두르고 집 안으로 들어왔다. 샤워 후의 개운함이 나에게까지 전해졌다.

"박수빈, 너 생태 변기 잘 쓰고 있어?"

슬쩍 물어보는 척했지만, 나는 속으로 두 눈을 부릅뜨고 있었다. 엄마도 마음에 안 드는 참에 한 사람씩 차례로 검문해 볼 작정이었다.

"저기, 수세식 변기도 있던데……"

수빈이의 눈동자가 이리저리 흔들렸다. 말끝을 대충 얼버무리는 것이 무언가를 숨기는 것 같았다.

"여기 사람들이 수세식 변기는 되도록 쓰지 말라고 했잖아. 화장실에도 크게 써져 있던데 못 봤어?"

내 예상대로 수세식 변기를 쓰고 있는 수빈이를 나는 틈도 주지 않고 몰아세웠다.

"생태 변기 못쓰겠어. 너무 더러워."

수빈이가 우물쭈물하는 사이에 엄마가 대신 대답했다. 깊고 시커먼 변기에서 금방이라도 벌레가 튀어나올까봐 못 쓰겠다며 두 사람은 진저리를 쳤다. 그런 두 사람의 태도가 나에게는 브릿트마 사람들이 중요하게 여기는 가치관과 생활 방식에 전혀 개의치 않고 자기 편한 대로만 지내겠다는 투정처럼 보였다.

"사용해 보려고 시도는 해봤어? 안 해봤지? 수세식 변기는 잘 막히니까 쓰지 말라고 괜히 적어놓았겠어? 막히면 어쩔 거야?"

"막히면 뚫지 뭐."

엄마의 말은 너무 무책임하게 들렸다.

"여행을 왜 해? 여기 왔으면 여기 사람들이 어떻게 사나 보고 거기에

엄마와 동생은 생태 변기를 싫어했다. 하지만 내게는
생태 화장실의 노란 창문이 그저 예쁘게만 보였다.

맞춰 살아보자고, 그러자고 여행하는 거 아니야?"

답답함이 목구멍에 얹히고 또 얹히는 듯했다. 가족들에게 부드러워져 보기로 다잡은 마음이 서로의 다름에 부딪치는 순간 와르르 무너져 내렸다. 다른 건 다 참을 수 있어도 현재 주어진 여건에 적응하지 못하고 불평불만만 쏟아내는 엄마와 수빈이의 태도는 그냥 넘어가지지가 않았다.

호스트의 눈치가 보이는 것도 사실이었다. 혹시나 호스트가 우리를 공동체의 원칙을 존중하지 않는 사람들이라고 탐탁지 않게 여기면 어쩌나 신경이 쓰였다. 매번 우리의 편의를 봐달라고 부탁하는 것도 아주 힘든 일이었다. 가족들이 무언가 불만스러우면 결국 내가 나서서 해결해야 했으니까. 내가 편하기 위해서라도 가족들이 주어지는 상황에 잘 적응해 주면 얼마나 좋을까?

나는 가족들이 매사에 의연하게 행동하기를, 설령 익숙하지 않은 일이나 상황에 부딪쳐도 적극적으로 도전하기를 바랐다. 그와 먼 행동을 보이며 아까처럼 외부 조건을 탓하기만 하는 태도는 누가 봐도 멋지지 않았다. 어떤 때는 가족들이 창피하기까지 했다. 그들이 내 여행을 망가뜨리는 것 같았다. 난 되도록 많은 이들과 교류하고 한국에 돌아가서는 주변 사람들에게 우리가 얼마나 의미 있는 여행을 하고 왔는지 멋진 여행담을 들려주고 싶은데, 가족들은 자꾸만 문제점만 들춰내고 이곳 사람들과 담을 쌓고 지내니…… 실패한 여행을 하고 싶지 않았다.

언젠가 수빈이와 엄마가 나누는 대화를 엿듣다 알게 된 사실이 하나 있었다. 수빈이가 인터넷상으로 성공한 사람들의 이야기를 읽고 나서 자기도 유명한 대학에 가야겠다는 생각을 한다는 것이었다. 난 그렇지 않아도 마음에 들지 않던 수빈이가 판에 박힌 인생 루트를 영국에 와서까지 답습하고 있다니 한심하다는 생각이 들었다. 나라면 이곳 사람들의 살아있는 이야기를 듣고, 어디서도 쉽게 볼 수 없는 이들만의 삶의 방식을 눈여겨봤을 텐데 말이다.

여행에서 만나는 사람들을 피상적으로 겉모습만 보고 이렇다 저렇다 단정 짓고, 자기가 관심 없는 영역 같으면 아예 눈과 귀를 닫아버리는 수빈이를 보며 나는 한숨만 쉬어졌다. 다른 사람이라면 몰라도 내 동생은 안 그랬으면 좋겠다는 마음이 마치 무슨 신앙심처럼 내 마음속에 거대하게 자리하고 있었다. 동생이 기대 밖의 행동을 할 때마다 나는 마치 단짝 친구가 내가 가장 싫어하는 친구와 웃고 떠드는 걸 지켜보는 기분이었다.

우린 가족이지만 서로 너무 다른 사고 방식과 가치관을 가지고 세상을 살아가고 있었다. 가족이지만 너무나 다른 타인이었다.

아빠에게는 조언,
나에게는 잔소리

어느덧 봄을 지나 여름으로 들어섰다. 밤에는 아직 쌀쌀하지만 한낮에는 반팔을 입어도 좋을 만큼 날씨가 따뜻해졌다. 그 반면 두꺼운 겨울옷을 배낭에 넣고 이동해야 하니 짐을 쌀 때는 전보다 몇 배를 더 낑낑거려야 했다.

우리는 일주일에 단 두 번만 버스가 운행하는 웨일스 오지의 한 작은 농장으로 왔다. 브릿트마 공동체와 그리 멀지 않은 곳이지만 버스로 꼬불꼬불 언덕길을 따라 많이 올라가야 했다. 우리가 도착하자 백발임에도 발랄해 보이는 꽁지머리 할머니 진이 반겨주었다. 그 옆에서 할아버지 존이 잡지를 보다가 우릴 보고 허겁지겁 일어나 인사를 했다.

무거운 짐을 내려놓고 존 할아버지의 조용하고 단정한 발자국을 따라 산책하는 길, 스무 해 전만 해도 목장이었다는 들판에는 과일나무들이 파란 이파리를 흔들어대고 있었다. 들판을 빙 돌아서 다시 집 쪽으로 걷던 진이 우리를 데려다준 곳은 마치 아나콘다 같은 큰 뱀이 나타나도 이상하지 않을 만큼 우거진 풀숲이었다.

"여긴 원래 산책로였어요. 풀이 좀 많이 자랐죠?"

진은 풀숲을 헤치며 슬리퍼 신은 발 그대로 어기적어기적 안으로 걸어 들어갔다. 웬만한 하이킹 장비를 갖추고도 이런 곳을 지나기는 힘들 텐데……

"저기가 우리 집이에요. 이 길은 집이랑 연결돼요. 이 앞쪽으로 예쁜 연못 정원이 있었는데, 지금은 보다시피 정글이 다 되었네요."

말해주지 않았다면 성큼성큼 연못으로 걸어 들어갈 뻔했다.

"여길 다 정리하는 게 저희의 큰 바람이에요."

어렵게 길을 헤쳐 이곳까지 온 이유가 있었다.

"오늘이요?"

웃음기 가신 얼굴로 내가 물었다. 지난번 루시네 공동체에서 비가 내리던 날 힘들게 일하던 모습이 순간적으로 눈앞을 스쳤기 때문이다.

"오늘 다 하면 좋겠지만, 아마 어렵겠죠?"

진이 말했다.

"그럼요. 오늘 다 못해요."

나는 물러설 수 없다는 듯 진의 눈동자를 뚫어지게 응시하며 말했다.

"알겠어요. 오늘은 집으로 가는 이 길 앞쪽만 좀 정리해 줄 수 있을까요?"

"하는 만큼 해보죠 뭐."

그리하여 우리는 거의 사라졌다시피 한 길을 새로이 만들기 시작했다. 아빠의 일머리가 가동되었다. 우리는 엄마가 가져온 전정가위를 하나씩 들고 길을 가로막는 나뭇가지들부터 잘라내었다.

"길 윤곽은 내가 뜰래. 길은 곡선이어야 제 맛이지."

전정가위로 조금 정리된 길 바닥에 나는 가든 디자이너답게 삽으로 밑그림을 그렸다. 내 뒤에서 감독관처럼 잠자코 서 있는 아빠가 신경 쓰였지만 나는 무심히 일에 집중하는 척 뒤를 돌아보지 않았다. 이제 내가 그은 윤곽선을 따라 30센티미터 정도 깊이로 흙을 파내야 했다.

"누가 삽질할래?"

아빠가 삽 하나를 손에 쥐고 남은 삽 하나를 들어 보이며 물었다.

"그거 말고 다른 일은 뭔데?"

조금이라도 덜 힘든 일을 고를 생각으로 수빈이가 물었다.

"아빠가 여기 흙을 퍼서 수레에 담으면 뒷밭으로 옮기는 일도 있어."

"난 삽질 싫어. 수레!"

보나 마나 삽질은 내 몫이었다. 나는 아빠가 길 따라 파낸 흙을 퍼서 수레에 담았고, 동생은 수레를 끌어 뒷밭까지 흙을 날랐다. 두 번 정도 다녀왔을까, 동생이 헉헉거리며 연못 옆 바위에 쓰러지듯 앉았다.

"은빈아, 수레에 흙을 너무 많이 담는다. 그러면 무거워서 수빈이가 끌기 너무 힘들어."

"응."

삽질에 온 기운을 쏟느라 나는 들릴 듯 말 듯 건성으로 대답했다. 관자놀이 아래로 땀이 주르륵 흘러내리고, 어느새 입고 있던 옷도 땀으로 축축해졌다.

"삽질은 그렇게 하는 게 아니야. 삽날을 밀듯이 해봐."

아빠의 잔소리는 안 그래도 더운 날 내 머리에 더운 물을 들이붓는 것 같았다.

"난 이게 편해."

크게 내뱉은 대답 소리에 하마터면 욱 하고 짜증이 실릴 뻔했다. 아빠의 잔소리가 또 내가 일하는 방식을 못마땅해 하고 무시하는 말처럼 들렸기 때문이다. 나를 돕고자 해주는 말이라 생각되지 않았다. 아빠의 한마디로 내가 하던 일은 한순간에 쓸모없는 것이 되고 만 기분이었다. 아빠는 늘 잘한다고 말하는 대신 더 잘할 수 있는 방법을 일러주는 식이었다.

"은빈아, 그렇게 깊이 안 파도 돼. 그냥 반삽 정도여도 돼."

"아빠가 하던가 그럼."

더 이상 아빠의 말을 듣고 싶지 않았다. 한숨과 동시에 나는 일하던 동작을 멈추고 삽자루를 땅에 내리꽂았다. 그러곤 아빠와 최대한 멀리 떨어져 있고 싶어 수빈이의 수레를 뺏어 뒷밭으로 끌고 갔다.

"언니, 그거 내 수레야!"

눈치 없는 동생의 외침에 더 신경질이 났다.

아빠, 나 김민기 노래 좋아해

일이 끝난 오후, 소파에 퍼져 누운 채 힘없이 돌아가는 천장의 실링팬을 하릴없이 쳐다보았다.

'아빠는 내가 일하는 게 하나도 맘에 안 들지. 그렇지.'

나 혼자 있는 공간 속으로 온갖 생각들이 빽빽하게 들어찼다. 밖에서 불어오던 바람은 창문을 넘지 못하고 문틀에 걸려 무기력하게 흩어졌다.

여행이 끝나고 한참 후에서야 나는 아빠에게 말할 수 있었다. 내가 왜 아빠의 조언을 그토록 귀에 담기 싫어했는지……

"아빠, 나 김민기 노래를 엄청 좋아해. 그 이유는…… 아주 어렸을 때부터 아빠가 운전하며 늘 틀던 노래들 있잖아, 비틀즈, 노찻사…… 그중에 아빠랑 나랑 김민기 아저씨의 〈인형〉이란 노래를 같이 자주 불렀잖아. 김민기 아저씨 파트는 아빠가 부르고, 여자아이 건 내가 부르고. 그때를 생각하면 지금도 행복해. 근데 아빠는 그때도 즐겁게 노래하는 나에게 매번 목소리가 왜 그러냐, 배에 힘을 줘라…… 그랬어. 그런데 나는 아무리 노력해도 아빠가 원하는 그런 목소리가 안 되는 거야. 그래서인지 나는 아직도 노래를 자신 있게 못 부르겠어. 재밌게 신나게 노래 부르고 싶은데 언제부터인가 〈인형〉 노래가 나와도 아빠 눈치를 보며 조용히 흥얼거리게만 됐어."

나는 차분하게 말하고 싶었지만 그러지 못했다. 운전하는 아빠 옆에 앉은 어린 내가 웃으며 노래하던 기억이 눈앞에 아른거렸다.

"아빠는 나한테 늘 그런 식으로 말해. 젓가락질은 왜 그렇게 하냐, 자세가 왜 그러냐, 밥은 한 톨도 남기면 안 된다, 신호등 건널 때는 이렇게 해라…… 조금만 잘못해도 엄청 큰일이 난 것처럼 무서운 두 눈으로 나를 혼냈어. 표정이 왜 그러냐, 눈을 왜 그렇게 뜨고 있냐, 입 모양이 왜 그러냐…… 내가 어릴 때부터 아빠는 늘 나를 그런 식으로 대했어."

아빠는 내 이야기를 가만히 듣고만 있었다.

"그게 나중에 나에게 어떻게 영향을 끼쳤냐면, 아빠. 되게 사소하고 작은 걸로도 내가 부족하구나, 내가 잘못하고 있구나, 나는 못하는구나, 나는 안 되는구나…… 아빠의 피드백들이 내 안에 켜켜이 쌓이면서 나 스스로를 그렇게 규정하고 있더라고. 사실 나는 그냥 나의 모습 그대로였을 뿐인데 아빠에게는 그런 내가 늘 부족하구나 하고 여기게 되었던 거야. 나는 있는 그 자체로 있어선 안 되고 고치고 바꿔야 하는 사람인 거야. 만약에 아빠가 '그래, 그렇게 하는 거야. 그러면 돼' 하고 표현해 주는 사람이면 괜찮았을지도 모르겠어. 하지만 아빤 잘했다는 말이 어려운 사람이잖아. 나는 어린애였어. 엄마에게 아빠에게 사랑받고 싶고 인정받고 싶은 어린애. 그래서 부단히도 노력했던 것 같아. 이렇게 하면 엄마가 날 좋아하겠지, 아빠가 그때 이러면 안 된다고 했으니까 그러면 안 돼…… 다 커서도 아빠는 왜 꼭 그렇게 말을 할까 원망도 많이 했었어. 표현을 안 했을 뿐이야. 근데 함께 여행을 하면 피할 수 없이 같이 지내야 하니까 그 감정이 터져버렸던 거 같아, 화산처럼. 거기에 다른 여러 가지 것들까지 겹쳐서 주체가 안 되었어. 일종의 발악이었던 거 같아. '나의 이대로를 그냥 봐주면 안 돼?' 하는. 지금도 나는 나를 부족한 존재, 발전이 필요하고 어떤 변화가 필요한 사람으로 규정하는 습관이 있어. 순

간순간 알아차리지 않으면 내가 여전히 그러고 있더라고. 그러면 많이 슬퍼져. 내 존재가 뭔가 싫고…… 그냥 있는 그대로 내 모습이 인정이 안 되니까, 나조차도……"

아빠는 그렁그렁 눈물이 맺혀 있는 나의 눈동자를 아무 말 없이 바라보았다.

바람도, 천장의 실링팬도 결국 멈춰 섰다. 한동안 멈춰 선 실링팬에 시선을 붙박고 멍하니 앉아 있었다.

얼마나 그러고 앉아 있었을까, 마치 물 고인 웅덩이에 몸을 담그고 앉아 있는 것처럼 축축하고 불쾌한 기분이 들었다. 나는 기분 나쁜 느낌을 씻고 싶어 방으로 돌아왔다. 지금 순간 내가 이곳에서 취할 수 있는 선택지는 그리 많지 않았다. 그나마 나를 편안하게 해주는 글을 쓰기 위해 나는 노트북을 켰다.

다시 닫혀버린 마음의 문

똑똑.

엄마가 노크를 하고 들어왔다. 평소처럼 빨래거리만 챙겨서 곧 나갈 줄 알았는데 엄마는 말없이 침대 위에 걸터앉았다. 그러더니 하고 싶은 말이 있는데 차마 꺼내지 못하는 사람처럼 침대 위에 가지런히 펼쳐진 이불을 자꾸만 손으로 쓸어내렸다.

"왜 그래?"

아무래도 이상해서 내가 물었다.

"그냥……"

만지작거리던 이불 위에 엄마의 손자국이 자그맣게 찍히고 그 주변이 봉긋 부풀어 있었다.

"사실은……"

"응."

"아빠는 농담 반 진담 반으로 말했는데, 나는 듣고 나서 너무 속상한 거 있지."

엄마는 상기된 얼굴을 감추려는 듯 고개를 숙였다.

"무슨 말을 했는데?"

"……"

한동안 침묵이 이어지자 나와 같은 방을 쓰고 있던 수빈이가 화장지 두 장을 뽑아 엄마에게 건넸다.

"아빠가…… 몸무게를 쟀다는 거야…… 근데 4킬로그램이나 빠졌다는 거 있지……"

엄마의 눈물에 나도 막 슬퍼지려던 참이었는데 그게 아빠 몸무게 때문이라니! 그게 그렇게 슬픈 일인가?

"그래서 우는 거야?"

"그래서라니? 안 그래도 말랐는데 거기서 더 빠졌다는 거잖아. 얼마나 힘들었으면……"

하얀 화장지로 눈물에 젖은 눈과 뺨을 닦으며 엄마 스스로 진정하려 애를 쓰는 것 같았다.

"너희 아빠가 혼자서 다 끌어안고 힘들어하는 타입이잖아. 이제 나라도 나서서 일부러라도 아빠 마음이 어떤지 물어보고 그래야겠어. 아빠도 자기 감정을 표현하고 소화할 수 있게 말이야. 특히 너에 대해서 너무 힘들어하시잖아. 너도 알아줬으면 좋겠어."

나는 어느새 아빠를 살 빠지게 한 못된 딸이 되어 있었다.

"내가 왜?"

나는 속으로 생각했다. '왜 내가 힘든 건 아무도 모르는 거지?'

"우린 지금 가족 여행을 온 거잖아. 근데 너는 가족이 아니라 호스트가 늘 먼저야. 너도 알지? 가족이면 서로 배려하고 힘이 되어줘야지. 그런데 너는 우리를 되게 못마땅해 해. 알고 있니?"

그 말을 듣는 순간 가까스로 가족을 이해해 나가려던 마음이 순식간에 활활 불에 타 사라져버리는 것 같았다.

"못마땅하니까 못마땅해 하지. 그러는 엄마는 잘하고 있어? 호스트를 무슨 일만 시키는 나쁜 사람처럼 생각하고, 일 끝나는 시간만 계산하고. 그리고 아빠만 힘드냐? 나는 안 힘들어? 이런 이야기 할 거면 다신 하지 마."

느리게나마 열어가고 있던 내 마음의 문이 다시 쾅하고 닫혀버렸다. 쿵쿵거리는 화의 발길질이 심장에서부터 머리끝까지 번져나갔다. 나는 입을 다물고 탁자 위에 둔 노트북을 무릎 위에 올려놓고 신경질적으로 마우스 왼쪽 버튼을 연신 눌러댔다.

그렇게 한 시간 정도 지났을까, 삐그덕 하고 방문이 열렸다 닫히는 소리가 들렸고, 침대 위 엄마가 앉아 있던 자리로 푹 꺼진 자국이 그림자처럼 남았다.

내 감정의 밑바닥

오늘 아침따라 진이 구운 곡물 빵이 딱딱하고 맛이 없었다. 배에서 울리는 꼬르륵 소리에 뭐라도 채워야 할 것 같아 시리얼에 우유를 부었다. 그때 진이 내 곁에 오더니 말했다.

"빈, 할 말이 있는데 가족들한테도 이야기해 줄래요?"

이른 아침부터 무슨 할 말이 있다는 것일까? 옆에 있던 엄마는 사뭇 진지한 진의 표정에서 뭔가 이상한 낌새를 느꼈는지 아빠를 부르러 위층으로 올라갔다.

"아침부터 미안해요. 에둘러 말하지 않고 간단하게 말할게요. 인터넷 통신사에서 연락이 왔어요. 존하고 저는 한 달에 여유롭게 2기가 정도를 쓰는데, 갑자기 며칠 사이에 8기가를 넘어서 통신사에서도 놀랐나 봐요."

"아……"

나는 반사적으로 수빈이를 쳐다보았다. 그제야 부엌으로 내려온 아빠와 엄마는 무슨 영문인지 몰라 나와 진의 얼굴을 번갈아 쳐다보았다.

"이런 말까지는 하지 않으려고 했는데, 우리 두 사람은 보다시피 다른 일은 하지 않고 연금으로만 살기 때문에 살림이 넉넉하지가 않아요. 인터넷 사용을 자제해 주시길 부탁드릴게요."

진의 얼굴은 처음보다 홀가분해 보였다.

"정말 죄송해요. 몰랐어요."

"괜찮아요. 당연히 몰랐으니까 그렇죠. 이제부터 조심하면 돼요."

어쩔 줄 몰라 하는 나를 보며 진은 괜찮다는 듯이 손사래를 쳤다.

"무제한 요금이 아니에요?"

스스로 찔리는 게 있는지 수빈이가 진에게 물었다.

"음…… 어느 선까지는 무료인데, 그걸 초과하면 돈을 더 내는 걸로 알고 있어요. 정확히는 모르겠네요."

진이 대답하는 사이 나는 그런 걸 왜 묻느냐며 수빈이 등을 쿡 찔렀다.

"그럼, 부탁할게요."

진이 활짝 웃으며 자리를 떴다. 나는 그사이 죽처럼 퍼진 시리얼을 숟가락으로 휘저으며 방금 전 진의 웃음을 되감기했다. 그 웃음의 시작과 끝에 혹여나 불편한 기색이 남아 있지는 않았는지 구간 반복을 하며…… 나는 남에게 폐 끼치는 것이 무엇보다 싫었다. 그런 일을 마주칠 때마다 마치 다시는 꾸고 싶지 않은 악몽이 되살아나 밤마다 나를 괴롭힐 것만 같았다.

"뭐야? 와이파이가 뭐 어떻게 되었다는 거야?"

내 마음을 더 불편하게 만드는 사람들이 있었으니…… 엄마 아빠는 아직 상황을 파악조차 못하고 있었다.

"와이파이 사용하지 말라는 거야?"

아빠는 까끌까끌한 턱수염을 만지작거리며 나를 쳐다보았다.

"박수빈이 대용량 파일 다운받는다고 이틀 넘게 종일 와이파이를 사용해서 8기가가 넘었어. 근데 존하고 진은 써봤자 한 달에 2기가를 넘지 않는대. 그래서 통신사에서 갑자기 8기가 넘었다고 연락이 왔대. 그러니까 앞으로는 인터넷 사용하지 마."

무뚝뚝한 내 목소리가 속사포로 공중에서 흩어졌다.

"으이구, 박수빈!"

엄마는 미간에 힘을 주며 수빈이를 핀잔했다.

"그럴 줄 몰랐지……"

수빈이는 미안하다는 듯 고개를 푹 숙이고 작은 목소리로 대답했다.

"그래도 인터넷을 써야 할 때가 있잖아. 그럴 땐 어떡하지?"

심각한 상황에서는 엄마의 목소리가 자신도 모르게 두세 배 커지고는 했다.

"쓰지 마."

나는 인상을 쓰며 단박에 질문을 잘라내 버렸다. 이제부터 인터넷에 관해서는 입도 뻥긋하고 싶지 않았다. 호스트에게 책잡힐 여지를 추호도 남기고 싶지 않았다.

"다시 생각해 보니까 좀 그렇다. 인터넷 쓰는 걸로 이렇게나……"

뾰로통해진 엄마를 보니 아까 먹은 불은 시리얼이 가슴에 얹히는 것 같았다.

"아니, 그렇잖아? 우리가 정말 필요한 건 어쩔 수 없이 써야지. 뭐 우리가 얼마나 쓴다고 그래?"

엄마의 마지막 말에 나는 그만 발끈하고 말았다.

"못 들었어? 쓰지 말라고. 쓸 거면 진한테 돈을 내고 써."

"박은빈!"

고함을 지른 사람은 다름 아닌 아빠였다.

"네가 그렇게 잘났냐! 너 기분 나쁘다고 가족들 함부로 무시해도 돼? 얼마나 참아야 돼? 가족들하고 여행할 의사가 있는 거야?"

오늘 일만 가지고 말하는 게 아니었다. 이렇게나 감정적으로 큰소리를 내지르는 아빠의 모습은 처음이었다. 힘을 주어 커다래진 아빠의 눈에 흰자가 도드라져 더 무서워 보였지만, 나는 신기하리만큼 냉담했다.

"규대 씨, 위에서 듣겠어."

엄마가 아빠를 만류했다.

"들으라고 해!"

반성의 기색을 조금도 보이지 않는 나의 태도에 아빠는 더 화가 난 것 같았다. 소리치는 아빠를 피하지 않고 빤히 올려다보는 내 눈에서 한기가 느껴졌다. 그런 냉소적인 내 태도에 나 자신도 소름이 돋았다.

'내가 이리도 차가울 수 있었나……?'

다음날 아침, 나무 주위의 잡초를 뽑아달라는 존의 부탁을 받았다. 작업 장소로 가는 길, 난 되도록 가족들 목소리가 들리지 않게 멀리 떨어져 걸었다. 한 걸음씩 발을 옮길 때마다 땅바닥이 꺼지며 온몸이 아래로 가라앉는 듯했다. 들판을 지나 도착한 곳엔 한 그루 어린 묘목이 잡초더미에 엉켜 애처로이 서 있었다. 건조한 바람 탓인지 목구멍이 타는 듯한 갈증이 느껴졌지만 그냥 참기로 했다. 나는 한쪽 무릎을 꿇고 묘목 둘레에 자라난 풀들을 뽑아나갔다.

"이 풀들 속에 묻혀 있어서 너도 참 괴롭겠다. 난 저 사람들 숨소리만 들어도 화가 나는데."

가족들을 떠나 홀로 있고 싶은 나의 마음이 커다란 풀 더미를 이고 서 있는 듯한 저 어린 나무에게 투영되었다.

"너라도 혼자서 자유롭게 잘살아."

나는 혼잣말을 하며 나무 기둥을 휘감은 질긴 잡초 줄기를 끊어냈다. 잡초 이파리 하나도 남기지 않고 끊어서 저 멀리 내다버렸다. 다시는 잡초가 어린 묘목을 괴롭힐 수 없도록 잡초 뿌리까지 찾아서 파냈다. 흰 목장갑에 흙물이 짙게 밸 즈음 나무 아래로 흙바닥이 드러나기 시작했다.

그 순간 드러난 흙바닥처럼 나의 이 불편한 감정도 더 이상 덮어두거나 가릴 수 없게 되었다는 생각이 들었다. 그런데 내가 느끼는 이 감정들은 왜 저 고동빛 흙바닥처럼 아름답지 못한 걸까? 누구한테라도 따져 묻고 싶었다. 왜 내가 마주하는 밑바닥은 껌껌하다 못해 끝없이 막막하기만 한 건지…… 나도 어제의 아빠처럼 크게 소리라도 지르고 싶었다.

니체가
말했다

아무도 없는 늦은 오후의 테라스, 숲 사이로 쪼개져 들어오는 노을빛이 눈부셨다. 등나무 의자에 기댄 채 스르륵 눈을 감고 노을빛의 따스함을 따라가 보았다. 아빠가 담배 피우러 바깥으로 나가면서 옆을 가로지르지만 않았더라면 달무리 지는 늦은 밤까지도 그곳에서 그렇게 쉬고 있었을 텐데…… 가족과 대화하지 않은 지 5일이 넘었다. 엄마는 아무 일 없다는 듯이 애써 덤덤하게 행동했고, 아빠는 나와 교집합 되는 부분이 생기지 않도록 될 수 있으면 나를 피하는 것 같았다. 그 사이 수빈이와 몇 마디 주고받기는 했다. 인터넷을 하지 말라고 했는데도 보이스톡으로 친구와 통화를 해 나를 한 번 더 뒤집어놓았기 때문이다. 결국 소리가 다 세어 나오는 화장실에서 수빈이는 큰소리로 엉엉 울었다.

방으로 돌아온 나는 수빈이 쪽은 거들떠보지도 않고 이불 속으로 몸을 숨겨버렸다. 책상에 앉아 태블릿에 미리 다운받아 놓은 만화를 보고 있던 수빈이는 이불 속에서 누가 숨죽여 우는지 어떤지 아무 관심도 없었다. 가족끼리 서로를 감싸줘야 하지 않겠느냐는 엄마의 말이 귓가에 웅웅거렸다. 와이파이 얘기를 하던 진의 어두운 얼굴도 스쳐 지나갔다. 아빠의 잔소리와 나에게 화내던 목소리도 들려왔다. 거기에 나를 자책하는 마음까지 모든 것들이 무거운 돌덩이로 변해 명치를 짓눌렀다.

'영영 떠나고 싶다.'

서러움이 울컥울컥 치밀면서 목젖이 아파왔다. 늦은 밤, 여러 감정에 동반해 토할 것 같은 증세까지 나타났다. 당장이라도 뭐라고 소리 지르지 않으면 죽을 것만 같았다. 이불을 박차고 밖으로 뛰쳐나갔다. 들판 한가운데 아무도 볼 수 없는 곳으로. 멀리 언덕배기를 바라보며 몸속의 모든 세포가 입 밖으로 다 뛰쳐나올 듯 괴성을 토해냈다. 가슴이 뻥 뚫린 것처럼 시원했다. 그러나 한편으로는 충격적이었다. 그것은 다름 아닌, 그동안 나를 붙들고 있던 이성을 갈기갈기 찢어대는 광기 어린 소리였다. 순간 나 자신이 벌거벗은 동물같이 느껴졌다.

방으로 돌아왔지만 잠을 이룰 수가 없었다. 외로움에 잠 못 이루고 떠밀리다 시계를 보니 새벽 4시. 아무 생각도 하고 싶지 않아서 나는 처음 보는 웹툰을 1화부터 63화까지 내리 보았다. 그 긴 웹툰을 다 보고 다시 돌아온 현실 세계, 풀벌레 소리만이 잠들지 않고 내 곁을 지키고 있었다. 눈이 시리고 따끔거렸지만 나는 다시 허연 노트북 화면 속에 얼굴을 파묻었다. 그 무엇이라도 나를 구해주기 바라는 간절한 마음으로 숨 쉴 만한 곳을 찾아 헤매었다. 그때 내 두 눈이 한 포털 사이트의 칼럼 위에 가서 머물었다. 철학자 고병권과의 인터뷰를 담은 칼럼이었다.

"깊이와 무게를 혼동하지 말라. 너는 깊어지고 있는 것이 아니라 무거워지고 있다."

철학자 고병권이 니체의 말을 빌려 쓴 문장이었다.

'너는 깊어지고 있는 것이 아니라 무거워지고 있다…… 맞아…… 나는 무거워지고 있어……'

나는 도돌이표라도 붙어 있는 것처럼 같은 문장을 읽고 또 읽었다. 우연히 지나치다 본 글 한 줄이 내 양쪽 어깨를 잡고 세차게 흔드는 것 같았다. 그런데 곱씹을수록 그 말에서 묘하게 따스함이 느껴졌다. 동시에 내 마음 상태를 두어 걸음 떨어진 거리에서 명료하게 바라볼 수 있게 해주었다. 나는 더 이상 무거워지는 것이 아니라 깊어지고 싶다는 열망이 생겨났다. 니체는 신이 죽었다고 말했다지만, 나는 재밌게도 신이 계신다면 신은 내가 삶에서 감당할 만한 것들만 선물로 줄 거란 생각이 들었다. 지금은 비록 내가 당면한 이 모든 상황이 괴로워 옴짝달싹 못하고 있지만, 결국엔 깊고도 드넓은 존재의 근원에 다다르기 위한 연습이 될 거라는…… 곧 나의 마음은 안도감과 함께 작은 희망과 용기로 꿈틀대기 시작했다.

눈을 감았다. 암흑 속에서 아스라이 높은 곳의 난간을 붙잡고 떨어지지 않으려고 아득바득 버티고 있는 내 모습이 보였다. 왜 나는 이렇게 힘들어야 하느냐며 절규하고 있었다. 나는 나라고 여겨지는 어둠 속의 그녀에게 괜찮다고 말해주었다. 그리고 그녀가 자유로워지는 길은 난간에서 손을 떼고 떨어지는 것뿐이라고…… 그녀는 강하게 저항했지만 마침내 질끈 눈을 감은 후 잡고 있던 손을 놓았다. 무거워지지 않되 깊어지기 위해 그녀는 어둠 속의 작은 점이 될 때까지 깊은 곳으로 끝없이 낙하했다.

마침내 다다른 내면의 바닥, 그녀는 어깨를 움츠린 열세 살짜리 소녀의 모습으로 변해 있었다. 소녀가 있는 곳은 내게도 익숙한 어느 초등학교 6학년 교실 앞 복도였다. 아침 일찍 등교를 한 소녀는 교실 안으로 들어가지 못하고 주춤거리며 복도에 서 있었다. 그러곤 반 아이들이 오늘도 자신을 어떻게 괴롭힐지 불안해하며 창문 너머 교실 안 정황을 살폈다. 이미 그녀의 책상 위에는 누군가 신발로 밟은 자국과 흙 부스러기가 가득했다. 그녀는 화장실로 걸음을 돌렸다. 반 아이들이 다른 곳으로 관심을 돌릴 때까지 시간을 벌기 위해서였다.

교실에 들어선 그녀를 보며 킥킥대는 아이들. 잠시라도 표정이 흐트러지지 않도록 잔뜩 긴장한 채 책상 위에 쌓인 흙을 털어내는 그녀. 그녀는 나였다. 나는 마치 아무 일도 없었던 것처럼 친구들에게 웃어 보였다. 나를 보며 비아냥거려도, 못된 심부름을 시켜도 나는 아무렇지 않다는 듯 그들이 원하는 것을 해주었다. 어떻게든 친구들 사이에 내가 다시 포함되기를 바랐다.

처음부터 친구들에게 따돌림을 받은 건 아니었다. 누구보다 친구들과 잘 어울리던 나였다. 하지만 어느 날 모든 것이 변해 있었다. 알 수 없는 이유로 친구들은 나의 인사를 받아주지 않았고, 나를 마치 없는 사람처럼 대했다. 그리고 하루아침에 모든 친구들로부터 나의 존재가 거부당했던 그날의 경험은 몇 가지 기억만 남고 모두 무의식 깊은 곳에 묻혀버렸다.

가까웠던 이들이 아무 말 없이 내게서 돌아서는 경험은 그날 하루의 것으로 충분했고, 나는 다시는 그런 경험을 겪고 싶지 않았다. 그때부터였을 것이다. 사람들로부터 미움받지 않기 위한 행동들을 나도 모

르게 하고 있었다. 누군가 등 뒤에서 나에 대해 험담을 하거나 책잡을 일말의 여지도 없도록 미리 주의하고 조심하는 것은 나에게 아주 중요한 일이 되어버렸다.

아마도 그래서 가족들이 여행중에 호스트에게 눈총을 받거나 미움을 살 만한 행동을 하면 견딜 수가 없었을 것이다. 가족들이 자기들 편한 대로만 행동하는 것이 나에게는 아슬아슬한 줄타기처럼 느껴질 수밖에 없었을 것이다. 하지만 호스트의 기준과 입맛에 나를 맞추는 행동이 나에게는 안전한 울타리처럼 느껴졌을지 몰라도, 가족들에게는 자신들의 행동 하나하나가 판단받고 제한받는 살벌한 잣대처럼 느껴졌을 것이다. 뒤늦게야 나는 그것을 깨닫고 있었다.

철학자 고병권은 인터뷰에서 이렇게 말하고 있었다.

"니체는 모든 스펙터클은 가짜라고 말해요.…… 수십 년에 걸친 잘못된 습관으로 어떤 병에 걸렸으면 치료할 때도 수십 년 쓸 생각을 하라고, 한 방에 나으려고 하지 말라고, 위대한 것들도 무너질 때 처음에는 잘게 잘게 균열이 생기고 잡초가 자라다가 무너진다고, 마지막 쓰러지는 게 스펙터클해서 사람들이 그것만 보는 거라고. 역으로 위대한 일을 하려면 천천히 소박한 것부터 하라고, 사소한 것들은 절대 사소하지 않다고요."

씁쓸하면서도 통쾌했다. 니체의 말처럼, 열세 살 이후로 반복해 온 습관을 하루아침에 제거할 수는 없었다. 이번 여행에서 마주치는 온갖 '불청객'들을 아무리 밀어내며 괴롭다고 울부짖어도 그 결과는 나 자신만 더 무겁게 만들 뿐이라는 사실도 알 것 같았다. 한 방에 나을 생각은 더 이상 하지 않기로 했다. 나를 보호해 줄 거라고 믿고 되풀이해 온 오랜 습관들이 와르르 무너지기까지 잘게 잘게 균열을 내는 일이 앞으로 더 많이 필요할 것이다. 그러니 아까와 같이 어둠의 중심으로 툭 떨어지는 연습을 반복하리라.

모든 게 가족들 때문인 줄 알았다. 가족들만 그렇게 행동하지 않았어도 내가 이렇게 힘들지 않을 거라고 생각했다. 하지만 문제는 가족이 아니라 오래전부터 인정받고 사랑받기 위해 쌓아온 내 마음의 습관에 있었다. 비슷한 상황이 주어지면 설령 가족이 아니더라도 내 마음이 습관대로 작동하는 것을 보면 알 수 있는 일이었다. 니체는 아무리 사소해 보이는 것도 결코 사소하지 않다고 말했다. 지금 이렇게 나 자신과 마주하는 이 짧은 순간들까지도 나의 오래된 습관을 무너뜨리는 작은 균열이 되어줄 거라는 그의 말에서 나는 마치 누군가 내 머리를 부드럽게 쓰다듬어주는 것 같은 따스함을 느꼈다.

노트북을 닫자 방 안에 유일하던 빛이 사라지며 사방은 눈을 감고 있을 때보다 더 깜깜하게 변했다. 아무것도 보이지 않았다. 손을 더듬거리며 서랍장 위에 노트북을 올려놓았다. 나는 침대에 몸을 눕히고 이불을 끌어당기며 속으로 '깊어지고 싶다'는 말을 중얼거렸다.

어둠 속에서 서서히 물체들의 윤곽이 드러나 보였다. 불 꺼진 전등, 옷걸이, 책상 위에 올려놓은 유리컵, 달빛에 물든 채 살랑이는 커튼…… 어둠은 환한 낮만큼이나 다양한 빛깔을 품고 있었다. 나는 뜬눈으로 밤을 지새우며, 깊은 어둠 속에서 오래도록 두려워했고, 지금도 두려워하며, 어쩌면 앞으로도 두려워 할지 모를 나에게 이런 말을 들려주었다.

'억지로 밝은 길을 찾아 헤매지 않아도 돼. 밝으면 밝은 대로의 세상을 만나고, 어두우면 어둠이 보여주는 길을 거닐면 돼. 어둠을 밀어내려 너무 애쓰지 마. 어둠은 분명 엄마 뱃속처럼 따뜻하게 너를 품어줄 거야.'

4

내가 좋아하는 걸 너도 좋아하게 된 여행

"언니는 어쩌다 농사가 좋아진 거야?"
생각도 못한 동생의 질문에 잠이 순식간에 달아났다.
"너는 내가 농사짓는 거 어떻게 생각하는데?"
"나? 처음에는 이해가 안 됐지……"

동생이 변했어요

우리는 이번에도 웨일즈 서쪽 지역을 크게 벗어나지 않고 인근의 한 영국인 가정집으로 거처를 옮겼다. 공교롭게도 브릿트마 공동체에서 걸어서 10분 정도밖에 걸리지 않은 곳이었다. 이 집의 안주인 엔니는 점심 식사 때마다 우리 입맛에 맞는 된장국과 쌀밥을 차려주었다. 게다가 식탁에는 발사믹 소스를 뿌린 샐러드 대신 쌈 싸서 먹을 수 있는 상추가 올려졌다. 포인트는 바로 쌈장. 우리가 가지고 다니던 고추장에 엔니네 된장을 섞어서 만들었다.

"지금 내가 집에 있는 건지~ 여행을 하는 건지~"

엔니가 웃으며 말했다. 그녀는 우리에게 배운 대로 손바닥 위에 상추를 놓고 그 위에 밥 한 술과 쌈장을 얹어 먹었다. 데이빗도 맛있는지 조만간 인터넷으로 쌈장을 주문하겠단다.

"엔니, 저 존 세이무어 책 읽어봤어요. 엄청 좋아해요!"

"오~ 그래요? 내가 조금 있다 책 몇 권 선물해 줄게요."

예상치 못한 나의 말 때문이었는지 엔니가 반색을 하며 말했다. 존 세이무어John Seymour는 바로 엔니의 아버지이자, 영국의 대표적인 환경운동가, 저널리스트였다. 여행중 머물렀던 곳마다 존 세이무어의 책이 국민 필독서처럼 책꽂이 한가운데 꽂혀 있었다. 한국에서는《대지의 선물》이란 제목으로 번역되어 있는데, 그 책의 무대가 뜻하지 않게 우리의 단란한 보금자리가 되었다.

"괜찮다면 혹시 루시의 나이를 물어봐도 될까요?"

엔니가 수빈이에게 물었다.

"여기 나이로는 열일곱이고, 한국에서는 열아홉 살이에요."

수빈이는 다른 사람들이 으레 그랬듯 꿈이 뭔지, 나중에 뭘 하고 싶은지 질문을 받을까봐 방어적인 태도로 대답했다.

"그렇구나. 여행 오기 전에 한국에서 아빠 일 좀 도와드렸어요?"

"아뇨, 얘 한 번도 그런 적 없어요."

수빈이가 대답하기 전에 내가 짓궂게 일러바쳤다.

"그럼 우프 하면서 처음 농사일 해보는 거겠네! 많이 힘들겠어요."

엔니의 말에서 다정함이 뚝뚝 떨어졌다.

"맞아요. 힘들어요."

수빈이는 자기 마음을 알아주는 엔니의 말에 마음이 동했는지 어깨를 축 늘어뜨리며 한탄하듯 말했다.

"진작 물어볼 걸 그랬네. 루시는 오후에 꼭 일하지 않아도 돼요. 부담 갖지는 말고요."

우리는 눈이 휘둥그레져 엔니에게서 몇 초간 시선을 떼지 못했다. 여행을 시작한 이래 호스트에게서 처음 들어보는 말이었다.

"이야~~ 박수빈 너 좋겠다!"

엄마가 수빈이의 등을 토닥였다.

"엔니! 그럼, 제가 매일 저녁 준비해도 될까요?"

예상을 깬 수빈이의 제안에 모두들 시선이 집중되었다.

"저녁을요?"

"네."

수빈이는 세상에서 먹는 게 제일로 중요했다. 이미 여행하며 영국의 맛집들이 어디에 있고 별미나 현지인이 즐겨 먹는 음식이 무엇인지 지역마다 꿰고 있었고, 유명 음식점이나 슈퍼, 카페를 그냥 지나치는 법이 없었다. 다 먹은 과자 봉지도 버리지 않고 가방에 보관하는 괴상한 수집증까지 있었다.

"저야 좋죠. 매일 밥하는 게 일이었는데."

"어머, 너무 잘됐다!"

엄마가 방실방실 웃으며 손뼉을 쳤다. 수빈이는 방에 돌아오자마자 좋아하는 아이돌 노래를 부르고 환호성을 지르며 춤을 췄다.

"와아~ 우리 여기서 살자!"

다음날, 피자를 만들겠다며 냉장고를 뒤적이는 수빈이가 은근히 걱정되었다.

"너 피자 만들어본 적 있어?"

"아니, 전혀."

수빈이는 태어나서 처음으로 만들어보는 피자를 엔니와 데이빗에게 대접하려고 했다. 녀석에게 실패할지도 모른다는 두려움 따위는 찾아볼 수 없었다. 이미 덩실거리며 피자 노래를 불러댔다.

"언니! 이리 와봐! 이 파프리카 먹어봐! 생으로 먹으니까 진짜 맛있어!"

요리 재료를 손질하는 것만으로도 벌써 잔뜩 신이 난 것 같았다.

"뭐니 뭐니 해도 비주얼이 제일 중요하지! 데코로 시금치를 올리겠어!"

앞치마를 두른 수빈이는 혼잣말을 하며 오븐 앞에서 인생 전체를 통틀어 가장 행복한 몸동작을 지어냈다.

요리를 하기 시작한 뒤부터 모 아이돌 그룹의 세 번째 콘서트를 그리

며 오빠들 영상으로 하루하루 위안을 삼던 수빈이의 모습은 온데간데없어지고 오로지 레시피 연구에 심취한 모습뿐이었다.

"우리가 뭘 몰랐어. 왜 우린 김이랑 컵라면만 사온 거야? 춘장이나 멸치 같은 걸 가져왔어야 했어. 아, 잔치국수의 멸치 육수 맛이 그립다."

며칠 동안은 멸치 없는 잔치국수가 주제였다. 어떻게 육수를 내나 심각한 고민에 빠지더니 야채 육수와 간장의 궁합으로 맛있는 국수를 끓여냈다. 무슨 말을 해도 결론은 '요리'였다. 좋아하는 음식, 먹어보고 싶은 요리를 주제로 다른 사람들과 대화하는 시간도 많아졌다. 만화를 봐도 요리 만화, 인터넷에서 동영상을 봐도 요리 채널, 책을 뒤적여도 요리 책……

수빈이는 피자에 이어 롤 케이크, 생선찜, 닭볶음탕, 쫄면 등 각종 요리들을 섭렵해 나아갔다. 엔니가 주방에 있는 게 어색해 보일 만큼 녀석의 주방 점령 시간이 점점 더 길어졌다.

"야. 네가 우리 중에서 제일 바쁜 것 같아."

오후 일을 다 끝내고 들어온 내가 부엌에서 양파를 볶고 있던 수빈이에게 우스갯소리를 했다. 실제로 수빈이는 오전에 일을 하는 중에도, 일이 끝나 쉬는 중에도 온종일 무슨 요리를 할까, 어떻게 하면 맛있을까 하는 고민뿐이었다.

"언니! 안 바쁘면 당근 좀 썰어줄래?"

수빈이는 자기 할 말만 하더니 요리가 레시피대로 잘 되어가고 있는지 메모장에 적힌 순서를 소리 내어 읽었다.

"근데 언니, 왜 나는 엄마가 차려준 밥만 먹고 살아왔을까? 왜 내가 만들 생각을 못했지? 나는 내가 직접 만들 수 있을 거라고는 상상도 못

했어. 사 먹기만 했지. 아니 이렇게 만드는 게 쉬운데!"

수빈이의 느닷없는 고백에 나도 몰래 흐뭇한 미소가 지어졌다.

내가 좋아하는 걸 너도 좋아하게 된 여행

어렸을 적, 친구들과 놀다 저녁 시간이 가까워지면 멀리서 나를 찾는 엄마 목소리가 들려오곤 했다. 친구들과 나는 온종일 뛰어놀아 얼굴이 시커멓게 되었는데도 컴컴한 저녁까지 더 놀고 싶어 했다. 집에 가면 혼자서 인형 놀이밖에 할 게 없었다. 옆집 친구가 자기 동생이랑 집으로 뛰어가는 걸 보면 샘이 나서 배가 아팠다.

"나도 동생 만들어줘!"

나는 4층에 있는 집까지 올라가는 계단 숫자만큼이나 '동생' 노래를 불러댔다. 그리고 마침내 어느 역사적인 날에 나는 할머니와 단둘이 잠을 잤었더랬다.

수빈이는 나보다 일곱 살 어리다. 수빈이 아주 어렸을 때 팔뚝만한 그 애를 조심히 끌어안고 엄마 흉내를 냈던 기억이 난다. 또 수빈이가 기저귀를 차고 불룩한 엉덩이로 뒤뚱뒤뚱 걸으면 넘어질까봐 손을 잡아주던 기억도 난다. 그랬던 녀석이 이제 키가 나만한 열아홉 살이라니.

내가 기숙사 생활을 하던 고등학생 때부터 우리는 인생 절반을 떨어져 산데다 내가 집보다 밖에 나가 있는 것을 더 좋아한 탓에 우리 사이는 가깝고도 멀었다. 그래서 수빈이는 나를 성은 이씨요 이름은 주일,

이주일이라고 불렀다. 2주일만 언니라는 뜻이다. 나는 방학이 되어 오랜만에 집에 들러도 뭔지 모를 답답함에 2주일을 못 버티고 다시 집을 나서곤 했었다.

게다가 내가 집에 있더라도 고등학생이 된 수빈이는 새벽같이 일어나서 학교에 갔고, 야간 자율 학습을 하고 밤 11시가 다 되어야 집에 돌아와 서로 얼굴 보기가 어려웠다. 특히나 시험 기간이면 작은 소리에도 예민해져 아무도 못 들어오게 방문을 걸어 잠그고 공부를 하니 아예 말을 걸 수도 없었다. 모처럼 여유로운 날이면 수빈이는 아이돌 팬이라면 꼭 알아야 할 모 유명 사이트에 접속해 수많은 동영상을 체크하고 다운로드 받는 데 온 힘을 쏟았다. 가끔은 나에게도 소개해 주고 싶어 "언니! 이리 와봐! 이건 진짜 꼭 봐야 돼!" 하고 불렀지만, 그건 내 관심사가 아니었다. 난 누군가의 이번 신곡 앨범이 뭔지, 이번 생방송에서 얼마나 멋있었는지 궁금하지 않았다. 거꾸로 내가 같이 동네 산책을 나갔다 오자고 아무리 꼬드겨도 수빈이는 절대 응하지 않았다.

그런 우리 사이에 이야깃거리가 생겼다. 하루 대부분 책상 앞에서 시간을 보내던 '전직 학생' 수빈이는 이제 예상외로 밭일을 거뜬하게 잘해냈다. 쉬는 시간마다 힘들다며 외치는 포효는 여전했지만 애교로 봐줄 만했다. 힘들다면서 나도 낑낑대는 무거운 수레에 잡초 한 더미 더 얹어 끌고 가고, 뜨거운 한낮에 김매기가 얼마나 죽을 맛일까 싶어 슬쩍 떠보면 자기는 농사일 중에서 김매기가 제일 잘 맞는 것 같다고 너스레를 떨었다. 강원도 우리 집에서는 아빠가 밭에서 일하고 있어도 모른 척 옆을 지나치던 수빈이가 이제 제법 농사꾼처럼 농기구를 손에 쥐고 일하고 있었다.

"진짜? 이게 딸기라고? 여기서 딸기가 열린다고?"

수빈이는 긴 줄기를 뻗은 딸기 새싹을 처음으로 보고 놀라 묻기도 하고, 실처럼 가느다란 어린 파 모종을 줄 맞춰 심으면서 그게 나중에 자라 대파가 된다는 걸 신기해하기도 했다.

"이 작은 애가 나중에는 저렇게 크는 거야? 신기하네. 그냥 땅에 꽂았을 뿐인데 저렇게나 자라?"

밭에서 자라는 엇비슷해 보이는 식물들도 이제는 수빈이에게 저마다 다른 싱싱한 요리 재료로 보이기 시작했다. 밭에서 한 아름 수확해 온 채소를 흐르는 물에 씻어 바로 요리하는 기쁨을 안 것이다. 그러면서 서서히 수빈이의 관심 영역도 주방에서 밭으로 조금씩 넓어져갔다.

"언니! 우리 집에도 방울토마토랑 양배추 있어?"

"대박! 야, 당연하지! 넌 거기 평생 살았으면서도 여태 몰랐냐?"

수빈이의 엉뚱한 질문에 면박을 주기는 했지만, 한편 기특하기도 했다.

"오~ 그래? 우리 집 짱인데? 집에 가면 아빠한테 양배추 많이 심어달라고 해야지! 양배추가 요리하는 데 효자야. 뭘 해먹어도 맛있어."

아무리 가까이 있는 것이라도 그걸 볼 수 있는 눈이 있어야 비로소 보인다던데, 동생에겐 이 여행이 바로 그런 눈과 시야가 길러지는 시간인가 보다. 덕분에 나는 동생과 해볼 수 있는 재미있는 일들이 조금씩 머릿속에 그려지기 시작했다.

"박수빈, 나중에 내가 농장에서 떡볶이 만드는 요리 수업 열면 네가 와서 요리사 하는 거 어때? 콜?"

"콜!"

일곱 살 어린 친구

해가 가장 뜨거운 정오 무렵을 피해서 일을 해도 덥기는 매한가지였다. 평소보다 몸이 피곤한 어느 날 수빈이와 나는 다음날을 위해 일찍이 잘 채비를 했다. 이불 속에 안기자 사르르 온몸의 긴장이 풀리고, 바람결에 흔들리는 창밖의 나뭇잎 소리에 마음이 편안해졌다. 막 잠의 소용돌이로 빠져들려는 순간 동생이 내게 물었다.

"언니는 어쩌다 농사가 좋아진 거야?"

눈이 번쩍. 생각도 못한 동생의 질문에 잠이 순식간에 달아났지만 곧바로 대답이 찾아지지는 않았다.

"언니, 자?"

"안 자."

그러고 보니 수빈이 나에게 좋아하는 것을 물어오긴 처음이었다.

"왜 대답을 안 해?"

"생각하고 있어. 좀 기다려봐."

"뭘 생각을 해? 그냥 말해. 언니는 생각이 너무 많아."

"알았어, 알았어. 농고를 다니다 농사가 좋아졌지 뭐……"

수빈이의 질문은 나에게 마치 "손과 발은 왜 있는 거야?" 같은 질문처럼 들렸다. 농사짓는 일을 좋아하는 마음은 이미 나에게 신체 조직의 일부처럼 느껴졌기 때문에 딱히 뭐라고 말해야 할지 몰랐다.

"그건 나도 알아. 그래도 농고 가서도 처음부터 좋았던 건 아니었을 거잖아?"

그건 수빈이의 말이 맞았다. 부모님이 내게 농고 진학을 제안할 당시 중학생인 나는 사실 큰 충격을 받았다. 농고를 간다는 것은 나의 상식을 뛰어넘는 아이디어였다. 당연히 또래 친구들처럼 인문계 학교에 간다고 생각했고, 농고는 상고나 공고보다 더 무서운 언니들이 다니는 학교라는 이상한 선입견까지 있었다.

게다가 농부로 '전향'한 아빠를 부끄러워하기도 했었다. 오랜만에 아빠가 집에 오면 혹시나 나를 데리러 학교에 오거나 하지는 말라고 신신당부를 했다. 세련된 자동차가 줄지어 서 있는 학교 앞에 볕에 그을린 얼굴의 아빠가 달달거리는 트럭을 몰고 와 나를 기다리기라도 한다면, 친구들이 우리 아빠가 뭐하는 사람인지 금방 알아보고 수군거릴까봐 걱정이었다. 어린 나는 왜 하필 아빠가 촌구석에서 땀 흘리고 돈도 잘 못 버는 일을 하려는지 알 수 없었다.

"음…… 그러게. 어쩌다 농사가 좋아졌지? 혹시 나 열세 살 때 친구들한테 따돌림당했던 거 알아? 그 때문인지 중학교 때까지 제대로 된 친구 관계를 맺을 줄 몰랐어. 친구들하고 같이 다녀도 늘 나를 따돌리지는 않을까, 나를 싫어하게 되지는 않을까 불안했거든. 집에 아빠는 없지, 엄마는 바쁘지. 아무튼 중학생 때까지 되게 외로웠던 것 같아. 그러다 고등학교를 갔는데 완전 딴 세상인 거야. 거기에서는 누가 나를 따돌리지 않을까 불안해할 필요가 없었어. 평생 만날 친구들을 거기서 다 만난 것 같았어. 그뿐 아니라 그 학교가 너도 알다시피 시골에 있었잖아, 나무랑 숲이랑 하늘 보면서 위로를 정말 많이 받았어. 사람에게서 받아보지 못한 위로들."

나긋하게 풀어놓는 내 이야기들로 방 안에 뭔지 모를 온기가 감도는 듯했다.

“맞아. 언니가 그 학교 가서 진짜 변했지. 언니는 그 학교 안 갔으면 진짜 큰일 날 뻔했어~”

“맞아, 정말이야! 너도 나 중학생 때 기억나지?”

수빈이와 나는 방 안의 깜깜한 벽 쪽을 스크린삼아 옛 추억을 펼쳐내기 시작했다.

“완전 무서웠지. 지금은 진짜 얼굴이 달라졌어. 지금은 완전 착해 보임. 친구들한테 언니 농사짓는다고 하면 다들 신기해해.”

“너는 내가 농사짓는 거 어떻게 생각하는데?”

궁금해졌다, 수빈이의 솔직한 마음이.

“나? 처음에는 이해가 안 됐지. 솔직히, 누가 농사를 짓고 싶어 해? 특히나 언니 나이에. 근데 그 꾸러미였던가? 언니가 농사지은 거 택배로 사람들한테 보내는데 잡지도 같이 만들어서 보냈잖아. 농장에서 애들도 가르치고. 그거 보면서 ‘오, 멋지다’ 했지. 그리고 옛날에 언니가 엄마한테 농촌에서 살게 된 이유와 철학을 이야기했었거든. 농촌 마을을 살리고 싶은 거랑 농사가 지닌 좋은 점들을 사람들한테 알리고 싶다는 이야기들…… 그 얘기 들으면서 ‘아, 언니는 뭔가 남들이 가지 않는 새로운 길을 가는구나’ 싶었어. 그래서 되게 멋있는 거 같아.”

“와~ 생각보다 나에 대해 잘 아는데? 의외네?”

“언니가 나한테 관심이 없지, 나는 언니 잘 알거든?”

돌아보니 수빈이만큼 나를 오래 봐온 사람도 없었다. 철없는 아이인 줄로만 알았던 수빈이가 나이를 훌쩍 뛰어넘어 친구처럼 느껴지는 순간이었다.

"근데 언니, 우리는 똑같은 부모의 딸들인데, 부모랑 관계는 굉장히 다른 거 같아. 예를 들면 나는 아빠가 엄청 편하거든. 근데 언니는 아니잖아. 언니는 아빠에게 바라는 게 많은 거 같아. 왜 그런 거야?"

예민한 구석을 훅 파고든 수빈이의 질문에 순간 움찔했다. 방에서 태블릿으로 아이돌만 찾아보며 나에게는 아무 관심도 없는 줄 알았더니, 가족들 사이의 미묘한 감정들까지 예리하게 감지하고 있었다.

"같은 아빠지만 다른 아빠일 거야. 넌 친한 게 당연하지. 나는 열두 살 때부터 지금까지 아빠랑 떨어져 산 거나 마찬가지야. 중학생 때는 아빠 혼자 살았지, 같이 살기 시작하면서 나는 기숙사 생활하는 고등학교에 들어갔지, 대학 가서는 쭉 자취했지. 난 아빠랑 같이 산다는 느낌을 갖지 못했어. 나도 네가 아빠랑 스스럼없이 편하게 지내는 거 보면 부러워. 난 못 그러거든."

"나도 함께 산 기간이야 언니보다 많겠지만 아빠랑 떨어져 산 건 똑같아. 근데 나는 아빠랑 같이 살고 안 살고에 대해서는 별 관심이 없거든. 그런데 언니는 그것에 대해 결핍이 있는 거 같아. 그렇지 않아?"

"…… 근데 왜 물어보는 거야?"

수빈이의 말들이 아픈 상처를 톡톡 건드리는 것처럼 느껴졌다. 나를 이해하고 싶어서라기보다 내 마음 상태를 바꾸려는 의도일지도 모른다는 경계심이 일었다.

"언니가 아빠랑 엄마 때문에 힘든 거 같은데 도대체 왜 그러는지 모르겠어서……"

수빈이의 말끝이 점점 흐려졌다. 평소에 내가 부모님에게 그렇듯 수빈이에게도 날을 바짝 세워서 말했다는 생각이 문득 들었다. 동생에게까지 그렇게 말하고 있는 나를 보며 내 마음이 얼마나 각박해져 있었는지 알 수 있었다. 그러나 그렇게 나를 보호하는 태도는 나를 자유롭게 하는 길이 아니었다. 지금 순간부터라도 나를 보호하고자 차갑게 무장한 마음을 내려놓고, 그래서 설령 상처를 입을지라도 마음을 활짝 열어보기로 했다.

"그러게…… 네가 말한 대로 나는 아빠에 대해서 결핍이 있는 것 같아. 엄마에 대해서도 마찬가지야. 너와 내가 다르게 느끼는 이유는 여러 가지가 있겠지. 일단 너와 나의 성향 자체가 다르잖아. 그리고 네가 유년 시절에 경험한 엄마와 아빠, 자라온 환경도 내가 경험한 것과는 많이 달라. 내가 어렸을 적에 엄마는 굉장히 냉철하고 단호한 사람이었어. 지금하고 달라. 지금은 완전 소녀잖아. 밝고 즐겁게 웃고 부드럽고. 그리고 나 어렸을 때에는 직장 다니며 돈 버느라 바빠서 주말에나 같이 시간을 보낼 수 있었어. 넌 엄마가 어렸을 때부터 지역아동센터나 교회에 만날 데리고 다녔잖아. 다를 수밖에 없지. 난 엄마랑 속이야기를 나누기 시작한 것도 스무 살 즈음부터였어."

"그렇군. 진짜 언니랑 나랑 다르다. 난 엄마 없으면 못 살아. 난 엄마한테 비밀 같은 게 하나도 없어. 소울 메이트잖아. 그럼 언니는 속이야기를 누구한테 털어놔?"

"영재? 다른 친구들? 아니면 주로 혼자 가지고 있어."

"언니는 정말 아빠를 닮은 거 같아. 나는 엄마 닮고."

"아빠 닮은 거, 칭찬이지?"

어느덧 우리 둘은 제법 장난스럽게 대화를 주고받기 시작했다. 굳이 설명하지 않아도 어떤 대목에서 웃음이 터질지 서로 잘 알고 있었다.

"근데 아빠에 대한 거 말이야, 사실 내가 좀 힘들어하는 말 못할 다른

가위바위보에서 진 동생은 나를 수레에 태우고 한참을 놀아주었다.
여행하며 나에게 가장 많은 웃음을 선사해 준
일곱 살 어린 나의 친구, 내 동생.

이유가 있어. 아빠는 아무런 잘못도 한 적이 없는데 아빠가 무섭고 혐오스럽고 그래. 이건 아빠한테만 그러는 게 아니라 남성들, 특히 중년 남성들한테 그렇게 돼. 나도 노력하고 있으니까 좀 이해해 줘."

나는 어느새 수빈이에게 많은 이야기들을 털어놓고 있었다.

"뭔데?"

"넌 알아서 좋을 게 없어. 나중에 말해줄게."

난 수빈이에게 자세한 이야기를 들려주고 싶지 않았다. 되레 수빈이에게 남성에 대한 좋지 않은 선입견만 심어줄까봐, 내가 갖고 있는 남성에 대한 두려움이 전달될까봐 염려되었다.

"언니, 근데 있잖아……"

수빈이는 뭔가 말하려다 말고 뜸을 들였다. 혹시나 내 이야기를 이미 알고 있는 건 아닐까 싶어 순간 조마조마해졌다.

"뭘?"

"아니 그러니까…… 남친이 있으면 어떤 느낌이 들어?"

"……"

"언니는 많이 사귀어봤잖아. 나는 진짜 한 명도 안 사귀어봤다고."

뜬금없는 질문에 어이가 없었다. 괜히 나 혼자만 진지했었나 멋쩍기도 했지만, 누워 있던 침대가 출렁이도록 자세를 바꿔가면서 남자 친구 없는 자기 신세를 한탄하는 수빈이를 보니 웃지 않을 수가 없었다. 수빈이가 나보다 일곱 살이나 어린 십대 소녀라는 사실을 잠시 깜빡하고 있었다. 언제 처음 남자 친구를 사귀었는지, 첫 키스는 어디서 어떻게 했는지 수빈이는 그동안 궁금했던 질문들을 쏟아내기 시작했다. 그렇게 우리는 로맨스 판타지 같은 이야기들로 하룻밤을 장식했고, 다음날 아침 우리 두 사람 모두 알람 소리를 듣지 못했다.

옆에 있지만
먼 곳처럼 느껴지는

"수빈아, 네가 가면 난 이제 누구랑 말하고 사냐?"

내 목소리가 배배 꼬여 들어갔다.

"왜, 언니, 호스트들이랑 잘 지내잖아."

수빈이는 곧 영국 남부로 한 달간 어학 연수를 가기로 했다. 여행중 농장과 공동체 말고도 다양한 경험을 해보라는 아빠의 제안으로 급작스레 추진된 계획이었다.

"너 올 때까지 난 아마 벙어리로 살지도 몰라."

팔자주름이 아래로 축 처진 내 얼굴이 참으로 못생겨 보였을 것 같다. 나는 가는 곳마다 방을 혼자 써야 한다는 사실로 인한 쓸쓸함보다 엄마 아빠와 셋이서 다녀야 한다는 그 어색함이 더 걱정스러웠다. 그나마 재롱부리는 수빈이 덕분에 이따금씩 나와 부모님 사이에 흐르는 민감한 기류를 잠시 잊고 다 같이 웃는 자리에 끼어 앉을 수 있었는데……

나는 마치 고용된 여행 매니저처럼 비즈니스적으로 꼭 필요한 부분만 엄마와 소통했다. 아빠와는 와이파이 사건 이후로 아직 서로를 없는 사람처럼 여겼다. 그저 그 불편함의 밀도를 최대한 낮추는 방법으로 서로 눈에 띄지 않게 각자 자기만의 공간을 찾아다녔다.

"언니, 힘내!"

수빈이는 나를 측은하게 쳐다보는 것도 아주 잠시, 이미 마음은 버스에 올라타 있는 것 같았다. 이른 아침마다 밭으로 나가지 않아도 된다는 이유 하나만으로도 녀석은 만세를 외쳤을 것이다.

"야! 그러고 보니까 너 태어나서 처음으로 엄마 아빠랑 떨어져 사는 거네?"

"응."

수빈이의 '출가'에 정작 본인은 덤덤하나 엄마는 마음을 놓지 못했다. 며칠 전부터 빠뜨린 짐이 없는지 수빈이의 배낭을 몇 번이나 풀었다 싸기를 반복했다.

"박수빈 가면 한동안 조~용하겠네."

버스에 올라타려는 수빈이를 보며 엄마는 못내 섭섭한 모양이었다.

"잘 갔다 올게! 한 달 뒤에 봐!"

수빈이가 해맑게 손을 흔들며 인사했다. 버스가 저 멀리 사라지자 남은 두 사람과 나는 우리가 가야 할 방향으로 천천히 등을 돌렸다. 벌써부터 우리 사이에 맴도는 정적이 수빈이의 빈자리를 실감나게 했다.

루시를 떠나보냄과 동시에 우리도 또 다른 루시가 있는 릴리웬 허브 농장Liliwen Herbs으로 향했다. 버스에서 내리자 걸걸한 인상의 루시가 우리에게 호탕하게 인사를 건넸다. 루시네 집까지 우리는 '외부인 출입금지'라고 적힌 목장 울타리를 세 번이나 열고 들어가야 했다. 한가로이 풀을 뜯는 양떼들 사이를 가로질러 언덕배기를 오르는 진기한 경험이었다. 릴리웬 허브 농장은 양떼 목장 속 깊숙한 곳에 위치하고 있었다.

"필요한 식재료가 있으면 말씀하세요. 내일 장 봐올게요. 그리고 식사는 여러분들끼리 하시면 돼요. 저는 집에서 아이들하고 먹어요."

밥을 따로 먹는다는 루시의 말이 우리에게는 좀 생소하게 들렸다. 그동안 만난 호스트들은 한 식구처럼 매끼 함께 식사하는 걸 기본으로 했기 때문이다. 어쩐지 루시는 첫인상만큼이나 여러 가지 면에서 터프했다. 루시의 허브 농장은 크기가 800평 정도 되어 보였다. 절반은 꽃이, 절반은 샐러드와 채소가 심겨져 있었다. 생각보다 작은 이 허브 농장에서 다양한 허브 가공품들을 만들어 밥벌이를 할 수 있다니 놀라웠다.

우리는 다음날부터 허브 농장에 수두룩이 피어난 꽃송이들을 여러 바구니씩 수확하였다. 주로 금잔화, 한련화, 카모마일, 보리지 네 가지 꽃이었는데, 이 꽃들은 농장에서 직접 차와 화장품을 만드는 데 쓰기도 하고, 매주 세 번씩 다른 샐러드 채소와 곁들여 지역에 있는 레스토랑에 납품을 하기도 한다고 했다. 꽃받침을 자르면 바구니 아래로 톡 하고 떨어지는 꽃송이의 무게감과 점점 능숙해지는 가위질의 스냅이 마치 하나의 리듬처럼 느껴졌다. 점점 꽃들로 차오르는 바구니를 바라보며 잠시라도 미소를 지을 수 있어 참 다행이란 생각이 들었다.

오후 4시가 되면 우리 가족은 일찌감치 일을 끝내고 자기만의 시간을 보냈다. 한 달 후면 영국에서 유럽 다른 나라들로 건너가는 일정이기 때문에 나는 미리 동선을 확인하고 머물 곳들을 물색해야 했다. 할 일이 많았다. 각 나라의 공동체 네트워크, 우프, 카우치서핑, 헬프엑스HelpX를 찾아보고, 마땅한 곳이 없으면 각종 교환교류 사이트라든지 구글에서 관심 키워드를 가진 곳을 모조리 들여다보고 관심 가는 곳들에 직접 연락을 했다. 갈 곳이 정해진 기간이더라도 장기 여행 특성상 혹시나 중간에 취소될 수도 있기에 후보군이 많을수록 좋았다.

눈이 건조해 욱신거림에도 불구하고 나는 책임감에 일을 몰아붙였다. 내가 일하는 방식이기도 했다. 한번 몰두하면 멈출 줄 모르고 일과 하나가 되어버렸다. 심장 박동이 운동장 세 바퀴쯤 뛴 사람처럼 쿵쿵쿵 뛰는 걸 느끼고 나서야 가까스로 일을 멈췄다. 노트북 화면에서 눈을 떼자 잠시 딴 세상에 갔다 온 것처럼 주변이 낯설게 느껴졌다. 나는 뻐근한 뒷목을 손가락 끝으로 꾹꾹 누르며 이런 생각을 했다.

'혼자 여행하고 싶다.'

한두 번 해본 생각은 아니었다. 아빠와의 오랜 대치 상태로 나는 길을 잃어버린 느낌이었다. 잘해보려고 해도 마음처럼 되지 않았다. 작은 산을 넘으면 더 높은 산이 나타났고, 해묵은 감정들은 머리카락에 붙은 찐득찐득한 껌처럼 떼어내려 할수록 더 엉겨 붙는 느낌이었다. 나는 방에서 나와 해가 뉘엿뉘엿 넘어가는 하늘을 구경삼아 마당에 있는 나무 그네를 탔다. 동서남북이 모두 목장으로 둘러싸여 있어서 혼자 멀리 산책을 나가고 싶어도 양떼가 무서워 나갈 수가 없었다. 우르르 몰려다니는 녀석들 중에서 덩치가 크고 경계 태세를 취하는 수컷 양이 나를 노려보는 것 같았다.

어떤 의도도 없이 그냥 그곳에 존재하는 자연을 가만히 바라보고 있으면, 거기에 고스란히 되비친 나의 마음을 만나게 된다. 끝없는 언덕들과 그 위에 솜뭉치 같은 형체로 서 있는 양들을 한참 동안 바라보았다. 나는 아름답다는 생각과 함께, 먼 곳에 다다르고 싶은 마음, 하지만 한 발자국도 내딛지 못하는 답답한 마음까지 모두 그곳에서 마주할 수 있었다.

엄마, 그때
왜 울었어?

매일 점심 당번은 나였다. 매번 간단하면서도 다양하게 풀어낼 수 있는 면 요리를 점심때마다 선보였다. 수빈이가 전에 일러준 대로 약한 불에 마늘 기름을 내고, 양송이버섯과 파프리카, 양파를 송송 썰어 프라이팬에 볶았다. 프라이팬 위에서 재료들이 들들 볶아지는 그 모양이 마치 그동안 가족들 속을 썩이던 내 모습 같다는 생각이 들었다. 부모님께 점심 요리만이라도 맛있게 해드리고 싶었다. 그 마음을 담아 간장 두 스푼, 소금 한 자밤 뿌려 넣고, 어른들 입맛에 맞춰 느끼하지 않게 고춧가루로 마지막 양념을 둘렀다.

다른 때 같으면 먼저 와서 식사 준비를 돕던 엄마가 시간이 되어도 나타나지 않았다. 이런 적이 한 번도 없었는데 말이다. 아빠는 문을 열어 건너편 방갈로를 향해 밥 먹으러 오라고 크게 소리를 질렀다. 엄마는 아빠와 내가 거의 다 먹어갈 즈음이 되어서야 부엌에 들어왔다. 평소 같으면 맛있냐고 물어보거나 엄마다운 밝은 목소리로 무슨 말이라도 했을 텐데, 그날따라 자리에 앉고 나서도 엄마는 아무 말이 없었다.

"뭐야, 얼굴이 왜 그래?"

아빠가 젓가락질을 멈추더니 엄마에게 물었다. 고개를 들고 아빠를 힐끗 쳐다보는 엄마의 얼굴이 울그락불그락했다. 울지 않고서야 그렇게 될 수 없는 낯빛이었다. 갑작스러웠지만 나는 엄마의 슬픔에 아무 반응도 할 수 없었다. 엄마가 왜 그러는지 관심을 가질 만큼의 마음의 여유가 나에게는 없었다. 나만으로도 벅찼던 나는 맛있는 요리를 부모님께 해

드리는 것만으로도 실은 최선을 다하고 있는 것이었다.

"아무래도 밥 생각이 안 드네. 미안해."

엄마는 흔들리는 목소리를 남기고 자리를 떴다. 덩그러니 남겨진 아빠와 나. 한숨을 푹 내쉬더니 아빠는 담배 한 개비를 꺼내 들고 밖으로 나갔다. 나는 식어버린 엄마 몫의 음식까지 그 어느 날보다도 느릿느릿 꼭꼭 씹어 먹었다.

여행이 끝나고 한 해가 지났을까, 어느 한가로운 오후에 엄마와 집 앞 강가를 거닐며 벌써 옛 추억이 되어버린 그때 이야기를 꺼냈다.

"엄마, 그때 왜 울었어?"

언젠가 꼭 물어보고 싶었다.

"음…… 글쎄, 그때 네가 자신을 완전히 차단하고 있어서 대화로 원만하게 소통도 안 되고, 아빠는 아빠대로 혼자서만 속앓이 비슷하게 하고 있고…… 그런 상황들이 나로 하여금 우울하게 만들었던 거 같아. 너랑 불편한 관계를 어떻게 풀어야 할지 모르겠는 그런 마음이 되게 슬펐던 거 같아."

"역시 나 때문이었군."

"꼭 너 때문만은 아니었어. 너를 보고, 아빠를 보고, 나를 봤을 때 그랬던 거지."

"엄마는 그때 내가 가족들한테 벽을 치고 말도 잘 안 하고 그랬을 때 어땠어?"

"얼핏 기억나는 건…… '그래, 이럴 때도 있지. 이 상황을 받아들이자. 인정하자' 하면서 스스로를 추스르려고 애썼던 거 같아. 어떻게 해볼 수

가 없었으니까. 너를 보면 경직되어 있고, 슬퍼하는 거 같고, 그러면서도 화가 나 있는 거 같고…… 그런 소용돌이 속에서 넌 늘 굳은 표정으로 있었으니까."

"내가 엄마였다면 정말 화났을 거 같아. 뭐 어쩌자는 건지……"

"그래도 나는 너한테 '쟤가 왜 저러지?' 하는 그런 마음은 안 가졌던 거 같아. 주로 '어떡하지?' 하고 걱정하는 마음이 많았던 거 같은데? 내 경우에는 시간이 지나면서 조금씩 단편적으로나마 너를 이해해 나갈 수 있었는데, 아빠는 너의 공격적인 태도에 자기 스스로 감당할 수 없을 만큼 큰 충격을 받았어. 통 갈피를 못 잡았었어, 내내."

"맞아. 엄마랑은 그래도 조금씩 이야기라도 했었지."

그 당시 상심해 있던 아빠의 어두운 얼굴이 불현듯 떠올랐다. 아빠는 자신을 위해서였는지 아니면 자신의 딸을 위해서였는지 나로부터 일정한 거리를 두고 그 근처로는 접근하지 않았다. 늘 두세 걸음 떨어진 언저리에서 본 듯 만 듯 나의 안색을 살폈다.

"그런데 말이야, 이야기하다 보니까 든 생각인데, 나는 왜 나 자신의 이러저러한 것들을 마음 열고 이야기하지 않았을까?"

나는 왜 그리도 나와 아빠의 사이를 좁힐 수 없었던 걸까? 천연덕스럽게 물었지만 가슴은 먹먹했다.

"네 자신을 드러낼 만큼의 힘과 여유가 없었던 거지. 그만큼 힘들고 아프고 그랬던 거지……"

엄마는 고맙게도 내가 채 꺼내지 못한 말을 대신 해주었다.

전면 파업에 돌입한 몸뚱이

영국을 떠나는 날짜가 가까워질수록 조금씩 겁이 났다. 도버 해협을 건너는 순간부터 영어권을 벗어나 프랑스, 독일, 스위스, 이탈리아, 그리스, 터키 순으로 여정이 짜였는데, 이 말은 즉 이전과는 다른 호흡으로 움직이거나 소통해야 한다는 뜻이었다. 언어가 더 잘 안 통하는 곳들에서 과연 내가 가족들을 잘 안내할 수 있을까 걱정되었다. 나는 긴장의 끈을 바짝 조이며 전보다 더 일찍 동선을 확인하고 교통편과 숙소를 예약했다.

반년 동안 지내온 영국이 익숙해지긴 했나 보다. 나뿐만 아니라 아빠와 엄마도 영국의 정돈되어 있으면서도 특유의 투박한 정서가 잘 맞았는지 이곳을 떠나기를 조금은 아쉬워했다. 반면 어학 연수에서 돌아온 수빈이는 어서 새로운 나라들을 가보고 싶어 했다. 한 달 후에나 가게 될 스위스의 맛집과 관광지를 벌써부터 검색하고, 어디어디는 꼭 가야 할 곳이라고 강조하며 미리부터 밑밥을 깔기 시작했다.

프랑스에 도착, 유럽 대륙에 발을 디딘 첫날은 생각보다 나쁘지 않았다. 수빈이와 엄마는 마치 날개라도 돋친 사람들처럼 파리의 관광 코스들을 휩쓸고 다녔고, 아빠는 그들을 위험으로부터 보호하겠다는 명목으로 계속 따라다녔다. 바로 그 다음날 내 몸에 이상 신호가 찾아왔다. 도저히 그들을 쫓아다닐 수 없는 상태가 되고 만 것이다. 얼굴에는 생전 처음 겪어보는 알러지가 일어나 따가워서 선크림도 바르지 못하고, 몸은 파절임처럼 축 처져 걷기조차 힘들었다.

나는 그 와중에도 며칠 후부터 지내게 될 프랑스 동부의 생태 공동

이동할 때면 한두 정거장 전부터
우린 무거운 배낭을 짊어지고 내릴 준비를 했다.
떠나고 머무르기를 반복하며 우린 제법 능숙한
여행 생활자가 되어 있었다.

체 에코로니ECOlonie로 가는 동선을 다시 한 번 점검했다. 이른 아침부터 관광하러 나선 가족들 없이 게스트하우스에서 혼자 쉬며 한국에 있는 친구와 메시지를 주고받는데, 친구가 이런 말을 했다.

"너 참 대단하다. 나라면 절대 안 가. 가족들이랑 며칠짜리 패키지 여행도 아니고 어떻게 그렇게 길게 여행을 하냐? 난 못해. 아니 안 해."

가족과의 여행이 나한테만 힘든 일이 아닐 거라는 말이 위로가 되었다. 그때까지도 나는 내가 힘든 이유가 마음이 약해서라고만 생각했었다.

며칠 후, 노을이 짙게 물든 시각, 에코로니에 도착한 우리는 그곳에 생각보다 사람들이 많아 어리둥절했다. 주홍색 기와 지붕을 한 건물들 사이의 공터와 정원 골목마다 사람들이 북적였다.

'설마 이 많은 사람들이 다 공동체 식구들일까?'

영어도 프랑스어도 아닌 알아들을 수 없는 낯선 언어가 이곳저곳에서 들려왔다. 우리는 그중 누구에게 우리의 거처를 물어봐야 할지 감을 잡을 수 없었고, 서울역 앞에서 가야 할 방향을 몰라 쩔쩔매는 아이들처럼 누군가가 다가오기만 기다렸다. 다행히 너무 늦지 않게 한 청년이 우리에게 와서 머물 방을 안내해 주었다. 방에 들어선 나는 그제야 도착했구나 하는 안도의 숨을 쉬며 짐을 풀었다. 우리는 각자 보름간 눕게 될 침대와 이불을 확인하고 주변에 익숙한 개인 소품들을 올려놓았다. 낯선 방에 길들여지는 시간이었다.

나는 여전히 몸이 좋지 않아 바로 침대에 누웠다. 몇 년에 한 번씩 몰아서 아픈 타입이던 나는 그날 밤부터 본격적으로 앓기 시작했다. 얼굴에 있던 알러지는 벌겋게 두드러기로 변했고, 배는 살살 아프다가 이내 장염으로 번졌다. 한밤중에 스무 번도 넘게 화장실을 들락날락하며 토하고 설사를 하니 제정신이 아니었다. 낮인지 밤인지 구분할 여력도 없이 누운 채 통증을 잊으려 애썼다.

몸은 마음의 발현이라는데…… 거짓말을 못하는 내 몸뚱이가 영국에서의 지난 반년을 참고 참다가 이제 더 이상 참을 수 없다며 파업에 들어간 것 같았다.

프랑스 동쪽에서 시작된 로맨스

며칠을 누워 있으며 제대로 먹지도 못했던 나는 배가 고프기 시작했다. 무언가 먹고 싶다는 건 상태가 호전되어 간다는 신호이다. 다 식은 수프를 후루룩 들이마시다시피 했는데 뱃속이 생각보다 아무렇지 않아 안심을 했다. 에코로니에 온 첫날 이후로 한 번도 바깥 공기를 마셔본 적이 없던 나는 큰맘을 먹고 방문을 나섰다.

초저녁의 에코로니는 마치 잔치가 열린 작은 마을 같았다. 나는 정원 한 바퀴를 슬슬 걷다 어디선가 음악 소리가 크게 들려와 따라가 보았다. 우거진 숲속의 한 몽골 텐트에서 내 나이 또래거나 조금 더 많아 보이는 친구들이 음악에 맞춰 춤을 추고 있었다. 얼마 만에 느끼는 젊음인가! 한데 어울리고 싶었지만 피골이 상접한 내 모습이 초라해 보여 그냥 산책하는 척 천천히 옆을 지나쳤다.

방으로 돌아오니 어두운 방에 작은 스탠드 불빛만 밝혀져 있었다. 얇은 문지방 하나 넘었을 뿐인데 방금 바깥에서 마주한 광경과 이 방의

공기는 아주 다른 두 세계처럼 느껴졌다. 수빈이는 이어폰을 끼고 태블릿을 보며 웃고 있고, 엄마는 성경책을 읽고, 아빠는 종이에 말아 피는 담배를 만들고 있었다. 낯설지 않은 이 분위기가 편안하기도 했지만 나를 허전하게 만들기도 했다. 기력 없는 몸보다 마음속의 외로움이 더 무겁게 느껴졌다.

바로 다음날부터 나는 사람들 사이에 섞여 있고 싶어 밖에 나가서 일을 하기 시작했다. 도처에서 보이던 그 많은 사람들은 대부분 네덜란드에서 온 관광객들이었다. 에코로니는 다양한 국적의 사람들이 언제든 찾아올 수 있도록 게스트하우스와 캠핑장을 운영했고, 생태 · 예술 · 치유 워크숍도 에코로니 안 곳곳에서 열었다. 도예 공방도 있고 유리 · 석공예를 배울 수 있는 아틀리에도 있는 등 에코로니는 그 규모가 어마어마했다. 게다가 하루 200여 명이 먹는 세 끼 식사 재료들은 모두 자체의 농장과 목장에서 자급했다.

"여기 누가 오자고 한 거야? 완전 힘들어. 역대 제일 빡센 곳이야."

쉬는 시간이 되자 수빈이는 침대에 널브러지며 우는 소리를 했다. 점심 식사 후 잠깐 쉬기 위해 방으로 온 가족들은 저마다 한 소리씩 했다.

"아이고 허리야. 일이 힘들긴 힘드네. 그동안 단 한 번도 내 김매는 속도를 따라잡은 사람이 없었는데 여기서는 같이 일하는 볼런티어들이 나보다 빨라. 일을 정말 열심히 해. 쉬는 시간 종이 쳤는데도 계속 해. 덩달아 나도 일을 못 끝내고 기다렸잖아."

오전에 밭일을 하고 들어온 아빠조차도 혀를 내둘렀다. 에코로니 사람들은 모두 동등하게 하루 8시간, 일주일에 최소 40시간을 공동을 위해 일하는 것이 원칙이었다. 10대부터 60대까지 다양한 연령대의 볼런티어들과 공동체 멤버들은 자신의 적성에 따라 요리사, 가드너, 카페 매니저 등등의 역할을 맡았다.

"맞아. 나랑 오늘 부엌에서 같이 식사 준비한 젊은 애들도 진짜 다 씩씩하더라. 일도 진짜 열심히 하고."

엄마도 거들었다.

"언니 또래 되는 사람들이 되게 많던데 왜 여기서 힘들게 일하는 거래? 나 같으면 이런 데서 못 살아. 돈을 받는 것도 아니고."

수빈이와 내 생각은 달랐지만, 나도 수빈이처럼 내 또래 친구들이 어떻게 이런 생태 공동체에서 머물고 있는지 궁금하기는 마찬가지였다. 지난 반년간 돌아다녔던 농장과 공동체에서는 좀처럼 만날 수 없던 또래 친구들을 드디어 만나게 돼 기쁜 것은 말할 나위가 없었지만, 그들과 좀처럼 친해질 기회가 없었다. 일할 때는 몸이 두 개여도 모자랄 만큼 바빴고, 주고받는 대화라고는 다음에 어떤 일을 하면 되는지, 설거지한 그릇을 어디에 두면 되는지 묻고 답하는 단답형 문장들의 연속이었다. 네덜란드에서 온 친구들이 대부분이다 보니 나는 알아듣지 못하는 자기 나라 언어로 이야기를 나누어 대화에 섞이기도 어려웠다.

초반에는 먼 아시아에서 온 가족이 신기했는지 사람들이 많은 관심을 보였었다. 그때마다 나는 우리 가족의 대변인 역할을 했지만 가족이라는 올가미에 묶여 있는 갑갑한 느낌은 벗을 수 없었다. 그래서였을까, 그런 대화조차도 의례적인 질문 두세 가지로 금방 끝나곤 했다. 결국 난 가족들하고 다니는 소극적인 아시아 여자애가 되어버렸다. 내가 원한 건 이런 게 아니었는데……

다음날 이른 아침, 다시 하루 일과가 시작되었고 아침 이슬에 젖은 바짓단이 햇볕에 마르기까지 나는 텅 빈 허브 정원에서 잡초를 뽑았다. 홀로 있었지만 주위에 수많은 작은 곤충들과 여린 풀잎들의 움직임과 소리, 향기가 공존했다. 며칠 전부터 나는 허브 정원의 가드닝 일을 도맡아 했다. 역시 정원에서 하는 일은 다른 어떤 일보다도 나를 즐겁게 했다. 정원 일을 하면서부터는 친구를 사귀고 싶은 갈망도, 아무도 나에게 관심이 없다는 데서 느끼던 움츠러듦도 사라졌다. 그저 무릎에 닿는 흙의 감촉을 느낄 수 있어 좋았고, 정원이 정돈되어 가는 것을 보는 것이 좋았다.

쉬는 시간을 알리는 종이 울리자 나는 잡초를 수레에 실어 퇴비장으로 옮겼다. 그러곤 정원 돌담을 지나 차를 마시러 가는데 느닷없이 첫날 우리에게 방을 소개해 줬던 친구가 나를 붙잡았다. 나는 이름도 기억나지 않는 그를 동그란 두 눈으로 쳐다보았다.

"나 물어볼 게 있어. 이렇게 말하는 거 맞아?"

그는 오른쪽 주머니에서 무언가를 꺼내더니 내게 작은 쪽지 하나를 건넸다.

"an nyoung ha se yo. man na seo ban ga war."(안녕하세요. 만나서 반가워.)

드디어 나에게도 친구가 생겼다.

스물여섯 살
다니엘

주방에서 갓 튀긴 감자를 집어먹더니 다니엘이 소리쳤다.

"대박! 진짜 맛있어!"

영어도 네덜란드어도 아닌 어눌한 한국말로 말이다. 다니엘과 나는 일하는 중간 티타임이나 매끼 식사 때마다 서로 마주 보거나 때론 같은 곳을 바라보며 차를 마시고 밥을 먹었다.

"너는 서양인하고 동양인이 어떻게 다른 것 같아?"

샌드위치를 막 입에 집어넣으려던 나에게 불현듯 다니엘이 물었다. 몇 달 전 나도 같은 질문을 혼자 한 적이 있는데, 적적했던 그날 밤이 아주 오래전처럼 느껴졌다.

"음…… 처음에 나는 정말 다르다고 생각했어. 그런데 지금은 비슷한 것들만 보여. 처음에는 생긴 것도 다르고 쓰는 말도 다르고 그런 것만 보였는데, 지금은 서로 아끼고 서운해하고 하기 싫은 일은 귀찮아서 미루기도 하는 게 다 똑같더라고."

그동안 여행하며 만났던 사람들과 함께했던 장면들이 하나씩 떠올랐다.

"그래도, 그래도 다른 게 있다면?"

다니엘의 궁금증이 멈추지 않았다.

"다른 게 하나 있어. 너네는 친구든 가족이든 틈만 나면 서로 안고 뽀뽀하는 것처럼 인사하잖아. 생활에서도 자연스레 스킨십을 주고받고. 난 정말 상상도 할 수 없어. 특히 가족들하고 껴안는 건. 어우."

"아니, 가족인데 왜 못해?"

다니엘이 진지한 눈빛으로 나를 바라보았다.

"묻지 마. 가족끼리 그러는 거 아니야~ 이상해."

나는 상상만으로도 몸서리를 쳤다. 엄마, 아빠, 동생을 힘껏 껴안아준 적이 언제였더라? 도무지 기억이 나지 않았다.

"이제 내가 물어볼래. 넌 에코로니에 왜 온 거야?"

다니엘은 지난겨울 에코로니에 와서 이곳에서 지낸 지 벌써 반년하고도 두 달이 좀 넘었다고 했다. 그런 다니엘은 내 질문에 쉽사리 대답하지 못했다.

"여기서 산다니까 네덜란드 친구들이 뭐래?"

나는 질문을 바꿔보았다. 그러자 다니엘이 대답했다.

"나보고 이상하대. 친구들도 나도 암스테르담에서 태어나 지금까지 거기서 살아와서 도시 생활이 익숙하고 편하거든. 걔네들은 이 편리함을 두고 왜 굳이 시골에 들어가서 고생을 하려는지 이해를 못하더라고."

나에게도 몇 년 전 시골 내려간다니까 '도대체 왜?'라는 표정으로 쳐다보던 친구들이 있었다. 내가 다시 물었다.

"그래서 넌 뭐라고 했어?"

"난 떠나고 싶다고 했어. 이전과는 다른 삶을 시작하고 싶었으니까."

그러고 보니 우리는 둘 다 비슷한 시기에 모든 것을 내려놓고 낯선 곳에서 새로운 일상을 시작하게 되었다는 공통점이 있었다. 우리는 그로부터 계절이 두 번이나 바뀐 오늘에서야 새삼 걸어온 길을 되돌아보고 있었다. 나도 그도 말없이 같은 곳을 한참 동안 바라보았다.

"아! 나 또 다른 점이 하나 생각났다!"

나는 갑자기 책상을 탁 치며 장난꾸러기 같은 표정을 지었다.

"뭔데?"

나의 생뚱맞은 행동에 다니엘이 재미있다는 듯 웃었다.

"서양에서는 보통 나이 상관없이 친구하잖아. 관계를 맺을 때도 나이가 다르다는 이유로 격식을 차리지도 않고. 그런데 한국은 나이를 중요하게 생각해. 그중에서도 같은 해에 태어난 사람들을 가장 특별하게 여겨. 나이가 같은 사람을 친구라고 불러."

나는 수줍게 검지로 나와 다니엘을 번갈아 가리켰다. 같은 해 내가 태어나기 두 달 전 그가 태어났다. 너를 만나 반갑다는 말을 나는 그렇게 대신하였다.

우리는 거의 매일같이 만나 밤이 늦도록 둘만의 시간을 보냈다. 해가 지고 깜깜한 숲을 발자국 소리만을 의지해 통과하면 염소 농장으로 이어지는 시골길이 나왔다. 가로등 하나 없이 별빛만 비추는 그 길을 우리는 함께 산책하곤 했다.

"다니엘, 내가 살던 곳에서부터 네가 살던 네덜란드까지 걸어가면 얼마나 걸릴까?"

"엄청 오래 걸리겠지!"

다니엘과 나누는 이런 시답잖은 대화들까지도 나에게는 완벽한 선물처럼 느껴졌다. 염소 농장까지 걸어가는 시간만으로는 부족해 우리는 왔던 길을 몇 번이고 뱅뱅 돌며 이야기를 나누었다. 서로 다른 곳에서 다른 말을 쓰며 살던 우리가 별이 빛나는 이 밤, 같은 길을 함께 걷고 있었다.

꿈을 꾸는 우리는 지금 여기에

"다니엘, 넌 꿈이 뭐야?"

"꿈? 없어, 그런 거."

예상했던 것과 정반대였다. 꿈이 없다는 말은 잿빛 하늘 아래로 넥타이를 매고 출근하는 중년의 주름진 얼굴과 더 잘 어울리는데……

"정말 하고 싶은 게 없어?"

다시 한 번 확인해야 할 것 같았다.

"응, 없어."

다니엘은 일말의 고민도 없이 마치 자신이 꿈 없는 사람이길 원한다는 듯 말했다. 손수 적은 꿈 100가지를 노트북 바탕 화면에 저장해 두고 있는 나로서는 그 이유를 알아야만 했다.

"옛날엔 늘 꿈을 좇아 다녔어. 딱히 뭘 하고 싶은지 모르겠다고 하면 마치 인생을 포기한 사람 보듯이 나를 보더라고. 그래서 꿈을 가져보기도 했는데 그게 있어도 마음은 편하지 않은 거 있지? '이게 정말 내 꿈이 맞는 걸까?' 하는 불안한 마음 때문인지 자꾸 다른 사람들의 꿈과 내 꿈을 비교하고 있더라. 거꾸로 내 꿈이 비교당할까봐 두렵기도 했고. 내가 생각해 봤을 때 꿈은 별로 중요하지 않은 것 같아."

"그럼 뭐가 중요한데?"

"지금."

그의 대답은 재빨랐다.

"그래도 네가 무언가 하고 싶은 게 있었으니까 여기에 온 거 아니야? 그것도 꿈이잖아."

"조금 달라. 내가 이 이야기 너한테 했었나? 나 대학에 가게 된 이야기?"

그는 오래전에 대학에서 현대 무용을 전공하다가 자퇴했다며 이야기를 풀어놓기 시작했다. 비록 자퇴하기는 했어도 그는 여전히 춤추기를 좋아했다. 나와 함께 있을 때도 어디선가 좋아하는 노래가 들려오면 리듬에 맞춰 스텝을 밟던 그였다. 어떨 때는 몸이 원하는 대로 자리에서 자연스레 일어나 춤을 추기도 했다. 마치 그를 위해 준비된 순간이기라도 한 것처럼 자유롭게. 나는 그런 그를 보며 더불어 행복해지곤 했다.

"난 원래 대학에 갈 생각이 없었어. 친구들이 다들 대학에 간다는데도 나는 딱히 더 배우고 싶은 게 없었어. 그 대신 프랑스로 아르바이트 겸 여행을 떠났지. 그때 머물던 동네에 매주 토요일마다 댄스 경연 대회가 열리는 펍이 있었는데, 친구가 나 몰래 참가자 명단에 내 이름을 올려놓은 거야. 난 혼자 춤추는 건 좋아해도 경쟁하고 그런 건 좋아하지 않거든. 그런데 이제 와서 뭐 어떡해? 이미 올렸으니까 취소하기도 그렇고 그냥 하기로 했어."

나는 그가 말한 펍으로 순간 이동하여, 병맥주 한 병 갖다놓고 홀짝이며 대회를 구경하는 상상을 했다.

"아, 막상 시작하고 보니까 다들 춤을 엄청 잘 추더라. 나도 지고 싶지는 않으니까 열심히 췄어."

"그래서? 그래서 대회에서 우승했어?"

마치 그게 내 꿈이기라도 한 양 눈을 반짝이며 물었다.

"아니. 몇 차례 안 가서 떨어졌어."

아무렇지 않게 대답하는 그보다 내가 더 실망스러웠다.

"아직 이야기 안 끝났어. 들어봐. 떨어지고 나서 계속 대회 구경을 하고 있는데, 어떤 사람이 나한테 오더니 나보고 춤을 정말 잘 춘다고 막 칭찬을 하는 거야. 나는 그냥 인사치레라고 생각했는데, 내 춤을 보면서 감명받았다고 엄청 진지하게 계속 말하더라고. 그 사람은 자기가 대학에서 춤을 전공하고 있다면서, 자기 학교에서 오디션이 가능한지 물어볼 테니까 한 번이라도 좋으니 꼭 오디션을 보면 좋겠다는 거야."

"그래서?"

작은 내 눈이 커다래졌다.

"그러고 나서 오디션에 합격해서 대학을 다니게 되었어."

단 한 번도 정식으로 춤을 배워본 적 없던 다니엘은 그렇게 해서 갑자기 현대 무용의 길에 들어서게 되었다고 한다.

다니엘이 이야기를 채 마치기 전에 마침 일 시작을 알리는 종소리가 들렸다. 나는 이런 이야기를 아무렇지도 않게 하는 것에 뭔지 모를 불편함이 일었다. 다니엘은 마지막으로 나에게 무언가 말하려고 했지만 나는 일하러 가야겠다며 황급히 자리를 떴다. 정원으로 돌아와 하얀 캐모마일 사이에 난 잡초들을 뽑으며 이 불편함의 정체가 뭔지 가만히 들여다보았다. 이 친구의 흘러넘치는 즉흥성을 어떻게 해석해야 할지 잘 정리가 되지 않았다.

'인생에서 꿈처럼 중요한 게 어딨어? 다들 그 꿈을 이루려고 얼마나 열심히 살아가는데……'

수레 한가득 쌓인 잡초를 내다버리고 올 때까지도 정체를 알 수 없는 그 불편함이 나를 에워쌌다. 두 번째 수레를 다 채울 즈음 문득 며칠 전 다니엘이 내게 했던 말이 떠올랐다.

"인생은 정말 알 수 없어. 오늘 이렇게 너와 내가 이 길을 걸을 줄 누가 알았겠어! 아무도 몰라. 난 이래서 인생을 사랑해."

다니엘이 지금 이 순간을 산다고 했던 말이 바로 이런 거겠구나 싶었

다니엘이 담아준 내 모습.
내가 가장 좋아하는 내 모습.

다. 다니엘의 말은 마치 방금 잡초를 뽑아낸 자리에서 풍겨 나오는 흙 내음처럼 풋풋하게 코끝을 파고들었다.

다니엘이 한 말이 맞다. 인생은 참으로 알 수가 없다. 꿈이 있더라도 그 꿈이 꼭 이루어지는 것도 아니고, 때론 꿈이 변하기도 한다. 절망하는 순간에 생각지 않은 새로운 꿈이 생기기도 한다. 다니엘은 꿈을 이루기 위해 치밀하게 노력해야 삶이 헛되지 않을 거라 생각하며 살아온 나의 지난 시간들을 돌아보게 했다.

나는 다니엘처럼 아직 오지 않은 미지의 인생을 사랑하기보다는 투정하거나 불안해했고, 무엇이 다가오든 유연한 마음으로 맞이하지 못했다. '지금'을 단지 내가 꿈꾸는 삶을 이루어나가기 위해 잠시 머무르는 임시 거처처럼 보냈던 것이다. 이번 여행에서도 미리 짜가지고 온 1년이란 긴 일정표를 손으로 만지작거리며 습관처럼 이렇게 말하곤 했다.

'여긴 어차피 곧 떠날 거야.'

어디를 가든 내 꿈을 이루는 데 필요한 특별한 것들을 찾아다니던 나는 결국 어디에도 온전히 마음을 두지 못했다. 늘 다음 목적지에 대한 기대가 마음을 채우고 있었다. 나는 무엇을 위해 이리도 앞만 보며 달려온 것일까?

일하던 손을 잠시 내려놓고 가만히 주변을 둘러보았다. 정원 울타리 뒤 울창한 활엽수들이 바람과 함께 잎사귀를 흔들고 있었다. 그 순간 동네의 교회 종탑에서 댕그랑거리며 종소리가 들려왔다. 핑크빛 구름 뒤편으로 붉은 노을이 물든 하늘을 바라보며 난 혼잣말로 중얼거렸다.

"그렇구나. 난 지금 여기에 있구나."

붙어 있기는 싫고,
없으면 허전한 사람들

가족들은 에코로니를 떠나 다음 머물 곳으로 가기 전 잠시 휴식을 갖기로 했다. 그동안 쌓인 피로를 풀기 위해 우리는 에코로니에서 가까운 소도시 콜마르Colmar에 있는 한 호스텔을 예약했다. 우리 마음대로 요리해서 먹을 수 있는 숙소를 찾았기 때문에 전담 셰프인 수빈이는 식단표를 짜느라 정신이 없었다.

"어서 콜마르에 갔으면 좋겠다!"

수빈이가 제일 신이 나서 종알거렸다.

"저기…… 나는 콜마르에 안 가고 에코로니에 더 있을게."

느닷없는 내 말에 모두들 놀랐다.

"무슨 소리야!"

"나 여기서 더 지내고 싶어."

"너, 장염 걸리고 두드러기도 나고 누구보다 제일 힘들었잖아? 그래서 여기 떠나는 날도 앞당긴 건데…… 가서 좀 쉬어야지."

엄마가 시무룩한 목소리로 말했다.

"엄마, 언니 아마도 다니엘인가 그 사람 때문에 저럴걸!"

나는 수빈이 말에 깜짝 놀랐지만 애써 태연한 척했다.

"뭐 그것도 있는데, 여기에 처음으로 내 또래 친구들이 많아서 더 지내고 싶어."

엄마는 이제야 상황 파악이 되었다는 듯 의미심장한 표정을 지었다. 아빠도 별다른 말을 덧붙이지 않았다.

"진짜 안 쉬어도 되겠어?"

"응! 나 진짜 괜찮아. 난 일 하나도 안 힘든데!"

"그래, 그럼 그렇게 해. 하지만 너무 아쉽다."

좋은 시간을 함께하고 싶은 엄마의 마음이 느껴져 미안했지만, 나는 이대로 에코로니를 떠나고 싶지 않았다.

오래전부터 바라고 바라던 혼자만의 시간이 막상 코앞으로 다가왔지만, 떠날 채비를 마치고 에코로니를 나서는 세 사람의 묵직한 배낭이 내내 눈에 밟혔다. 혼자라는 해방감을 서둘러 맛보고 싶어 할 줄 알았는데, 차에 올라탄 가족을 보는 순간 나도 그 옆에 타고 있어야 할 것만 같은 느낌이 몸에서 꿈틀댔다. 배웅하러 바깥에 서 있는 내가 너무나 어색했다. 아빠도 차 안에서 나를 내다보는 게 낯선지 공연히 다른 곳을 쳐다보았다.

"잘 지내다 곧 보자!"

반쯤 열린 창문으로 엄마가 손을 흔들며 말했다. 아주 잠깐이지만 혹시 나 없이 여행하다가 사고라도 나서 이게 우리의 마지막 인사가 되면 어쩌지 하는 상상력 넘치는 걱정이 들기도 했다.

"언니! 곧 봐!"

수빈이의 천진한 목소리와 함께 차가 출발했다. 나는 차가 보이지 않을 때까지 높이 손을 흔들며 혼자서도 잘 지내겠다는 인사를 대신하였다. 방으로 돌아오니 휑하니 아무도, 아무것도 없었다. 이렇게 순식간에 혼자가 될 수 있다니 기분이 묘했다.

'기차는 잘 갈아탔을까?'

그동안 내 몫으로 내가 알아서 처리하던 일들이 하나씩 떠오르며 마음이 더 심란해졌다.

사랑은 엄청나게 크거나 대단한 게 아니야

"가족들은 콜마르에 잘 도착했어?"

다니엘과 나는 호숫가로 향하는 측백나무 길을 나란히 걷고 있었다.

"아직 모르겠어. 연락 오겠지."

"어때? 가족들 없이 혼자 있으니까."

"이상해."

우리는 자연스레 서로의 가족 이야기를 나누게 되었다.

"다니엘, 너는 아빠랑 친해?"

"너는 어떤데?"

그가 도리어 나에게 되물었다.

"나는 여행하기 전에도 그렇고, 여행을 하면서도 아빠가 제일 어려워."

나는 길가에 놓인 애꿎은 돌멩이를 발로 툭툭 찼다.

"나도 그래."

그는 내가 차서 길 밖으로 삐져나간 돌멩이를 다시 내 발치에 가져다놓았다.

"넌 왜?"

나는 문득 다니엘과 그의 아빠 사이가 궁금해졌다.

"난 아빠에 대한 기억이 거의 없어. 내가 태어났을 때부터 아빠는 거의 집에 안 들어왔어. 들어오면 엄마랑 크게 싸웠던 기억 정도? 내 생일날 아빠가 함께 있었던 적도 없어. 내가 다 크고 나니까 아빠가 집에 들어오더라. 예전에는 아빠에게 화도 많이 나고 그랬는데, 지금은 아무렇지도 않아. 괜찮아졌어. 그냥 함께한 기억이 없는 것뿐이야. 한 집에 사는 동네 아저씨 같아. 나는 그래서 네가 가족들하고 여행하는 게 엄청 신기해. 이렇게 온 가족이 다 같이 장기간 여행을 한다는 게 쉬운 일이 아니잖아."

다니엘이 담담하게 자기 이야기를 꺼냈다. 묵직할지도 모를 자기 이야기를 편안하게 전할 수 있는 그의 힘이 문득 부러워졌다.

"가족 여행, 정말 힘들어. 내가 가족들에게 얼마나 못되게 굴었는지 말하면 너 놀랄걸? 특히 아빠한테는. 지금 다시 생각해 봐도 정말 못됐어."

나는 고해성사라도 하듯 그동안 혼자서 품어오던 나만의 이야기들을 그에게 털어놨다. 아빠를 포함한 중년 남성에 대한 공포, 그들이 감추고 있는 성에 관한 폭력성이 언제 어떤 모습으로 폭발될지 모른다는 추측과 망상으로 오랫동안 힘들었던 이야기…… 그런 이야기를 할 때는 여전히 정리되지 않은 것들로 머릿속이 뒤죽박죽이었지만, 다니엘은 무슨 이야기든 가만히 귀 기울여주었다.

"그래서 나는 문을 잠그지 않으면 불안해서 잠을 잘 못 자. 아빠랑 있을 때도 그랬지만, 지금도 내 방에 잠금 장치가 없으니까 새벽에 작은 소리만 들어도 예민해져."

모든 걸 다 전할 수는 없었지만 내 안에 정처 없이 굴러다니던 무거운 돌덩이들의 존재를 그와 공유했다는 사실만으로도 마음은 훨씬 후련해졌다.

"빈, 말하기 조심스럽긴 하지만, 네가 방문을 잠그든 잠그지 않든 너에게 일어나야 할 일들은 일어나게 되어 있어. 미리 두려워할 필요가 없어. 두려움을 따라가지 마. 그건 사실이 아니라 두려움일 뿐이야. 너희 아빠는 그런 분이 아니잖아. 아빠에게는 아무런 잘못이 없잖아."

다니엘의 목소리는 부드럽지만 단호했다.

"응, 그러게. 머리로는 알겠는데, 자꾸만 두려워져……"

나도 모르게 내뱉은 한숨이 가느다랗게 떨렸다.

"걱정하지 마! 내가 네 방문 앞에서 보초를 설게! 아무도 들어오지 못하게!"

나의 슬픔과 두려움의 무게를 덜어내 주려는 다니엘이 고마웠다.

"다니엘, 나는 사랑을 주는 사람이 되고 싶어. 가족들에게도 사랑을 주는 따뜻한 사람이 되고 싶은데, 난……"

점점 느려지던 걸음이 멈춰지면서 나는 그만 침울해지고 말았다.

"넌 이미 그렇게 하고 있잖아."

그가 밝게 미소 지으며 말했다.

"내가?"

"응. 아까 아침에 나 주려고 커피도 내려왔잖아. 내가 그때쯤 커피 마시는 걸 너는 이미 알고 있었던 거야. 아주 사소하고 작은 일 같지만 이미 그게 사랑이야. 넌 이미 충분히 사랑하고 있어. 사랑은 엄청나게 크거나 대단한 게 아니야."

이 사람, 벌써 나를 몇 번이나 뒤흔든다. 그의 말을 듣는 순간 오랫동안 길을 잃고 헤매던 나의 마음이 이제야 비로소 어디로 가야 할지 알겠다며 다시 일어설 채비를 하는 것만 같았다. 머리로는 그곳이 어느 쪽일지 짐작하고 있었지만 발길을 옮길 용기를 내지 못하던 나였다. 다니엘은 한없이 정체되어 있던 내 마음에 한 줄기 빛처럼 이정표가 되어 나를 부르고 있었다.

두려울 땐
두려워하면 돼

매주 수요일 일이 끝나면 에코로니 친구들끼리 숲속에서 작은 모닥불을 피우며 여유로운 시간을 보냈다. 달빛 아래로 타닥거리며 타오르는 장작 소리와 랄스의 기타 연주가 잔잔하게 화음을 이루고, 친구들은 모닥불에 발갛게 익은 얼굴로 조곤조곤 담소를 나누며 이따금씩 와인 잔을 부딪쳤다.

"빈, 너는 에코로니에서 지내면서 뭐가 제일 좋아?"

내 옆에 앉아 있던 쥬디스가 물었다.

"사람들."

"맞아. 나도."

한나가 곧바로 맞장구를 쳤다. 네덜란드에서 온 쥬디스, 독일에서 온 한나는 다니엘만큼이나 나와 죽이 잘 맞아서 단짝처럼 지내고 있는 친구들이다.

"빈, 너 가지 말고 여기서 더 지내면 안 돼?"

헝가리에서 온 리처드와도 요 며칠 참 많은 이야기를 나눴었는데…… 아쉽게도 가족과 다시 만나기로 한 날이 벌써 이틀 뒤로 다가왔다. 친구

들은 탐마르가 야식으로 만들어온 빵 반죽을 나무 꼬챙이에 끼워 모닥불에 구워 먹었다. 누구는 빵을 태웠다며 난리이고, 누구는 잘 구워진 빵을 꿀에 찍어 먹느라 여념이 없었다. 귀여운 친구들을 둘러보다 어느새 에코로니 품에 푹 안겨 있는 내가 보였다.

다니엘과 나는 친구들 틈에서 슬그머니 빠져나와 여느 날처럼 염소 목장을 향해 걸었다.

"나 이틀 뒤면 간다! 안 슬퍼?"

나는 이미 무겁게 가라앉은 마음을 들키지 않으려 쾌활한 척했다.

"안 슬퍼."

다니엘이 검은 하늘로 피어오르는 뭉게구름을 보며 말했다.

"와~ 완전 쿨하다. 진짜!"

"네가 그렇게 말할 줄 알았어. 근데 난 지금 정말로 안 슬퍼."

그렇게 말해놓고 진지한 눈빛으로 나를 쳐다보는데 나는 속상해해야 할지 말아야 할지 얼떨떨했다. 내가 말했다.

"나는 무지 슬퍼. 네가 날 금방 잊어버리면 어떡해?"

이렇게 함께 걷는 시간도 영영 마지막이 될지도 모른다고 생각하니 금방이라도 눈물이 날 것 같았다.

"내가 슬프지 않다고 말한 건, 슬픔을 억지로 붙잡고 있거나 그 감정에 끌려다니지 않겠다는 의미야. 물론 슬퍼. 그런데 내가 슬프다고 해도 넌 가야 되잖아. 모든 게 변하는 건 당연한 일이야…… 너 그거 알아? 우리에겐 지금 말고는 아무것도 존재하지 않는다는 거? 지금 나는 네 옆에 있고, 우린 같이 이 길을 걷고 있어. 그래서 나는 지금 행복해. 우리가 나누는 대화, 하늘, 밤공기…… 슬플 리가 없잖아."

다니엘은 오지도 않은 다음날로 먼저 가 있던 나를 지금 그의 곁으로 다시 데리고 왔다.

"응, 네가 무슨 말 하는지 알겠어."

오늘 같은 밤이 있었을까? 들풀을 훑고 지나가는 바람 소리에 귀를 기울였다. 자연스런 보폭으로 걷는 우리 둘의 발걸음을 지그시 바라보며 내가 말했다.

"다니엘, 넌 그럼 두려울 때는 어떻게 해?"

"두려워해야지. 우리가 행복할 때 왜 행복한지 심각하게 고민하지 않잖아. 두려울 때도 마찬가지야. 두려운 것도 행복한 것도 똑같은 감정일 뿐이야. 이것도 흘러가. 나타나면 사라지고. 자연스럽게."

"너 이런 대화 친구들이랑 자주 해?"

"아니. 이런 이야기하면 애들이 미쳤다고 할 걸? 너는?"

"나도!"

우린 서로를 마주보며 한동안 말없이 웃었다.

그에게 하지 못했던 말

한 시간째 프랑스 동북부의 스트라스부르그Strasbourg 역 근처 골목들을 빙빙 돌았다. 만나기로 한 숙소 위치를 지도에서 대강이라도 찾아보지 않고 주소만 달랑 적어온 것이 불찰이었다.

'내가 이랬던 적이 없는데……'

약국에도 들어가고 꽃집에도 들어가 길을 물어보았지만 어느 쪽으로 가면 되는지 도대체 알 수가 없었다. 무거운 배낭을 짊어지고 꽤 오랜 시간 걷고 나니 진이 다 빠졌다. 에코로니에서부터 네 시간 동안 기차로 온 길을 다시 되돌아가고 싶은 마음이 아픈 다리와 함께 콕콕 쑤셔왔다.

얼마나 걸었을까, 친숙한 잿빛 바지와 하늘색 생활 한복을 입은 한 아저씨가 건너편 골목 어귀에서 담배를 피우고 있었다. 아빠였다.

"아빠!"

"너 왜 이렇게 늦었어?"

"길을 좀 헤맸어."

"잘만 찾던 놈이!"

그러게 말이다. 아빠는 무심한 척 내 얼굴을 살피고는 무거운 가방을 뺏어 들었다. 숙소에 도착해 방 문을 열자마자 얼큰한 해장국 냄새에 코끝이 알알했다.

"언니! 왔어? 우리 매운 오뎅이랑 해장국이랑 주먹밥 요리했어."

"어머! 잘 왔다, 우리 딸! 왜 이렇게 힘들어 보여? 기차에서 멀미라도 했니?"

집으로 돌아왔다. 아니, 우리의 여행으로 다시 돌아왔다.

"우린 콜마르에서 아주 잘 지냈어. 작은 마을이라 아기자기하고 아주 예쁘더라."

"언니, 대박인 게 뭔지 알아? 우리 콜마르 숙소에 다른 사람이 하나도 없어서 호스텔 전체 전세 낸 것처럼 지냈어!"

엄마와 동생은 그간의 휴식 때문인지 명랑한 기운이 넘쳐흘렀다.

"여기 와이파이 비밀번호 뭐야?"

나는 신발도 벗지 않고 노트북을 꺼내 혹시나 그 사이 다니엘에게서 연락이 오지 않았는지 메일부터 확인했다. 그러나 받은편지함은 무색하게도 숫자 '0'을 가리켰다.

'뭐야, 얘는? 내가 보고 싶지도 않나? 벌써 잊은 건 아니겠지?'

창밖의 구름은 내 속도 모르고 태평하게 흘러만 갔다. 우리도 내일이면 독일의 새로운 농장에 도착할 것이다. 새로운 사람들을 만나고, 새로운 일을 시작하고, 새로운 공간에서 생활하고…… 그러다 보면 에코로니에서의 시간들도 슬그머니 오래된 기억 속으로 사라지게 될까? 나는 다시 어제의 순간으로 돌아가고 싶어졌다.

"먼저 저녁 먹어. 나 너무 피곤해서 지금 밥맛이 없어."

침대 속으로 기어 들어가는 나를 보며 세 사람이 일제히 안쓰러운 표정을 지었다.

"에코로니가 아주 악덕이네. 얘한테 일을 얼마나 시켰으면 이렇게 힘들어 해?"

내 속을 아는지 모르는지 아빠는 괜스레 에코로니만 호통을 쳤다.

사실 다니엘에게 말하지 못한 게 있었다. 다니엘을 향한 마음이 커져갈수록 나는 그만큼 거센 두려움에 직면하고 있었다. 신은 내가 감당할 수 있는 것만큼 선물을 주신다던데 아무래도 나를 과대평가하시는 게 분명했다. 언제부턴가 평소와 다를 바 없이 나를 보고 웃고 있는 다니엘을 보며, 어쩌면 다니엘이 나 말고도 다른 사람과 만나고 있을지 모른다는 상상을 하게 되었다. 저녁 전에 다니엘이 탐마르와 단둘이서 밖에 나갔다 돌아오는 걸 우연히 두어 번 목격하고 나서부터 나의 상상은 급속히 커져 거의 판타지 수준에 이르렀다. 혹시 다니엘이 폴리아모리Polyamory(여러 사람을 동시에 사랑하는 것)를 지향하는가 싶어 물어보았지만 아니라는 답변을 들었고, 여전히 그와 많은 시간을 함께 보냈는데도 그에 대한 의심은 멈춰지지가 않았다.

사실 이런 일은 내가 이성과 진지한 만남을 가질 때마다 겪는 과정이기도 했다. 실제로 상대에게 문제가 있어서라기보다는 내가 상대를 신뢰하기를 굉장히 어려워해서였다. 그래서 다니엘을 향한 마음이 커갈수록 그와 함께하는 매 순간은 그런 나를 넘어설 수 있는지 묻는 시험과도 같았다. 사실이 아닌 것들을 붙들고 거기에 꺼둘리지 않고, 내가 보고 듣고 만지고 느끼는 지금 이 순간에 온전히 머무르고 싶었다.

침대에 누워 있던 나는 등을 일으켜 세우고 앉아 가방에서 노트를 꺼냈다. 오지 않은 이메일 대신 이전에 다니엘이 내 노트에 적어준 짧은 편지라도 읽고 싶었다. 설령 다니엘이 날 잊는다 해도 괜찮다고 내게 말해주고 싶었다. 나는 그의 손글씨를 몇 번이고 들여다보면서, 그때 그 사랑스럽던 우리의 순간들이 실재였음을 확인하고 또 확인하였다.

작은
변화

독일 동남부의 사과 농장으로 가는 길은 멀고도 멀었다. 마침내 조그만 간이역인 비켄바흐Bickenbach 역에 도착했지만 우리를 맞는 사람은 주위에 한 명도 보이지 않았다. 한참 후 텅 빈 거리에 커다란 봉고차 한 대가 들어서더니 키가 훤칠한 아주머니 한 분이 우리에게로 다가왔다.

"저는 에바라고 해요. 반가워요."

큰 키와 달리 수줍음 많은 목소리였다. 배달 차를 끌고 온 바람에 우리 네 명이 앉을 자리가 없어 나와 수빈이는 뒷자리의 비좁은 사과 박스 더미 사이에 앉았다. 불편한 자세로 엉덩이를 덜덜거리며 한동안 비포장 숲속 길을 달렸다. 그렇게 도착한 사과 농장에는 나무로 지은 3층짜리 집에서 네 식구가 살고 있었다. 집에 들어서자 에바의 남편인 미카엘이 우리를 기다리고 있었다.

"반가워요, 미카엘이라고 해요. 잘 오셨어요. 뭘 좀 드실래요?"

아빠보다 흰머리가 조금 더 많았지만 비슷한 연령대인 것 같았다. 집 안 가득 나무 냄새가 은은하게 풍겨났다. 새로운 집에 처음 들어갈 때마다 우리가 주로 앉게 되는 곳은 식탁이었다. 그때마다 호스트는 먼 길 온 우리에게 무언가 대접하려 했고, 나는 습관처럼 손이 많이 가지 않는 간단한 걸 요청하곤 했다. 대개는 물만 달라거나 아무것도 안 먹어도 된다고 대답했다. 하지만 이번에는 좀 달랐다. 가족이 원하는 게 무얼지 먼저 생각하게 된 것이다.

"빵이나 요깃거리가 좀 있을까요? 배가 고프네요."

아까 차 안에서 수빈이가 배고프다고 했던 게 생각나 먹을 게 있는지 물었다.

"대박! 웬일이야, 언니가 먼저 뭘 달라고 하고?"

수빈이가 뭘 달라고 하면 늘 적당히 좀 하라며 핀잔을 주던 나였다. 그런 내가 마음속의 기준과 기대를 내려놓으니 자연스레 식구들과 호스트 간의 대화를 돕는 연결자가 되어 있었다. 그래서인지 첫 만남인데도 우리는 다른 어떤 때보다도 화기애애한 분위기로 인사를 나눌 수 있었다.

독일의 여러 후보지 중에서 우리가 에바네 사과 농장을 선택한 이유는 이들이 하고 있는 생명 역동 농법Biodinamic 때문이었다. 한국에서부터 관심을 갖고 있던 건데, 이 농법이 처음 시작된 독일에서는 어떻게 이뤄지는지 보고 싶었다. 생명 역동 농법은 '농업'의 '농農'이라는 글자가 '별(辰)들의 노래(曲)'를 의미하듯 천체의 흐름이 식물과 동물의 생장에 영향을 미친다고 보고, 이러한 우주의 리듬에 따라 농사를 짓는 유기 농법이다. 우리는 며칠간 에바네 가족과 함께 지내며 생명 역동 농법이 단순히 농사의 기술적인 방식만 가리키는 게 아니라는 걸 알 수 있었다. 에바네 가족의 삶 곳곳에 생명 역동 농법의 창시자인 루돌프 슈타이너의 발도르프 사상이 스며 있었다.

밥 먹는 시간이면 우리는 다 같이 손을 잡고 노래를 불렀는데, 한 명 한 명 기도하듯 정성껏 노래 부르던 표정들이 아직도 눈에 선하다. 독일어로 된 그 노래의 가사는 곡식과 농부, 자연에게 감사한다는 내용이었다. 이들은 식사 때를 단순히 밥 먹는 시간이 아니라 가족들 간에 소통하고 사랑을 나누는 시간으로 여겼다. 어떤 날에는 식사 후 차를 마시고 보드 게임을 하거나 어떨 때는 미카엘의 감미로운 클래식 기타 연주를 들으며 시간을 보내기도 했다.

어느 날 미카엘이 우리 가족에게 물었다.

"빈과 규대가 괜찮다면 다음 주에 프랑크푸르트에 있는 생태 공동체에 한번 가보는 거 어때요? 생명 역동 농법으로 농사지으며 자급자족하는 친구들인데, 농산물을 생산만 하는 것이 아니라 가공도 하고, 아주 유명한 곳이에요. 배울 게 많을 거예요."

농사를 짓는 나와 아빠에게 같은 농부로서 연대감을 느끼는지 미카엘이 한 제안이었다. 그는 이밖에도 생명 역동 농법 독일 본부를 가보자고 하는 등 여러 가지 제안을 했다.

"우리한테 일 안 시켜요? 우프 맞아요?"

아빠는 능청스레 농담을 던졌다.

"규대, 일을 시키다뇨? 우리랑 함께 지내는 동안은 한 식구처럼 같이 사는 거라 생각해야죠."

진지한 표정으로 미카엘이 한술 더 떠서 말을 했다.

"루시는 혹시 가고 싶은 곳 있어요?"

에바는 은연중에 뒤로 빠져 있던 수빈이를 챙겼다. 그것도 부담스럽지 않고 자연스럽게.

"저요? 가고 싶은 곳은 모르겠고, 한국 음식이 먹고 싶어요."

며칠 전부터 수빈이는 아껴 먹던 고추장이 다 떨어져 인터넷에서 주문하자고 엄마를 졸라대던 참이었다.

"그러면 루시가 한국 음식을 해주면 어때요? 먹어보고 싶어요. 한국 식재료를 파는 마트가 있는데 내일 같이 가봐요."

에바의 대답은 수빈이가 기대한 것 이상이었다. 그러면서 갑자기 두 가족은 한국 음식을 주제로 시끌벅적하게 대화를 나누기 시작했다. 내가 굳이 통역하지 않아도 기분 좋은 수빈이가 스스로 나서서 엄마 아빠의 말을 에바와 미카엘에게 옮겼다. 나날이 '합'이 좋아지는 두 가족을 보며 나는 그저 흐뭇한 기분이 들었다. 사려 깊은 에바네 가족 덕분에 내가 신경 써서 뭔가 부탁하거나 조율해야 할 일도 하나 없었다.

주말을 맞이한 나는 별다른 할 일 없이 침대에 누워 영화를 연속 두

편이나 보고 일어나 창문을 활짝 열어젖혔다. 팔을 괸 채 멍하니 농장 주변의 숲을 바라보았다. 딸랑거리는 워낭 소리가 언덕 아래쪽에서 들려오고, 바람에 살랑대는 들꽃 위로 잠자리들이 점을 찍으며 날아다녔다. 창밖의 자연은 아름답고 나는 더없이 편안한 공간에서 좋은 사람들과 좋은 시간을 보내고 있었지만, 늦여름의 고요한 오후에 나는 저 멀리의 다니엘이 그리웠다. 며칠 전 다니엘로부터 답장이 오고 나서부터는 하루를 시작하는 특별한 의식처럼 아침마다 그의 편지를 읽었다.

"…… 무슨 일이 어떻게 일어날지 누가 알겠어? 삶이 우리를 어디로 데려가는지 알 수는 없지만, 그래도 너를 다시 만날 수 있다면 정말 멋질 거 같아."

늦여름의 선선한 바람을 맞으며 나는 그가 보낸 두 문장을 마음속으로 꽉 끌어안았다. 며칠 후면 미카엘과 디메터Demeter(국제 바이오다이나믹 인증 기구) 독일 지부를 견학하기로 했는데, 이상하게 설레거나 하는 느낌이 없었다. 예전 같으면 이 기회를 허투루 쓰지 않기 위해 두 눈에 불을 켜고 인터넷을 뒤지는 등 정보를 수집하고 있었을 텐데 말이다. 지금은 그저 잠시 후 산책을 나가기로 한 사람처럼 마음이 편안했다.

다니엘에게 고마워해야 할 일이었다. 다니엘을 만나기 전, 내가 기쁨을 느끼던 것들은 내 관심 영역 안에 국한되어 있었다. 멋진 농장, 농부, 가드닝과 관련된 책, 연재하던 글에 '좋아요'를 눌러준 사람들…… 다니엘을 만나고 난 후부터 나는 조금씩 여행자다워져 갔다. 원하는 게 찾아오든 찾아오지 않든 지금 이 순간을 감상하고 즐기는 재미를 알아가기 시작했다. 하지만 그러나저러나 다니엘이 보고 싶은 건 매한가지였다.

나는 궁상맞게도 나침반의 빨간색 바늘을 북쪽에 맞춘 뒤 다니엘이 있는 에코로니가 어느 방향인지 살폈다. 그리고 그가 있는 쪽을 향해 고맙다는 말을 전했다.

내 마음이 향하는 곳

인터넷에서 다음날 점심 메뉴를 위한 레시피를 검색하던 수빈이가 마우스 휠을 드르륵 내리다 잠시 멈추었다.

"언니, 나 꿈이 생겼어."

"뭐?"

꿈이 생겼다는 소리에 나는 냉큼 수빈이 쪽으로 몸을 돌렸다. 평소 수빈이는 엄마에게는 모든 이야기를 털어놓았지만 아빠와 나에게는 속엣말을 잘 하지 않았다. 특히 진로에 대해서는 더 말을 아꼈다.

"아직 뭐 확실한 건 아닌데…… 나 푸드 스타일리스트 하고 싶어."

비밀 이야기라도 하듯이 수빈이가 조심스레 말했다.

"꿈이라면서 뭐 그렇게 비실거리면서 말해?"

반가운 소식에 나는 내심 기뻤다.

"근데 너무 늦었어. 나 벌써 열아홉 살이잖아."

"야! 늦는 게 어디 있어? 하나도 안 늦어."

나도 모르게 목소리가 높아졌다.

"그거 하려면 요리를 배워야 하는데 나는 배운 적도 없고, 이번에 여행하면서 해본 게 전부야."

"안 배워본 게 당연하지! 여태 학교 다녔잖아. 이제 알게 된 거니까 지금부터 배우기 시작하면 돼. 걱정 마."

"그래?"

"그럼! 늦은 건 없어. 네가 뭔가 배우고 싶고, 하고 싶다는 게 중요한 거야."

수빈이는 내 말이 마음에 들었는지 어깨를 으쓱해 보였다.

"근데 언니, 나 고등학교 졸업장 따려면 한국 가서 1년 동안 뭐라도 해야 하잖아? 검정고시를 보든가 다시 학교로 가든가. 학교에는 별로 돌아가고 싶지가 않아. 학교를 다닌다고 하더라도 대안 학교 같은 데 다녀 보고 싶기도 해. 혼자 검정고시 치르고 대학 준비할 바에야 대안 학교에서 다양한 친구들도 만나고 그러면 더 좋지 않을까? 그게 가능할까?"

수빈이가 그동안 얼마나 많은 고민을 했는지 단번에 느껴졌다.

"좋지! 당연히 가능하지."

나는 수빈이가 가진 생각들을 있는 그대로 들으려고 노력했다. 그동안 내 가치관에서 벗어난다는 이유로 수빈이의 관심사들을 얕잡아보던 실수를 이제라도 만회하고 싶었기 때문이다.

"언니가 다녔던 고등학교는 중간에 입학이 가능한가?"

"아마 안 될걸. 그런데 일반 학교를 다니지 않더라도 배울 수 있는 곳은 생각보다 많아. 이미 그렇게 살아가는 네 또래들도 많고. 하자센터나 민들레, 에프터스콜레 같은 곳도 있고, 대안 학교도 추천해 줄 곳들이 많아."

나는 내가 아는 만큼 대안 학교나 단체들에 대해 설명해 주었다.

"아, 정말 다양하네. 내가 고3을 지나기 전에 여행하게 된 건 진짜 신의 한 수인 거 같아. 안 그랬으면 내가 뭘 하고 싶은지, 뭘 좋아하는지 이런 생각 자체를 해보지 못했을 거야. 하라는 공부만 하면서 살거나, 아니면 아이돌 덕질이 전부였을걸? 그런데 언니는 대학 가는 것에 대해선 어떻게 생각해?"

자못 진지하게 묻는 수빈이가 마냥 기특해 보였다.

"나는 대학에 안 가는 쪽을 추천! 물론 내가 대학을 다녔기 때문에 할 말은 아닌 것 같기도 하지만."

내 이야기를 듣자마자 수빈이는 열변을 토했다.

"인터넷에 사람들이 올린 이야기를 보니까 대학에 가도 의미가 없고 빚만 진대. 남들이 말하는 좋은 대학에 가고 좋은 직장을 다녀도 그게 끝이 아니래. 난 다른 건 몰라도 이렇게 살지는 말아야지 하는 것들은 확실히 있어. 나 저번에 한 달 동안 어학원 다니면서 홈스테이했잖아. 거기 주인처럼은 절대 살고 싶지 않아."

"왜?"

"부부인데 둘 다 공무원이야. 돈은 꽤 버는 사람들 같았어. 그런데 그 사람들은 일 끝나고 집에 돌아오면 소파에 앉아서 정말 종일 텔레비전만 봐. 주말에도 나가는 걸 본 적이 없어. 요리는 절대 안 해. 냉장고에 냉동 식품밖에 없어. 하루 종일 먹는 건 다 전자레인지에 데워서 먹는 거야. 그러니까 둘 다 엄청 뚱뚱해. 건강도 안 좋을걸? 돈 버는 거 말고는 사는 이유가 없는 것 같아 보였어. 굉장히 무기력한 느낌…… 난 절대 그렇게는 안 살 거야."

"그래, 박수빈. 다 좋으니까 절대 늦었다는 생각만 하지 마. 다른 거랑 비교하지도 말고. 네 마음이 어딜 향하는지만 봐. 그게 제일 중요해."

수빈이는 열아홉 살에서 스무 살로, 어른의 세계로 넘어가는 경계에서 여행을 통해 다른 이들의 삶을 생생히 엿보고 있었다. 우리가 만난 이들의 다채로운 삶이 평범한 대한민국 고등학생의 일상을 살던 수빈이가 자기만의 삶을 여는 데 큰 힘과 용기로 작용하기를 마음속으로 바랐다.

'다 좋으니까 절대 늦었다는 생각만 하지 마. 다른 거랑 비교하지도 말고. 네 마음이 어딜 향하는지만 봐. 그게 제일 중요해.'

수빈이에게 했던 말이 되돌아와 내 귓바퀴에서 빙글빙글 맴돌았다. 그 말은 생각지도 못하게 다니엘이 보고 싶을 때마다 만나러 가기에는 이미 늦었다며 접어버리곤 했던 나의 마음을 흔들어댔다. 나는 잠시 하던 걸 멈추고 내 마음 깊은 곳으로부터 울려오는 진동에 집중했다. 빠르게 뛰는 심장 박동은 내 마음이 향하는 곳이 어디인지 명확히 보여주고 있었다.

"수빈아! 고마워!"

나는 밑도 끝도 없이 그렇게 말하고 아래층에 있는 엄마 아빠에게 뛰어 내려갔다.

"엄마, 아빠, 나 할 말이 있어."

침대에 누워 낮잠을 자려던 아빠가 고개를 들고 물었다.

"뭔데?"

"나 아무래도…… 에코로니에 다시 가야 할 것 같아."

엄마와 아빠는 동시에 멍한 표정으로 나를 쳐다보았다.

"뭐? 에코로니? 같이 여행 안 하고?"

커다래진 엄마의 목소리.

"잠시만 다녀올게. 그동안 나 여행하면서 친구가 너무 필요했었어. 나 여행 시작하고 처음 만난 친구들이야. 지금 아니면 그 친구들하고 다시는 함께 지낼 수 없을 거 같아. 다시 가고 싶어."

내 마음은 이미 결정을 내린 상태였다. 아빠는 가만히 나를 보더니 손잔등 위로 시선을 떨구었다.

"미카엘이 너한테 보여줄 게 되게 많다던데…… 너도 전부터 가고 싶어 했던 곳들이잖아. 안 가봐도 괜찮겠어?"

엄마의 말에 갑자기 망설여졌다.

'어쩌면 에코로니는 딱 여기까지가 좋은 걸지도 몰라. 다시 갔다가 기대했던 만큼이 아니면 어떡하지? 다니엘과도 괜히 사이가 멀어지면 어떡해? 아쉬울 때가 딱 좋은 거야. 여기서 더 좋은 시간을 보낼 수도 있잖아. 내가 잘못 생각하는 걸 수도 있어.'

그 순간 불현듯 다니엘과 탐마르가 같이 걸어가던 모습이 떠올랐다.

"괜찮아. 그래도 가고 싶어, 에코로니!"

오지도 않은 일을 가지고 미리 움츠러들지 않기로 하지 않았던가. 나는 무엇이 다가오든 있는 그대로 마주하겠다고 다짐하며 나의 마음이 가리키는 방향에 힘을 실었다.

다시 만난 세계

3주 후 스위스에서 다시 합류하기로 약속하고 나는 에코로니로 돌아왔다. 다니엘은 나를 배웅해 준 그날처럼 기차역으로 마중을 나왔고, 우

리는 언제 헤어졌냐는 듯 나란히 앉아 같은 곳을 바라보며 식사를 했다. 빛이 가득히 들어오는 커다란 창문 너머로 마당가에 있는 사람들이 보였다. 그중 데릭이 표트르에게 무언가 열심히 설명하는 모습에 시선이 멈추었다.

"데릭이 말할 때 손 움직이는 거 봐. 아! 정말 사랑스러워."

다니엘이 데릭의 제스처를 따라하며 말했다.

"사람들을 가만히 보면 다들 자기만의 움직임과 선이 있어. 너도 한 번 봐봐."

나는 눈을 감았다 뜨며 사람들이 지어내는 몸짓을 아무런 판단도 없이 순수하게 바라보았다.

"우와! 춤추는 것 같아!"

"그치!"

우리 둘은 흡사 하늘에서 별똥별이 떨어지는 것을 보고 있기라도 하듯 신기한 눈으로 사람들의 움직임을 바라보았다. 그들의 제스처와 표정이 저마다 리듬을 지니고 있었다. 똑같은 눈으로 전혀 다른 세상을 볼 수 있다니! 나는 한 번도 다니엘처럼 세상을 바라본 적이 없었다. 그와 함께 그가 바라보던 세상을 바라보고 있다니 그저 행복하기만 했다.

"다니엘, 넌 뭘 할 때 살아있는 느낌이 들어?"

"춤출 때."

다니엘은 춤이라는 언어로, 머리가 아닌 몸의 언어로 자기를 표현하는 사람이었다. 머리로는 아무 일도 아니라는 듯 짐짓 넘어가는 일에 대해서 몸은 가슴이 덜컥하거나 입술을 질끈 깨물게 되는 등 자기도 모르게 반응을 내보이게 마련이다. 몸이 보내는 정직한 신호를 따라 사는 그의 태도를 나도 닮고 싶었다.

"다시 춤 배울 거야?"

"응. 에코로니에서 1년을 지내고 런던에 가서 다시 시작하려고."

"그렇게 하고 싶으면 지금 가도 되잖아. 왜 여기서 1년을 채우려고 해?"

나는 이참에 그에 관해 궁금하던 것들을 다 물어볼 작정이었다.

"난 시골에서 살아보는 게 여기가 처음이야. 이곳에서 사계절을 지내보고 싶어. 계절마다 흐름이 다르고 하는 일도 다를 테니까."

다니엘이 그윽한 눈길로 어딘가를 응시했다. 그는 순수한 아이 같다가도 어떨 때 보면 도대체 무슨 생각을 하는지 알 수 없는 낯선 사람처럼 보였다. 난 여전히 그에 대해 모르는 게 많았다.

"그때까지 여기서 지내는 건 힘들지 않겠어?"

"왜 힘들지 않겠어? 아무래도 힘들 때가 있겠지. 규칙이 많아서 힘들기도 하고, 다 같이 살다 보면 누군가랑 의견이 안 맞거나 싸울 일도 생기고. 그런데 그럴 땐 숲으로 가면 돼. 숲 한 바퀴 걷고 돌아오면 오히려 문제를 풀 수 있는 방법이 나타나더라고."

그의 모든 말들이 마음에 와 닿았다. 나는 다니엘이란 세계를 구석구석 누비며 그를 이루는 가장 중심에 가 닿고 싶어졌다.

어느 날 다니엘은 피아노를 치고 있는 나에게 새 악보를 하나 내밀며 연주를 부탁했다. '파이널 판타지'라는 게임에 나오는 OST였다. 자신에게 특별한 곡이라고 해서 나는 비어 있는 시간마다 연습을 했고, 다니엘은 그때마다 내 옆에 앉아 감상했다.

"한 번만 더 친 뒤에 우리 거기 갈래!?"

에코로니에서 내가 정원 다음으로 많이 앉아 있던 자리.
늘 가까이에서 나의 연주를 듣던
다니엘의 모습이 눈에 선하다.

굳이 어디라고 설명하지 않아도 내가 가고 싶은 곳이 어딘지 그는 잘 알고 있었다. 우리는 과수원 뒤의 나무 벤치로 한 걸음 한 걸음 음미하듯 천천히 다정하게 걸어갔다.

"다니엘, 나 궁금한 거 있어. 어떤 이유로 그 OST 곡들을 좋아해?"

"이야기하면 좀 긴데……"

다니엘이 모처럼 뜸을 들였다.

"내가 그 게임을 엄청 많이 했었어. 몇 달간 집 밖으로 나가지도 않고 방 안에 처박혀서 그 게임만 하고 마약을 했어. 나의 암흑기라고나 할까? 사실 거기에서 벗어난 지 얼마 안 되었어. 1년 정도 되었나?"

"혹시 왜 그랬는지 물어봐도 돼?"

"언제부터인지는 정확히 모르겠는데 점점 더 허무함에 빠졌던 것 같아. 어느 날 아침에 머리가 너무 아파서 출근을 못하겠는 거야. 밖에 나가면 머리가 아팠어. 토할 것 같고. 그날부터 집에만 처박혀 있었던 것 같아. 우리 집 빚을 다 갚고 난 후였어. 어릴 때부터 우리 집에 빚이 많았거든. 내가 열심히 일해서 빚도 갚고 집도 샀어. 다 갚으면 좋을 줄 알았는데 전혀 그렇지가 않더라고. 오히려 허무하더라. 모든 게 다…… 왜 사는지도 잘 모르겠고. 그래서 몇 번 안 좋은 시도도 했었어. 다행히 실패해서 지금 이렇게 살아있지만."

다니엘이 분위기에 맞지 않게 빙그레 웃었다.

"네가 연주해 준 곡들이 그때 집에 내내 틀어져 있었어. 하루 종일 그 게임만 했으니까. 그래서 네가 연주하는 걸 들으면 그때 생각이 나. 네가 그때의 나를 위로해 주는 것 같아."

나는 어떤 반응을 보이면 좋을지 몰라 망설이다 그냥 방긋 웃어 보였다. 그동안 다니엘에게서 느껴지던 부드러운 힘은 그 시간들을 통과하며 단련된 것일까? 나무벤치까지 이어진 울퉁불퉁한 길이 꼭 우리가 살아온 인생처럼 느껴졌다. 다니엘과 함께라면 언제까지고 이 울퉁불퉁한 길을 걸을 수 있을 것만 같았다. 하지만 그 말은 수줍어 아껴두기로 했다.

"다니엘, 살아있어 줘서 고마워."

나는 말해놓고 나서도 부끄러워 땅바닥만 내려다보았다.

"이럴 줄 알았다니까. 뭔가 특별한 게 있을 줄 알았어!"

다니엘이 장난스럽게 말했다. 지금 이렇게 살아있어서, 이 순간 나와 함께 이 길을 걸을 수 있어서 참 행운이라는 말과 함께.

사랑의 생존 수영법

어느새 시간이 자정을 넘어 있었다. 다니엘은 다음날 피곤할 것 같다며 그만 돌아가자고 했다. 우리 둘은 가로등 하나 없는 오솔길을 지나 내 방이 있는 건물 앞까지 다다랐다. 나는 더 같이 있고 싶었지만 혹시나 그에게 부담이 될까 마음을 숨겼다. 다니엘은 평소에 주로 리셉션에서 이곳을 처음 찾는 사람들을 맞이하는 일을 했고, 나는 정원 일을 도맡아 했기에 일하는 시간에는 서로 얼굴 보기가 어려웠다. 식사 때나 일이 다 끝난 저녁 시간이 되어서야 둘만의 시간을 보낼 수 있었지만 그것도 매일은 아니었다. 다니엘이 보이지 않을 때도 있었고, 내가 다른 친구들과 시간을 보내는 때도 있었다.

그와 함께 더 오래 있고 싶은 마음에 비해 나는 솔직하지 못했다. 내가 먼저 그에게 다가갈 수도 있었지만 나는 그러기보다 그가 먼저 다가와 주기를 기다렸다. 내 마음에 다니엘이 차지하는 자리가 커지면 커질수록 나는 다른 친구들이나 할 일들로 그 자리를 대신 채우려고 했다. 행여라도 다니엘이 그 자리를 채워주지 않아 커다란 빈자리가 생긴다면 곤란하기 때문이었다. 아프기 싫었다.

나는 다니엘에게 잘 자라고 인사를 하고 3층 내 방으로 후다닥 뛰어 올라갔다. 빨리 올라가서 창문 밖으로 다니엘에게 한 번 더 인사를 할 셈이었다. 창문 밖으로 내려다보니 다니엘은 불 꺼진 책방 안으로 들어갔다. 이상했다. 예상대로라면 책방 앞을 지나 숙소로 걸어가야 하는데 말이다. 다니엘은 책방 불을 켜더니 아무도 들여다볼 수 없도록 창문 커튼을 쳤다.

'책을 고르러 갔나 보네.'

모두가 잠든 시간이라 다니엘을 크게 소리 내어 부를 수 없었다. 나는 다니엘이 나오면 인사를 하려고 창틀에 턱을 괸 채 기다렸다. 곧 책방 불이 꺼졌다. 그런데 아무리 기다려도 불 꺼진 책방에서 다니엘이 나오지 않았다.

'책방에 나갈 수 있는 다른 문이 있던가?'

아니다. 문은 하나뿐이었다. 피곤하다며 금방 방에 가서 잘 것처럼 말한 사람의 행동이라고 하기에는 이상하게 느껴졌다.

'설마 탐마르를 만나는 건가?'

정말 그럴 수도 있겠다는 생각이 들었다. 나와 가까워지기 이전부터 다니엘은 유독 탐마르와 친했고, 같은 네덜란드 사람이니 공감할 수 있는 것도 훨씬 많을 것이다. 마음의 밭 한 켠에 심어두었던 불안이 순식간에 망상이란 싹을 틔웠다. 잭의 콩나무처럼 하늘을 뚫고 자라난 나의 망상이 순식간에 내 앞에 수만 가지 이미지들을 보여주었다.

'그래, 다니엘은 내가 불쌍해서 만나주고 있는 건지도 몰라. 내가 떠나기 전까지만 탐마르와 몰래 만나자고 상의했는지도 몰라.'

가슴이 서늘해졌다. 당장 내려가 책방 문을 열고 확인하고 싶었지만 두 발이 떨어지지가 않았다.

'은빈아, 이거 다 생각이잖아. 휘둘리지 마.'

거센 감정의 소용돌이를 내 안의 선량한 목소리가 조심스레 다독였다.

'진짜면 어떻게 할래? 다니엘은 옐로우 피버yellow fever(동양 여성을 특별히 좋아하는 외국인 남성)야. 그래서 너한테 접근했던 거야. 그러지 않고서야 왜 그렇게 처음 보는 너한테 계속 다가왔겠어?'

내 안에서 두 목소리 간에 힘겨루기가 시작되고 있었다. 실제로 다니엘은 일본 애니메이션을 거의 다 꿰고 있을 만큼 일본을 좋아했고, 자기 입으로도 동양인을 좋아한다고 했다. 그리고 나는 여기에서 유일한 동양인이었다. 자질구레하게 끌어 모은 사실들은 이 판타지 시나리오를 부풀리는 그럴듯한 재료가 되었다.

'그때 그 사람도 두 얼굴로 너한테 추악한 짓을 했는데 다니엘이라고 안 그런다는 보장이 있어? 다니엘이 실제 어떤 사람인지 어떻게 알아? 네가 모르는 다니엘의 안 좋은 과거가 있을지도…… 인간은 다 똑같아.'

지워지지 않은 트라우마의 흔적이 이번에도 위력을 발휘했다. 아빠가 흉측한 이면을 지닌 사람일 거라 의심하게 만들었던 그 상처는 이번에도 내가 사랑하는 사람을 상대로 원치 않는 순간에 작용하고 있었다.

'그러니까 다니엘하고 적당히 거리를 둬. 그냥 딱 지금 정도로 지내. 마음이 더 깊어지기 전에 그만둬. 너도 곧 떠날 거면서 뭐하러 마음을 열려고 그래? 그러다 너만 상처받아. 다 너를 위해서 하는 말이야.'

나를 설득하는 목소리는 집요했다. 나는 알고 있었다. 이렇게 망상의 시나리오에 끌려다니다 보면 결국 그 굴레에서 벗어나지 못하고 대상만 바꾸어가면서 소중한 관계들을 계속 망가뜨리며 살게 되리라는 것을. 다니엘이 실제 어떤 행동을 했는지는 다음 문제였다. 난 충분히 경험했었다. 상처받지 않기 위해 마음을 닫아버렸을 때 느끼는 안전함 그리고 공허함…… 추운 겨울날 점점 무감각해져 가는 손끝의 시림처럼 사랑의 마음도 그렇게 점점 무감각해지고 마침내 사랑하는 법마저 잊게 될 것이다.

나는 언제나 사랑을 주는 따뜻한 사람이 되고 싶었다. 내겐 어두움만큼이나 밝은 마음도 존재했다. 마치 짙은 느티나무 그늘 위로 강하게 내리쬐는 햇볕처럼, 밝은 빛을 지닐수록 그림자는 더 어둡고 선명하게 드러나는 법이다. 과거를 반복하지 않으려면 내가 가장 먼저 직면해야 할 것이 있었다. 바로 나를 거칠게 몰아붙이는 내 안의 두려움이었다. 나는 침대 위에 편안한 자세로 앉았다. 내게 윽박지르기도 하고 때론 교묘하게 말을 건네기도 하는 두려움의 생각들을 따라가지 않고, 그렇다고 피하지도 않고, 그냥 하나의 소리처럼 들어보기로 했다. 전철역을 오가는 사람들의 목소리처럼, 나뭇가지에 앉은 새들의 지저귐처럼, 양치질할 때의 칫솔질 소리처럼 좋지도 싫지도 않은 단순한 소리로……

하지만 마음처럼 잘 되지 않았다. 나는 다른 방법을 취했다. 온몸의 힘을 푼 채로 성난 마음의 파도 위에 나를 내맡기는 상상을 했다. 생존 수영법처럼 말이다. 파도에 저항할수록 몸이 경직되고, 몸이 경직되면 깊은 바다 속으로 가라앉게 될 가능성이 커진다. 그러니 가라앉지 않으려면 계속해서 몸의 힘을 풀어야 한다. '이렇게 해도 되는 걸까?' '빨리 망상들이 사라져버렸으면 좋겠다' 조바심이 나기도 했지만, 나에게 찾아오는 모든 생각들에 맞서지 않기로, 온화함을 잃지 않기로 했다. 옳고 그름을 따지거나 분석하지 않고 그 생각들이 그대로 나를 지나가도록 놔두었다. 할 수 있는 만큼, 되어지는 만큼.

그러자 혼자 남겨질지도 모른다는 내 안의 두려움이 마침내 모습을 드러냈다. 아무도 내 옆에 있고 싶지 않을 거라 여기는 마음도 보였다. 나는 잔뜩 웅크린 채 그 두려움들을 마치 한 몸처럼 꼭 붙들고 있었다. 그 모습을 보는데 너무도 안쓰러워 눈시울이 뜨거워졌다. 나는 나의 그 모습을 있는 그대로 꼭 끌어안아 주었다.

그러자 어떤 이야기를 하건 얼마나 많은 시간이 흐르건 상관없이 늘 곁에 있어주는 친구를 만나기라도 한 것처럼, 그동안 꾹꾹 눌러놓았던 오래된 이야기들이 가슴속에서 큰 울음소리를 내며 쏟아져 나왔다. 나는 사랑하는 친구의 이야기를 들어주듯 내 안의 울음소리에 가만 귀 기울였다. 그렇게 울음소리가 잠잠해질 때까지 한참을 침대 위에 앉아 있었다. 서서히 내 안에 밝은 기운이 차오르는 느낌이 들었다. 그러면서 다니엘의 따뜻한 미소부터 내 안의 모든 생각들이 있는 그대로 보이기 시작했다.

그 순간 나의 시야에 맑고 드넓은 하늘과 눈부신 바다의 이미지가 펼쳐졌다. 망상의 목소리가 써나가던 이전의 시나리오는 작고 귀여운 돛단배가 되어 바다 위에 둥둥 떠다니고, 아무도 나를 사랑해 주지 않을 거라며 웅크리던 마음은 한 겹의 파도가 되어 넓은 바다의 품에 안기었다.

'아, 이게 사랑이구나.'

깊숙한 근원으로부터 길어 올린 메시지는 따스하고도 다정했다.

언젠가 내게 명상을 가르쳐주신 선생님께서 해주신 말씀이 떠올랐다. 마음은 파도와 같다고. 바다에 파도가 치는 것은 지극히 자연스러운 일이라고. 파도가 멈추기를 바라는 것은 바보 같은 짓이라고. 우리는 파도를 잠재우려 하거나 피하려 하기보다 그저 파도 타는 법을 연습하면 된다고.

두려움은 그것을 피하지 않고 마주한 순간 근원의 사랑에 다다르게 하는 다리가 되어주었다. 터프한 친구여서 매번 오해하게 되지만, 덕분에 나는 그 어느 때보다도 단순하고 편안한 마음에 머물 수 있었다. 다른 사람을 사랑할 수 있는 것은 이미 자기 마음에 사랑이 가득 차 있기에 가능한 것이라고 누군가 얘기했었다. 바깥에서 사랑을 찾아 헤매느라 내 안에 있던 사랑을 발견하지 못했을 뿐이었다. 사랑은 늘 내 안에 그대로 있었다. 나는 나에게 찾아오는 모든 흐름을 끝까지 만나보기로 했다. 두렵다고 그만두는 관계는 그만할 것이다.

'죽기라도 하겠어?'

나는 불 꺼진 책방으로 들어간 다니엘을 더 이상 기다리지 않고 깊이 잠에 들었다.

호랑이 굴에 들어가야 호랑이를 잡는다

여름의 끝 무렵, 그 많던 관광객들이 모두 빠져나가고 에코로니는 여유로운 시간을 맞이하였다. 스무 명 안팎의 볼런티어와 공동체 멤버들만 남아 모처럼 토요일 오후의 티타임을 즐겼다. 하늘은 티 없이 맑고, 연못에서 오리 떼가 물장구치는 소리가 간혹 들려왔다.

"빈, 나 좀 있다가 음악회 갈 건데 너도 같이 갈래?"

옆에 앉아 있던 다니엘이 나에게 물어보며 커피를 한 모금 홀짝였다.

"오! 좋아!"

매일 비슷한 패턴의 일상이 살짝 지루해지던 참이었다.

"아, 탐마르랑 줄리안도 같이 가기로 했어."

"아, 그래?"

탐마르라는 이름을 들은 순간, 마음 한편에서 불쑥 불편한 느낌이 일었다. 지난번 책방에 들어간 다니엘을 기다리며 내 안의 두려움을 맞이했던 그때 이후로도 나는 여러 차례 내 안의 감정들을 다스리며 마음의 파도타기를 연습했지만, 탐마르라는 이름은 여전히 나를 긴장시켰다. 나는 잠시 뜸을 들였지만, 그냥 따라가기로 했다. 호랑이 굴에 들어가는 심정이었지만, 두려움이 나를 얼마나 더 시험에 빠뜨리는지 한번 보자는 배짱으로.

나는 예뻐 보이고 싶어 딱 한 벌 가지고 온 연보라색 에스닉 원피스를 꺼내 입었다. 오후 5시 30분, 에코로니 정문 앞에서 기다리고 있던 탐마르와 줄리안이 내가 다니엘과 함께 나타나자 살짝 놀라는 눈치였다. 우리는 차를 타고 20분 정도 숲속으로 들어가 오래된 수도원 같은 곳에 멈추어 섰다. 돌로 쌓은 기다란 지하 공연장으로 걸어 내려가자 둘씩 짝지어 배치된 좌석들이 보였다. 나는 괜히 어색해졌다. 나 혼자만의 느낌일까, 탐마르가 계속 다니엘에게 같이 앉자는 눈짓을 보내는 것 같았다.

"난 앞쪽에서 혼자 볼게."

다니엘이 누구와 앉을지 생각하고 싶지 않아 나는 마음에도 없는 소리를 했다. 나는 아무도 시야에 들어오지 않도록 최대한 앞쪽 자리에 가서 앉았다. 내심 다니엘이 옆에 와주기를 바랐지만 뒤쪽은 돌아보지 않고 무대 앞쪽에 세팅되어 있는 싱잉볼들만 뚫어져라 쳐다봤다. 어느덧 공연 시작 시간이 가까워지고 객석은 사람들로 붐볐다. 주위를 둘러보니 혼자 온 사람은 아무도 없는지 다들 짝지어 앉아 있고 내 옆자리만 덩그러니 비어 있었다. 우울해지려던 찰나 누군가 내게 말을 걸었다.

"옆에 앉아도 되나요?"

다니엘이었다. 그러나 기쁨도 잠시뿐, 다니엘이 자꾸만 탐마르가 있는 뒤쪽으로 고개를 돌렸다. 알 수 없는 무언의 대화를 주고받으며 입술을 오물거리기까지 했다. 잠시 나를 흘깃 쳐다보는데 마치 내 눈치를 살피는 것처럼 보였다.

'탐마르랑 뭐 그렇게 할 말이 많은 거지? 지금 둘이서 내 이야기하고 있는 거 아니야? 혹시 탐마르가 다니엘을 보낸 건가? 내가 불쌍해서?'

마음속에 숨어 있던 시나리오 작가께서 다시 슬그머니 등장하더니 또 한 편의 시나리오를 써나가기 시작했다. 이번 시나리오에서도 나는 볼품없는, 사랑받을 가치가 없는 배역이었다.

음악회가 시작되자 낮은 음역대로 울려 퍼지는 싱잉볼 소리가 내 몸에 와 닿으며 아주 미세한 진동으로 변했다. 산사山寺의 풍경 소리처럼 들리던 싱잉볼 연주가 딱딱하게 굳어 있는 내 등을 살살 쓸어내리며 내 마음을 달래주는 듯했다. 긴장해 있던 어깻죽지에서 힘이 빠짐과 동시에 눈가에 그렁그렁 눈물이 맺혔다. 이제 얼마 안 있으면 가족들과 만나기로 약속한 날짜가 되어 에코로니를 떠나야 하는데, 함께 있고 싶어도 더 이상 그럴 수 없는데, 그를 바로 옆에 두고 엉뚱한 시나리오나 쓰고 있는 내가 너무나도 한심했다.

'누가 이런 나를 좋아하겠어? 나 같아도 싫어.'

다니엘과 탐마르가 어떤 관계든, 이 멋진 시간을 망치고 있는 사람은 그들이 아닌 바로 나였다.

"빈, 괜찮아?"

다니엘이 내가 걱정되었는지 귓속말로 조용히 물었다. 나는 조금이라도 움직이면 눈물이 후두둑 떨어질 것만 같아 다니엘 쪽으로 얼굴을 돌릴 수가 없었다. 눈이 간지러워 비비는 척하며 오므린 손으로 눈물을 닦아냈다.

"나갈래? 나가서 같이 산책하자."

생각지 못했던 전개였다.

"가자. 이 음악회 너무 별로야."

나 때문에 짐짓 그러는 건지 어떤 건지는 알 수 없었지만 다니엘의 엉덩이는 이미 의자에서 멀리 떨어져 있었다. 우리 둘은 기침소리 하나 들리지 않을 정도로 연주에 집중된 분위기를 가로지르며 재빠르게 출구 쪽으로 걸어 나갔다. 지하 계단을 걸어 올라와 지상에 다다를 즈음 나는 큰 각오를 하고 다니엘에게 말했다.

"다니엘, 나 할 말 있어."

다니엘이 천진난만한 얼굴로 나를 돌아보았다.

"음……"

다음 말이 나오지 않았다. 어디서부터 어떻게 꺼내야 할지 이 단어

저 단어 떠올려보지만 문장으로 엮이지가 않았다. 나는 그 와중에도 나의 망상이 진실임을 확인하게 될까봐 두려워하고 있었다. 잠시 숨을 고른 뒤 간신히 입을 열었다.

"네가 들으면 웃을지도 모르겠지만, 내가 혼자서 소설을 써. 진짜 글 말고 망상 같은 걸…… 사실 나 네가 다른 여자친구를 만나고 있다고 줄곧 생각해 왔어. 지금도 그렇게 생각해. 그래서 내 마음 그대로 너에게 표현하지를 못했어. 매순간 네 옆에서 너랑 같이 있고 싶었는데 그러고 싶다고 말할 수가 없었어."

문득 우리 둘이 아직 공연장 입구에 서 있다는 사실을 알아차렸다. 다니엘은 신경 쓰지 말고 계속 이야기하라며 내 손을 잡고 작은 종탑 쪽으로 걸어갔다. 우리는 큰 바위 위에 걸터앉았다. 맞은편의 가로등 불빛 하나가 아무도 없는 너른 잔디 마당을 비추고 있었다.

"예전에 내가 너에게 그런 말을 했었잖아. 사랑을 주는 사람이 되고 싶다고…… 여전히 그게 너무 어려워. 난 네가 내 옆에 와서 밥 먹고, 지금처럼 같이 산책 가자고 해주는 게 너무 좋고 행복해. 그런데 나는 먼저 그러자고 말해본 적이 없어. 내가 너를 좋아하는 만큼 네가 나를 좋아해주지 않을까봐, 너에게서 거절당할까봐 그런 표현을 하지 못했어. 솔직히 그만두고 싶을 때도 많았어. 그럼 내 맘이 편해지잖아. 네가 뭘 하든 신경 쓰지 않아도 되고. 그런데 이제는 그렇게 살지 않으려고. 이번에는 이 여정이 나에게 뭘 말하려 하는지 끝까지 한번 따라가 보기로 했어. 쉽진 않지만 그래도…… 그래서 이렇게 너에게 이야기하는 거야."

털어놓고 나니 숨통을 조이던 가슴의 응어리가 풀린 것처럼 뱃속 깊은 곳까지 숨이 쉬어졌다. 내 이야기를 듣는 다니엘은 진지하게 듣다가 미소를 띠기도 하고, 의문이 있다는 듯 눈썹을 치켜 올리다가 마지막에는 천진한 얼굴로 돌아왔다.

"와, 너 진짜 솔직하다. 하…… 내 가슴이 다 쿵쾅거리는 거 같아."

"아직 다 안 끝났어. 다니엘, 나 질문이 있는데…… 네가 솔직하게 이야기해 준다면 나에게 큰 도움이 될 거야. 대답해 줄 거지?"

다니엘은 그러겠다고 약속했다.

"내가 아까 말했던, 네가 만나는 것 같다던 사람이…… 탐마르야. 네가 탐마르에 대해 어떻게 생각하는지, 무슨 관계인지 말해줄 수 있어?"

"……"

다니엘의 표정을 가늠할 수 없어 초조해진 내가 덧붙였다.

"지금 말하기 어려우면, 천천히 이야기해도 돼."

솔직한 마음으로는 다니엘을 양손으로 꽉 붙잡고 제발 뭐라도 말해달라고 흔들어대고 싶었다. 생각에 잠겨 있던 다니엘이 조금 뒤 말문을 열었다.

"솔직히 나 알고 있었어. 네가 나에게 뭔가 숨기고 말하지 않고 있다는 거 다 느껴졌어. 왜 네가 나한테 이렇게 행동할까 이상한 적이 여러 번 있었거든. 근데 이제 이해가 된다. 왜 그때 네가 그랬는지……"

'그래서 탐마르와는?'

나는 안절부절못하며 속으로 어서 내가 한 질문에 대답해 주기만을 기다렸다.

"너, 근데 정말 소설가구나. 소설 그만 써. 탐마르와 내가 친한 건 맞지만, 그 친구하고 나는 전혀 그런 사이가 아니야. 도대체 어떻게 해서 탐마르랑 내가 사귄다고 생각한 거지?"

"정말이야? 정말 아니야?"

"아니야."

그의 단호한 한마디에 방금 전까지 정지되어 있던 심장이 다시 작동하기 시작한 것 같았다. 그동안 혼자서 힘들게 마음 앓이했던 무수한 시간들이 물거품처럼 흩어졌다. 다니엘은 전보다 더 깊고 더 반짝이는 호두나무색 눈동자로 나를 바라보았다. 이젠 진실을 망상으로 덮을 수 없다는 사실을 받아들일 때였다. 마지막까지 튼튼한 성채처럼 버티고 있던 시나리오가 파도가 휩쓸고 지나간 모래성처럼 와르르 무너져 내렸다. 그제야 부끄러움을 자각한 나는 살며시 고개를 떨구었다.

사랑은
집배원처럼

이른 아침 로레인과 쥬디스와 늦자두를 땄다. 아침잠이 많은 나는 아무리 밤에 많이 자도 아침 내내 굼뜬 몸을 깨우지 못해 일이 더뎠다. 그럼에도 이파리에 맺힌 아침 이슬이 너무 예뻐 때 아닌 감상에 젖는 여유를 부렸다.

"빈, 자두 먹어봐. 되게 맛있어."

쥬디스가 바구니에서 맛있게 익은 자두를 골라 집어먹으며 말했다. 한 입 베어 물며 추르릅 과즙을 빨아들이는 소리가 정말 맛있을 것 같았다. 작은데다 색깔도 옅어 신맛이 강할 줄 알았는데 먹어보니 하나 가지고는 부족하다고 느껴질 만큼 달콤했다. 과수의 매력이란 이런 거구

BURGER

나, 혼자 감탄했다. 당이 충전되어서인지 정신이 또렷해지며 엔도르핀이 도는 기분이었다.

한번 일에 열중하면 무섭게 돌진하는 스타일이기에 나는 금세 로레인과 쥬디스를 따라잡으며 자두를 수확했다. 물론 열에 하나는 입으로 가져가면서. 한 구역의 자두를 모두 따고 다른 구역으로 이동하기 전 우리는 잠시 쉬는 시간을 가졌다. 나무 그늘 아래 앉아 구름 한 점 없이 광활하게 열린 하늘을 바라보며 가을에 들어섰음을 느꼈다.

"시간 참 빠르다."

로레인과 쥬디스도 하늘에서 눈을 떼지 못한 채 내 말에 끄덕였다. 얼마 전부터 잠잘 때나 샤워할 때 빼고는 풀어본 적 없던 손목시계를 풀어 배낭 속에 집어넣었다. 예전 같으면 일할 때나 쉴 때나 중간중간 티타임이 되려면 얼마나 더 있어야 할까, 식사 시간까지 얼마나 남았을까 계산했는데 이제는 그러지 않았다. 그 대신 햇살의 방향과 빛깔, 공기의 온도 등 지금 순간에 있는 그대로를 음미하였다.

사랑도 그렇게 했다. 다니엘과 헤어질 때가 가까워질수록 한편으로는 앞으로의 우리 관계에 대해 생각하는 시간이 늘어나기도 했지만, 그러면 그럴수록 지금 이 계절에 우리의 만남이 주는 기쁨을 아낌없이 나누는 데 정성을 더 기울였다. 불안해지더라도 사랑이 향하는 쪽으로 힘을 싣는 연습을 계속했다. 예쁜 걸 보면 다니엘이 떠올랐다. 꽃에게는 자주 사과했지만 정원에 핀 소담한 꽃가지를 꺾어다 이틀에 한 번씩은 리셉션 홀의 그의 자리 위에 올려두었다. 그가 좋아하는 피아노곡을 연주해 주고, 작은 그림을 그려 선물하기도 했다.

이번에도 나는 바구니에서 가장 맛있어 보이는 자두를 두 손에 가득 담아 친구들에게는 잠시 화장실 다녀온다고 핑계를 대고 다니엘이 있는 리셉션 홀로 향했다. 혹시나 자두가 손에 넘쳐 떨어질라 조심조심 걸어가면서도 다니엘이 맛있게 먹을 상상을 하니 헤벌쭉 입이 벌어졌다. 다니엘은 창문 너머로 내가 보이자 양 볼에 볼록 웃음을 머금었다. 나는 그 모습만 봐도 행복했다. 내가 주려는 사랑의 몫은 딱 거기까지였다. 준 만큼 받고 싶다는 기대도, 준 만큼 받지 못할 거라는 염려도 없이 그저 줄 수 있는 만큼 주는 거기까지. 그래서 더 단순해지고 더 유쾌해졌다. 내가 비워지고 가벼워지니 다니엘도 더 가까이 내 곁에 다가와 사랑을 표현했다.

나는 집배원처럼 다니엘의 두 손에 자두를 쥐어주고 총총히 밖으로 나왔다. 그러자 다니엘이 나를 뒤따라 나오면서 말했다.

"줄 게 있어."

내 얼굴에 눈도장을 찍은 다음 다니엘이 노란 꽃 한 송이를 내 왼쪽 귓등에 꽂으며 말했다.

"이 꽃이 너무 예뻐서 네 생각이 났어."

그래서 우리는
전보다 자유로워졌는가?

다니엘이 나보다 먼저 네덜란드로 떠났다. 다니엘에게 반년 만에 휴식 주간이 주어지면서 보고 싶던 가족을 만나러 간 것이다. 그리고 나도 며칠 뒤 가족의 품으로 돌아갔다. 헤어지기 전날 밤, 우리는 처음 둘이서 걷던 길을 다시 걸었다. 밝은 보름달 아래로 아무 말 없이 걸었지만, 셀 수 없

다니엘과 자주 걸었던 길,
우리는 헤어지기 전날 밤에도 이 길을 걸었다.
그리고 웃으며 곧 다시 만날 사람들처럼 작별 인사를 했다.

이 많은 말들이 꼭 마주 잡은 손으로 전해졌다.

그는 떠나기 전 내게 그동안 어두운 기억을 상기하고 싶지 않아 연락을 끊었던 친구들을 이번에는 꼭 만나보겠다고, 이제는 만날 수 있을 거 같다며 용기에 차서 말했다. 우린 웃으며 곧 다시 만날 사람들처럼 작별 인사를 했다.

그가 떠난 다음날, 고작 하루밖에 지나지 않았는데도 나에겐 마치 일 주일 아니, 한 달도 더 지난 것 같은 기분이 들었다. 나란히 앉아 함께 밥을 먹던 자리에 그가 보이지 않았고, 피아노를 치고 있으면 어느 샌가 내 뒤에 와서 서 있어야 할 그가 보이지 않았다. 리셉션 홀 앞을 지날 때면 유리창 너머로 그와 눈을 마주치며 싱긋 미소를 교환하곤 했는데, 이젠 낯선 아주머니가 그의 자리에 앉아 있었다. 매일 아침 눈을 비비적거리며 세수를 하러 화장실에 가면 언제나처럼 나보다 먼저 와 양치질을 하고 있던 그가 더 이상 그 자리에 없었다. 햇볕이 잘 드는 맨 끝 쪽 세면대 앞에서 내게 두 눈을 마주치며 아침인사를 건네던 그는 이제 나의 상상 속에만 존재했다. 그가 없는 자리에 밝은 햇살이 아무 일 없다는 듯 평온히 내려앉은 모습을 바라보며 나는 와락 눈물을 쏟았다.

손톱 끝만큼 닳은 보름달 아래로 나는 그와 걷던 길을 홀로 걸었다. 두려움이 많은 나는 이 길을 혼자 걸어본 적이 없었다. 가로등 하나 없는 길, 숲으로 둘러싸인 주변은 어제보다 더 컴컴했다. 그러나 나는 성큼 성큼 그 길을 걸어갔다. 두려움이 엄습해도 피하는 대신 따뜻한 눈길로 바라보았다. 두려우면 두려워하고, 슬프면 슬퍼하기로 그동안 부단히 연습한 덕분이었다. 두려움이라는 장난꾸러기가 어떻게 노는지 지켜보고, 그렇게 한참 놀도록 두면 두려움은 알아서 자기 갈 길을 간다는 걸 이제 알고 있었다. 두려움이 지나가고 나면 고요히, 자유롭게 유영하는 마음을 만나게 된다는 것도……

컴컴한 밤길에 나 홀로 이리도 평안했던 적이 없었다. 어둠 속에서도 아무렇지 않은 나를 보며 속으로 으쓱한 기분이 들었다. 밤바람이 머리를 쓰다듬고 지나가는 걸 느끼는 순간 다니엘이 떠올랐다. 다니엘이 이따금씩 두려움에서 헤어나오지 못하던 내게 알려주고 싶었던 게 바로 이런 자유로움이었을까?

두 달도 채 안 되는 짧은 시간 동안 서로의 마음속에 깊이 뿌리를 내린 우리, 같은 시각 다른 곳에 있을 그도 나의 안부를 묻고 있을까? 언젠가 그가 나에게 들려준 말이 생각났다.

"자기 전에 책을 읽었는데, 모든 것은 연결되어 있다는 내용이었어. 이해가 안 되는 거야. 잠을 자려고 눈을 감으니 내 숨소리가 들리더라. 그냥 숨이 어떻게 쉬어지나 한번 따라가 봤어. 코로 들어오고 다시 코로 나가고. 그런데 정말 한순간도 숨이 떨어지지가 않는 거야. 내가 의식하지 못하는 순간에도 숨은 쉬어지는 중이었어. 그때 그 문장이 이해되었어. 우리는 단 한 순간도 혼자일 수 없구나. 우리는 늘 연결되어 있구나. 내가 들이마시는 숨이 네가 내쉰 숨이고, 저 나무가 뿜어낸 숨이고, 우리가 모르는 누군가의 숨이구나. 우린 결코 혼자서 존재할 수 없구나……"

나는 숨을 한껏 들이마셨다. 축축한 풀 향기와 선선한 밤바람이 숨에 딸려오며 가슴이 크게 부풀어 올랐다. 우리는 혼자가 아니라는, 늘 서로 연결되어 있다는 그의 목소리가 어디선가 들려오는 듯했다. 그리움보다 고마움이 압도했다.

헤어지던 날 우리는 언젠가 다시 보자는 약속은 하지 않았다. 다만 다시 만나게 되는 날 반갑게 인사하며 서로에게 이렇게 물어보기로 했을 뿐이다.

"그래서 우리는 전보다 자유로워졌는가?"

5 다시 겨울, 그리고 집

아빠이기 전에 박규대로, 엄마이기 전에 송경자로,
동생이기 전에 박수빈으로 만나니
전보다 더 깊게 그들과 연결된 느낌이 들었다.
확실한 건 우리가 전보다 함께 있는 시간을 좋아하게 되었고,
함께 웃는 시간이 더 많아졌다는 것이다.
그리고 우린 서로에게 더 솔직해졌다.

다시 시작한 여행

기차는 아무도 싣지 않고 달리는 듯 가벼이 스위스로 향했다. 에코로니 친구들과 작별 인사를 하며 나눈 진한 포옹이 아직 가슴에 남아 있었다. 스위스까지 가는 내내 나는 그들에게서 받은 선물과 편지를 접었다 폈다 손에서 놓지 못하고 계속 만지작거렸다. 초저녁이 되어서야 다다른 루체른Luzern, 태어나서 처음 발 디뎌보는 낯선 역 광장에서 익숙한 사람들이 나를 보며 손을 흔들었다. 반갑게 나를 맞이하는 엄마와 그 옆에 빼빼 마른 몸으로 서 있는 아빠 모두 여전한 모습이었다. 아빠는 늘 그랬듯 별다른 말 없이 내 얼굴을 흘끔 한 번 쳐다보고 나의 안부를 짐작했다.

"수빈인?"

동생이 보이지 않았다.

"걔, 내일부터 시작하는 여행 스케줄 정리하느라 정신없어. 숙소에 있어."

"엄마랑 아빠는 독일에서 여기까지 찾아오는 데 어렵진 않았어?"

"응. 이제 아빠랑 수빈이가 잘 찾아."

엄마는 웃으며 아빠를 쳐다보았다. 그럴 만도 했다. 나 없이 한 달 가까이 유럽을 돌아다녔으니.

"박수빈 이 녀석은 자기가 길을 다 찾겠다고 큰소리 떵떵 치고서는 내 도움 없이는 절대 못 찾아!"

아빠의 여전한 생색.

카펠 교를 건너는데 그 아래로 루체른 호수가 노란 전등 빛에 반사되어 잔잔하게 출렁이고 있었다. 오랜만에 가족들을 만나 마음이 편해서였는지 대로를 지나다니는 자동차들도 호수의 물결처럼 여유로워 보였다. 그 어디에도 우리 집은 없었지만 나는 마치 집에 온 듯 안락함을 느꼈다. 다시 가족과 함께하는 여행이 시작되었다.

"잠 푹 자둬. 내일부터 빡세게 움직일 거야. 힘들다고 하면 안 돼. 언제 또 스위스 와보겠어?"

숙소에서 재회한 수빈이의 말이었다. 관광 여행은 언제나 수빈이 몫이었다. 누구도 관광에 대해서만큼은 녀석에게 훈수를 둘 수 없었다. 하지만 런던과 파리에 머물 때 거의 뛰다시피 하며 소화했던 관광 스케줄이 떠올라 벌써부터 겁이 났다.

"이번에는 제발 살살 다니자."

"언니, 이번에는 진짜 안 돼. 스위스에서 원래 일주일 지내려고 했는데 5일로 줄였잖아. 차라리 나중에 밀라노에서 쉬어. 여기서 쉬면 정말 후회한다."

"그래, 수빈이가 성심성의를 다해 완벽하게 짰어."

관광이라면 무한 체력을 발휘하는 엄마의 말이었다.

다음날 아침, 정작 늑장을 피워 모두를 분주하게 만든 인물은 또한 수빈이였다.

"박수빈, 너 얼른 안 나올래?"

끝내 아빠가 소리를 질렀다. 목적지인 리기Rigi 산으로 가는 배를 타려면 15분 안에 루체른 역 앞 선착장까지 가야 했다. 숙소가 선착장과 가까웠지만, 문제는 배를 타기 전에 먼저 다 합쳐 60킬로그램이 넘는 우리의 배낭을 역내 보관소에 맡겨야 하는 것이었다. 일단 나부터 뛰고 보았다.

"시간 없어! 뛰어!"

50미터가량 앞서 뛰어가던 내가 뒤를 돌아보며 가족들에게 소리쳤다. 어깨가 무너질 듯 배낭이 무거웠지만, 나는 역으로 뛰어가 짐 보관소부터 찾았다. 물품보관함은 넓디넓은 루체른 역에서도 하필이면 맨 끝 귀퉁이에 있었다. 급한 마음에 동전을 쑤셔 넣다시피 하고 보관함을 활짝 열어젖혔다. 이어서 아빠가 뛰어와 묵직한 배낭을 착착 집어넣었다. 그런데 이때쯤이면 와야 할 엄마와 수빈이가 보이질 않았다.

"아빠, 나 입구 쪽 갔다 와볼게."

"엇갈리면 어떡해? 좀만 기다려봐. 오겠지."

"저기 앞에까지만 가볼게."

아니나 다를까 인산인해 속에서 아빠의 꽁무니를 놓친 엄마와 수빈이가 몹시 당황한 낯빛으로 각기 다른 곳을 두리번거리고 있었다.

"엄마! 수빈아!"

알아들을 수 없는 역내 안내 방송과 온갖 사람들의 외계어 같은 말들 속에서 친근한 한국말이 들려오자 두 사람은 내가 있는 곳으로 금방 눈길을 돌렸다.

"시간 없어! 저리로 쭉 가면 아빠가 보일 거야. 뛰어!"

몇 달 전만 해도 이런 상황이면 짜증스런 얼굴로 늑장피운 동생을 타박했을 텐데, 나는 이 시간이 그저 즐거운 한 판의 놀이같이 느껴졌다. 가까스로 배낭을 모두 보관함에 맡긴 뒤 우리는 마치 날개라도 단 듯 가벼워진 어깨를 흔들며 역 앞 선착장으로 달렸다. 플랫폼마다 줄지어 선 노랗고 허연 머리의 외국인들, 알 수 없는 배열의 알파벳 간판들 가운데 우리야말로 그들에게 낯선 외국인이겠다는 생각이 그 와중에도 들었다.

배를 놓칠세라 헐레벌떡 뛰어 숨이 가쁜 엄마, 그런 엄마를 놀리며 뒤따라가는 수빈이, 벌써 저만치 앞서 달려간 아빠의 뒷모습이 마치 외국 영화에 깜짝 카메오로 참여한 동양인 가족들 같아 웃음이 나왔다.

그렇게 한바탕 소동을 치르고 우리는 무사히 리기 산 정상에 도착했다. 알프스 산맥이 푸른 바다처럼 끝없이 펼쳐져 있었다. 거친 파도처럼 출렁이는 알프스의 높은 산들에 압도되어 아무 말도 못하고 있는데 수빈이가 불쑥 말했다.

"자, 다 봤으니 내려갑시다!"

"뭐라고? 좀 천천히 가자. 산 좀 보게."

나는 수빈이에게 떼를 쓰듯 말했다.

"걸어 내려가면서 봐. 그게 더 풍경이 좋아."

걷는다는 말에 솔깃해 못 이기는 척 따라갔다. 내려가는 길에는 정상에 들끓던 사람들은 하나도 보이지 않고 오로지 우리뿐이었다. 다들 산악 열차를 타고 올라왔다가 정상만 보고 다시 열차를 이용해 내려가나 보았다.

"수빈아! 너 걸어 내려가는 거 진짜 생각 잘했다! 그냥 열차 타고 내려갔으면 이 맛을 몰랐을 거야."

"산에 왔는데 열차 타고 그냥 내려가면 산에 온 이유가 없지. 이렇게 걸어서 내려가려고 내가 서둘렀던 거야."

가이드는 우리가 뭘 좋아하는지, 우리에게 무엇이 필요한지 이미 잘 알고 있었다. 가족들을 상대로 관광 가이드를 몇 차례 해본 덕분인지 수빈이는 우리 취향에 딱 맞는 맞춤형 가이드가 되어 있었다.

내려가는 길 주변으로 소들의 워낭소리가 땡그랑거리며 울렸다. 여유로운 걸음에 평온함을 더하는 소리였다. 산 정상에서 내려다보았을 때는 산 자체의 장엄함에 가려 보이지 않던 나무들이 눈앞에 우람한 모습을 드러냈다. 이 거대한 나무들이 위에서 본 산맥을 구체적으로 이루고 있는 하나하나의 점들이라니! 내가 얼마나 자그마한 존재인지 실감이 났다. 위에서 내려다보면 이렇게 작은 나와 가족들이 얼마나 귀여워 보일까 생각하자 피식 웃음이 났다.

처음에는 능선을 따라 어깨를 나란히 하고 부지런히 내려가던 우리는 시간이 흐르면서 점점 앞뒤로 늘어지며 조금씩 다른 속도로 걸어갔다. 경쾌한 걸음으로 맨 앞에서 길을 내는 수빈이, 그 다음으로 뒷짐 진 채 걸으며 나머지 식구들이 잘 따라오고 있는지 이따금씩 돌아보는 아빠, 그 뒤로 자꾸만 가던 길을 멈추고 자세를 낮춰 꽃을 구경하는 엄마, 그리고 마지막으로 내가 그런 가족들의 뒷모습을 바라보며 걸었다. 우린 각기 다른 보폭으로 같은 곳을 향해 걷고 있었다. 서로 간에 거리가 멀어지더라도 어느 즈음에선가 멈춰서 기다려줄 거란 당연한 믿음이 있기에 그럴 수 있었다. 서로를 한 몸처럼 믿고 의지해 온 오랜 시간들을 되돌아보자니 새삼 그들의 존재가 고맙게 느껴졌다.

나는 문득 이곳에 나 혼자 왔다면 어땠을지, 애초에 이 여행이 나 혼자 떠난 여행이었다면 어땠을지 속으로 가만 물어보았다. 아마도 같은 시각 고단하게 일하고 있을 부모님의 하루를 떠올릴 것 같았다. 부모님이 더 나이 드시기 전에 이런 곳에 같이 오면 좋을 텐데 하며 아쉬운 마음을 담아 사진도 여러 장 찍었을 것이다. 그러니 지금 가족과 함께하고 있는 이 순간이 얼마나 다행이고 고마운가! 행복하게도 그들과 함께이니 말이다.

나는 산 아래에 이를 때까지 맨 뒤를 따라 걸어가며 오래도록 그들을 바라보았다. 그들의 어여쁜 뒷모습과 걸음걸이를 낱낱이 익히며……

농부 아빠와
농부 딸

우리는 스위스 관광을 마치고 이탈리아로 내려왔다. 피렌체Firenze에서 서쪽으로 한 시간 정도 차를 타고 가면 코라차노Corazzano라는 한적한 시골 동네가 나온다. 포도밭 옆으로 나란히 자라 있는 사이프러스 나무들이 가을 햇살에 노랗게 물든 정경과 탁 트인 투스카나의 언덕이 참 아름다운 곳이었다. 우리는 코라차노 농장Fattoria di Corazzano에서 2주 정도 우핑을 하기로 했다.

아침 7시부터 꾸러미 작업(소비자가 비용을 선납하면 농민이 제철 농산물을 꾸러미 형태로 꾸려 소비자에게 직접 배송하는 공동체 지원 농업의 일환)이 시작되었다. 채소가 가장 신선할 때 수확하여 인근 소도시에 사는 주민들에게 배송하는 일이었다. 한 주에 대략 2천 개의 꾸러미가 나간다고 했다. 대규모 꾸러미 사업을 보고 싶어 두 달 전 영국에 있을 때 택한 곳이었다. 그러나 지금은 내 마음이 달라져 있었다. 농사와 관련된 일이어도 좋지만, 꼭 그게 아니어도 괜찮았다.

작업반장인 엠마가 수확해야 할 작물이 자라 있는 곳에 트랙터를 멈추면, 나머지 사람들은 트레일러에서 내려와 팀워크를 이루며 숙련된 동작으로 작물을 수확했다. 여럿이 함께 일할 때 몸으로 느껴지는 리듬감이 즐거웠다. 작물의 종류가 수십 가지여서 저마다 수확하는 방법, 보관하는 방법이 달라 지루할 틈도 없었다. 함께 일하는 젊은 사람들 중에 귀도라는 친구는 시종일관 말이 많고 유쾌했다. 하루는 그가 나에게 물었다.

"빈, 너 별자리가 뭐야?"

귀도는 수염을 덥수룩하게 길러서 절대 그렇게 보이지 않지만 스물두 살이라고 했다. 별자리 외에도 내가 어떤 야채를 제일 좋아하는지, 이탈리아 피자를 먹어보았는지, 자기가 아는 영화를 보았는지, 종교가 무언지 등등 알고 싶은 게 많았다. 그런데 귀도는 나뿐만 아니라 우리 가족에게도 관심이 많았다. 어떻게 온 가족이 이런 여행을 할 수 있느냐며 우리 넷을 볼 때마다 신기해했다. 영어가 어려운 엄마와 낯을 가리는 수빈이에게도 얼굴을 들이대며 여러 차례 대화를 시도했다. 하지만 아빠는 조금 무서웠는지 나한테 대신 물었다.

"있잖아, 도대체 너네 아빠는 왜 저렇게 일하는 속도가 빠른 거야? 저번에 내가 한번 따라잡아 보려고 시도했는데 중간에 포기하고 말았어."

때마침 고랑을 한 줄씩 차지하고 쥬키니(서양호박)를 수확하던 참이었는데, 우리 앞쪽으로 저 멀리 선두에 있는 아빠의 뒷모습이 보였다.

"우리 아빠, 농부잖아."

"아……"

모든 수수께끼가 풀렸다는 표정으로 귀도는 다시 허리를 숙이며 쥬키니를 바구니에 담았다.

"너도 농부라고 하지 않았어?"

잠시 후 귀도가 다시 물었다.

"응."

"그럼 아빠도 농부이고 너도 농부네?"

"응."

"아빠가 농부니까 너도 농부가 된 거야? 너는 왜 농부가 된 거야?"

"음…… 고등학교 때부터 꿈이었어."

우리의 대화는 거기서 끝이 났지만, 가벼운 궁금증에서 던진 귀도의 질문이 자꾸만 머릿속에서 맴돌았다. 이전에도 여러 사람이 귀도와 같은 질문을 했는데, 난 그때마다 내가 다녔던 고등학교 이야기를 들려주었다. 자연과 공동체를 중시하는 교풍 덕분에 농촌을 사람 살기 좋은 마을로 만들고 싶은 꿈을 갖게 되었다는 말을 레퍼토리처럼 반복했다. 하지만 오늘따라 그것만으로는 내가 농부가 되고 싶었던 이유를 설명하기에 뭔가 충분치 않다는 느낌이 들었다.

부모님이 농고를 가라고 권했을 때 뜻밖의 제안에 놀라긴 했지만 큰 저항 없이 내 발로 들어간 학교였다. 학교 입구에 손바닥만 한 크기의 표지석만 달랑 있을 뿐 담장이나 경계 표시가 없어 어디서부터가 학교이고 어디서부터가 마을인지 분간이 되지 않는 곳이었다. 이 학교에는 시험 치는 날 감독하는 사람도 없고, 학생들을 규율하는 선도부 같은 것도 없었으며, 당연히 왕따나 사랑의 매 따위도 없었다.

나는 80명 남짓한 전교생들과 공동체 생활을 하며 울고 웃는 가운데 진한 정이 들었다. "3초만 지나면 그 일에 대해 모르는 사람이 없다"는 말이 나올 정도로 선생님을 포함한 전교생 모두가 아주 가깝게 지냈다. 친구들과 자전거를 타고 해질녘 눈부신 황금빛 논들 사이를 달리고 또 달리면서 행복이 무엇인지도 느껴보았다. 밤에는 학교 옥상에 올라가 함께

별을 세며 수다를 떨기도 하고, 모내기하는 날에는 논에서 진흙탕 싸움을 벌이기도 하고, 여름에는 시원한 소나기를 맞으며 맨발로 땅콩을 수확하기도 하면서 3년을 보냈다.

계절마다 변하는 밭의 풍경들을 보면서는 무엇보다 농사짓는 아빠에게 아는 체할 게 많아진다는 사실이 즐거웠다. 친구들하고 생태 변기를 만들어 똥을 거름으로 쓰고, 징그럽기만 하던 벌레들이 땅을 비옥하게 하는 고마운 존재들로 보일 즈음, 순환하는 자연에 대해 아빠가 들려준 이야기들이 떠오르곤 했었다.

농고에 진학한 이후부터 한 번씩 집에 가면 아빠 따라 밭에 나가 일을 거들다 중간중간 그늘 아래에서 쉬면서 아빠와 시원한 물을 나눠 마시는 시간이 좋았다. 나는 왜 아빠가 농사를 짓고 싶어 했는지, 아빠가 어떤 삶을 살고 싶어 하는지 조금씩 이해할 수 있을 것 같았다.

학교에서는 비단 몸으로 농사짓는 기술만 가르치지 않았다. 머리, 가슴, 손의 조화를 중시하고, "일만 하면 소, 공부만 하면 도깨비"라는 말도 자주 했다. 농사 외에도 인문 지식과 사회 공동체에 대해서까지 고르게 배우며, 의식의 범주가 나에서 사회로 점점 넓어져갔다. 목요일마다 열린 '문화 특강'에서 만난 어른들, 학교 선생님들이나 학교 밖 마을 어른들을 통해 이 세상을 어떻게 살아가면 좋을지도 보고 배웠다. 묵묵히 자기 일을 하며 선한 영향력을 주고받고 살아가는 그들의 소박한 삶을 보며 참 멋지다는 생각을 했다.

그러면서 '소농小農'으로 살아가는 아빠의 삶을 존경하지 않을 수 없었다. 밭에서 일하는 아빠는 몸은 고단해도 마음은 늘 편안해 보였고, 나는 그런 아빠를 보며 무엇이 아빠를 그렇게 만드는 것일까 궁금했었다.

그러다 학교에서 밭을 일구던 어느 날 자연 속에서 땀 흘려 일하는 것이 주는 깊은 위로와 안정감을 만나고 비로소 알게 되었다.

'아빠가 느낀 평온함이 바로 이런 거였구나.'

고등학교 시절은 철부지였던 내가 '농부 아빠'를 알아가는 따뜻한 길목이 되어주었던 것 같다. 무엇보다도 나는 농사를 알아가면 알아갈수록 아빠와 나눌 수 있는 이야기가 많아진다는 사실이 행복했다. 그래서 더 농사를 좋아하게 된 건지도 모르겠다. 어쩌면 아빠와의 깊은 연결감을 바라던 내 마음속 염원이 나를 여기까지 이끌었는지도 모르겠다.

아빠,
미안해

여행이 끝나고 나서 나는 누구보다 아빠에게 가장 미안한 마음이 들었다. 여행이 끝난 이후로 아빠가 나를 대하는 느낌은 여행 전과 아주 달랐다. 아무래도 다를 수밖에 없었을 것이다. 여행하는 내내 나는 아빠가 나에게 관심을 보이는 것조차 불편해했고, 자주 혐오스럽다는 반응을 내비치기도 했었으니까. 여행이 끝난 후에도 아빠는 나에게 무관심한 척하거나 가능하면 서로 부딪칠 일이 없도록 어느 정도의 거리를 두는 듯한 느낌이었다.

하지만 내가 먼저 미안하다고 말을 꺼낼 엄두는 나지 않았다. 여러 번 아빠에게 편지를 쓰려고 펜을 들었지만 몇 줄을 넘기지 못하고 접고 말았다. 그때 왜 그랬는지 내 하소연만 하게 되지 않을지, 불편함을 어서 해소하고 싶은 나의 이기심은 아닐지 조심스러웠다. 무엇이 정말 나와 아빠를 위한 것일까 고민만 하면서 오랜 시간이 흐르고 생각지도 못한 어느 날 아빠가 먼저 운을 띄웠다.

"우리 그때 여행하면서 힘들었던 거 이야기할까?"

오랜만에 온 가족이 강원도 집에 모였다가 자연스레 여행 이야기를 나누던 중이었다. 갑작스런 아빠의 제안에 나는 고개를 끄덕였지만, 속으로는 긴장되는지 뱃속이 굳어오는 느낌이 들었다.

'올 것이 왔구나.'

긴장되었지만 무슨 말이든 받아들이겠다는 겸허한 마음으로 아빠의 말에 귀 기울였다.

"내가 우리 딸에게 부끄러운 아빠라는 걸 느꼈을 때, 내가 딸에게 그런 존재라는 걸 느꼈을 때, 내가 같이 있는 것만으로도 불편하고, 증오의 대상까지는 아니더라도 뭐랄까 피하고 싶은 대상이라는 걸 느꼈을 때…… 그때가 여행하면서 제일 힘들었던 것 같아. 내가 이런 이야기를 지금 너한테 처음 하는 거야. 예전에 터키에서 가족 모임할 때도 네가 여행하며 줄곧 나를 꺼림칙해하던 태도와 행동에 대해 충분히 이야기하지 않고 슬쩍 다른 주제로 넘어가더라고. 그렇게 일단락되어 버리고 나서 아빠는 굉장히 불쾌했어. 그리고 그냥 아무 일도 없었던 것처럼 여행을 계속했지만, 뭐랄까 거짓 화해를 했다고나 할까? 내 안에서는 아직 너의 행동들을 어떻게 받아들여야 할지 정리가 되지 않았는데, 그날 네가 그렇게 말한 걸 끝으로 그냥 슥 넘어가 버렸어. 너에게 책임을 물으려는 건 아니야. 내가 먼저 이야기를 꺼낼 수도 있었을 텐데 나도 계속 시간을 끌었던 것 같아."

막상 아빠의 이야기를 들으니 아직 아물지 않은 당시의 상처가 다시금 따끔거리는 듯했다. 하지만 나는 이 기회에 아빠가 마음속으로만 지니고 있던 나에 대한 응어리진 감정들을 시원하게 풀어내기를 바랐다. 아빠는 계속해서 이야기를 이어갔다.

"어떤 계기가 있거나 어떤 사건을 통해서 서로 간에 불편함이 생긴 거라면 해결이라도 할 수 있는데 이건 존재 자체의 모멸인 거야. 물론 네가 나한테 그렇게 대한 것도 어떠한 연유에서건 뭔가가 형성되고 축적되어 온 결과겠지. 그래도 나 자신은 여행에서 너에게 받은 상처들과 아직 화해가 안 돼. 언젠가는 꺼내려고 했는데 오늘에서야 꺼냈네."

아빠는 말해놓고 애꿎게 담배를 말았다. 여행 때부터 습관이 들어 아직까지 마는 담배를 피우고 있었다. 나는 문득 물어보고 싶었다.

"궁금한 게 있는데…… 내가 아빠에게 공격하고 그런 여러 가지 내 행동을 보면서 재가 왜 그럴까 생각해 본 적 있어?"

"방금 다 이야기했잖아."

아빠는 내가 그런 질문을 다시 꺼내는 게 불쾌한 듯했다.

"내가 왜 그런 거 같았어?"

"넌 아빠가 부끄러웠던 거야. 같이 있는 게 싫었던 거야. 존재 자체가."

"하지만 아빠는 내가 왜 그러는지 나에게 물어보거나……"

내 말이 끝나기도 전에 아빠가 화를 내듯 말을 가로챘다.

"너하고 이야기를 할 수가 없었어. 넌 아예 말을 섞고 싶어 하지를 않았어. 뭘 하든 나랑 연루되는 게 싫었고. 그런데 언제부턴가 아무 일 없었던 척했던 거야. 너는 정면으로 나와 부딪쳐야 했어. 상처가 나고 아프더라도 그건 극복하고 넘어가야 해. 근데 너는 그 과정을 생략했어. 원인이 아빠에게 있다면 아빠에게 준열하게 물어야 해. 나도 반성할 건 해야 하고. 우리가 더 나은 관계로 가기 위해서는 통과의례를 거쳤어야 했는데, 그 이야기를 지금에서야 처음 하는 거야. 물론 내가 이해할 수 있는 부분도 있어. 내가 원인을 제공한 측면도 있구나 자기 반성도 많이 해봤는데, 그것만으로는 납득이 안 되는 부분이 분명히 있어."

아빠의 말 하나하나가 마치 굵은 비바람이 온몸을 세차게 때리는 것처럼 느껴졌다.

"아빠를 부끄러워한 적은 단 한 번도 없어. 그리고 아무 일 없었던 척하지도 않았어. 참회하고 있었어. 단지 나에게 시간이 좀 필요했어. 내가 나를 이해하는 시간들이 필요했어. 아빠와 대화하지 않고 그냥 넘어갈 생각은 없었어."

말을 하는데 가슴이 벅차 눈물이 날 틈도 없었다.

"내 이야기를 할게. 아빠도 굉장히 괴로웠겠지만 내 이야기부터 먼저 하는 건, 내가 아빠한테 아무 잘못도 하지 않았다는 말을 하려는 게 아니라 그때의 나를 알려주고 싶어서야. 지금에 와서 보니까 내가 왜 그리 아빠를 공격했는지 좀 더 깊이 알게 됐어. 살면서 자꾸 붙잡게 되는 주제가 있는데, 그게 나에겐 인간이 가진 이중성이야. 특히 남성에게 적용돼. 아무리 인자해 보이는 사람도 흉측한 이면을 숨기고 있을 거라 의심하는 거지. 되게 오래전부터 그랬어. 아빠가 어떻게 받아들일지 모르겠지만, 아빠랑 엄마가 떨어져 지내던 시기에 나는 아빠가 몰래 바람을 피운다는 망상을 하기도 했었어. 가끔씩 아빠가 바람 쐬러 밖에 나갔다가 집에 안 들어오는 날들이 있었잖아. 그때마다 나는 어디 갔는지 물어보지도 못할 만큼 너무 불안하고 싫었어. 별별 상상을 다 했어. 당시에 가족에게 안정감을 느끼지 못했었나봐."

이야기를 하면서 나는 점점 아빠 쪽을 쳐다보지 못하고 의기소침해져 갔다. 내 이야기가 아빠에게 어떻게 들릴지 두려웠다.

"아빠가 어떻게 받아들일지 신경 쓰지 마. 난 지금 어떤 느낌인가 하면, 아빠도 어렵게 이야기를 꺼냈는데 네가 그걸 에두르지 않고 정면으로 받아줘서 좋아. 그 점에 대해서 아빠는 고맙게 생각해. 우회하지 않고. 회피하지 않고. 온몸으로 받아준 걸로 이미 절반 이상은 좋은 시간이야."

아빠가 내 마음을 읽었는지 아까보다 차분해진 목소리로 내게 말했다. 덕분에 나는 나머지 이야기들을 이어갈 수 있었다.

"나 자신도 그런 상상들이 허무맹랑하다고 생각했어. 그런데 성폭력을 경험하고부터 그동안의 망상들이 충분히 실재일 수 있겠다는 설득을 얻게 되고, 의심과 망상이 더 심해졌던 것 같아. 어느 순간 나도 알았어. 나의 괴로움이 내가 사랑하는 가족들까지도 괴롭게 한다는 걸. 내가 힘든 것보다 내가 사랑하는 사람들이 힘들어하는 모습을 보는 게 실은 더 힘들었어. 나중에 명상을 하며 내가 반복하고 있던 굴레를 깊이 깨닫고 다시는 반복하며 살지 않겠다고 서원誓願하고 많이 참회했어. 지금도 의심과 망상에 휩쓸리지 않도록 늘 깨어 있으려고 해. 아빠가 나로 인해 느꼈을 모멸감, 너무 미안해……"

더 하고 싶은 말들이 있었지만, 여기까지 하기로 했다.

"나도 여행 가서 은빈이 너에 대한 걸 많이 알게 되었어. 네가 겪은 여러 일들로 인해서 그러한 행동을 보였겠구나 이해가 되면서도 왜 앙금이 남았냐면…… 그래도 조금 억울한 마음이 있는 거야. 내가 그 정도는 아니었던 거 같은데 하는…… 그게 내 안에서 용납이 안 되었던 거 같

아. 자기 합리화일 수도 있겠지만…… 어쨌든 네가 회피하지 않고 이 문제를 정면으로 받아준 것 아주 고맙게 생각해. 함구하지 않고 정면으로 진실과 마주쳤을 때 그 자리에서 즉시 답이 나오지 않더라도, 진실에 직면했다는 것 자체가 소중한 거야. 지금까지 세상 살아가면서 문제가 한 번에 해결되고 그런 적은 없었던 거 같아. 아빠도 오늘부터 마음을 내려놓을 수 있을 것 같다. 나에게도 너와 이렇게 허심탄회하게 대화하지 못했던 게 일종의 짐이었거든…… 어쨌든 뭐 좋은 아빠는 아니었어. 나는 한 번도 나를 좋은 아빠라고 생각해 본 적은 없어. 많이 부족했지. 나로서는 그래. 나이가 들어도 계속 배우는 거 같아."

아빠의 얼굴은 처음보다 한결 편안해 보였다. 옆에서 가만히 사과를 깎으며 아빠와 나의 대화를 듣고 있던 엄마가 사과를 내려놓더니 말을 덧붙였다.

"나도 사실 많이 놀랐었어. 여행하면서 평소 내가 알고 있던 은빈이하고 너무나 다른 모습을 보게 되면서. 아빠가 가장 강력한 타깃이었고, 엄마랑 수빈이는 그 다음 순서일 수는 있겠지만…… 그럼에도 가장 아픈 건 너야. 그때도 지금도 마찬가지로…… 왜냐면 네 안에 수많은 생각과 아픈 마음들이 작용하여 나온 행동들이었잖아. 우리는 어떻게 보면 파편을 맞는 것일 뿐인데 너는 용광로 그 자체였잖아. 그렇기 때문에 가장 먼저 보듬어주고 알아줘야 할 사람은 너야. 아빠나 우리는 그 다음에 생각해도 돼. 네가 아까 너로 인해서 주변 사람들까지도 힘들게 해서 미안하다고 했는데, 그런 말 하지 마. 사실 네가 초등학생 때 친구들에게 따돌림받으며 홀로 겪었을 힘든 시간들을 생각할 때가 있어. 왜 은빈이는 아무에게도 도움을 요청하지 못했을까…… 나도 사람에 대해서 예민하

다면 굉장히 예민한 사람임에도 불구하고, 정작 딸이 그런 회오리 속에 있는 걸 감지하지 못했다는 건 정말 말도 안 되는 거야. 정말 뭐라 할 말이 없을 정도로 너에게 미안해해야 하는 거야. 그러니까 네가 네 자신을 받아주고 알아주는 거 계속해 나가. 네가 온전히 너와 화해하기를 바라."

엄마의 먹먹한 목소리에 그 마음이 고스란히 전해졌다.

"에이, 엄마가 또 미안하게 생각할 필요는 없어. 내가 거쳐야 하는 과정이었던 거지."

"그래도 네가 힘들고 어려워하던 때 함께하지 못했다는 건 무조건 너무 미안하고 마음이 아파."

아빠에 이어 엄마의 말을 듣고 있자니 가슴에 사랑이 밀물처럼 차오르는 듯했다.

"괜찮습니다요."

왈칵 눈물이 날 것 같았지만, 나는 애써 웃음 지으며 사과 한쪽을 집어 들었다.

"아빠, 여행하면서 웃겼던 건 없었어?"

화제를 바꾸고 싶어 내가 물었다.

"너 때문에 웃겼던 건 없어. 너 때문에 웃겼던 적은 한 번도 없었던 거 같아."

심술궂은 아빠.

"뒤끝이 많네! 아주~"

나는 아빠 말을 맞받아치며 웃었고, 엄마는 아빠를 새초롬한 표정으로 째려보았다.

열아홉 살
자퇴생의 고민

코라차노 농장의 건장하고 멋진 청년들과 작별 인사를 하고 우리는 비행기를 타고 옆 나라 그리스로 넘어왔다. 그 당시 그리스가 국가 부도 위기에 놓여서 그랬는지 아테네Athens는 우리가 기대했던 것과 다르게 도시 분위기가 우중충하고 어수선했다. 며칠 아테네 관광을 하고 우리는 고린도Korinthos에 있는 농장으로 건너왔지만 분위기가 황량하기는 매한가지였다. 마른 잡초들과 길가에 흩날리는 흙먼지, 폐허가 된 집, 농장 주변을 배회하는 들개 무리 등 눈길이 닿는 데마다 을씨년스럽기 짝이 없었다.

13헥타르나 되는 농장의 넓은 밭은 드문드문 비어 있는 곳이 많았다. 농장 관리를 돕는 아그네스의 말로는, 예전에는 밭이 부족할 정도로 농작물 수요가 많았는데 지금은 온 나라가 전체적으로 불경기라 노는 밭이 많다고 했다. 60대 초반의 농장 주인 페트로스는 한산한 마당가의 그늘에 앉아서 줄담배를 피우곤 했다. 농장 사람들에게서도 활기를 찾아볼 수가 없었다. 우리 가족에게도 큰 관심이 없는 것 같았다. 우리 가족은 독채를 사용해서 오전에 농장 일을 도울 때 말고는 다른 사람들과 마주칠 일이 별로 없었다.

우리끼리 지내기에는 안성맞춤이었다. 그리스에서 집 한 채 빌려서 지내는 것처럼 편안했다. 오후가 되면 엄마는 주말에 가고 싶은 관광지 정보를 검색하거나 성경책을 읽었고, 나는 온라인에 연재하던 글이 밀려 주로 방에서 글을 쓰며 지냈다. 아빠는 곧 있을 터키 여행을 도맡아 준비하기로 해 잠시 낮잠을 자고 일어나면 주로 터키 일정을 짰다. 수빈이는 한국으로 돌아갈 날이 가까워질수록 고민이 많아진 모습이었다. 태블릿으로 뭔가를 열심히 검색하며 시간을 보냈다.

일요일 오전마다 엄마와 수빈이는 둘이서 단출한 예배를 드렸다. 나는 보통 내 할 일을 하면서 그들의 목소리를 BGM처럼 들었고, 아빠는 방에서 뉴스를 보는지 책을 보는지 조용했다. 엄마의 신앙 생활은 언제나 자연스러웠다. 어떠한 방식을 고집하지도 않고 우리에게 강요하지도 않았다. 교회를 가고 안 가고, 형식을 갖추고 안 갖추고는 엄마에게 중요한 것이 아니었다. 어디에 있든 무얼 하든 엄마의 신앙 생활은 항상 일상과 자연스레 어울리며 존재했다.

늦잠을 자고 일어난 나는 오늘만큼은 두 사람 곁에 앉아 찬송을 따라 불렀다. 성경 구절을 읽고 기도를 한 뒤 예배를 마치자, 수빈이가 태블릿에 적어놓은 글을 엄마에게 쑥 내밀었다. 조금 읽어보더니 엄마는 자세를 고쳐 앉고 긴 글을 천천히 읽어 내려갔다.

"뭔데! 왜 엄마만 보여줘? 나도 볼래."

수빈이가 쓴 글은 자신의 진로에 관한 내용이었다. 요약하자면 대략 이랬다.

"여행이 나를 변하게 해주었다. 그동안 알지 못했던 나 자신을 깊이 들여다보고, 미래에 대해 천천히 질문하는 시간을 선물해 주었다. 그것만으로도 행복하다. 덕분에 하고 싶은 것이 생겼고, 서울에서 다양한 것을 배우며 검정고시를 준비하고 싶다. 대학은 갈지 안 갈지 정하지 않겠다. 내가 정말 배우고 싶은 마음의 확신이 생긴다면 갈 수도 있지만, 그렇지 않고 무조건 대학을 가는 것만을 목적으로 하는 입시 공부는 하지 않을 것이다."

수빈이가 눈을 빼꼼히 뜨고 엄마와 내 얼굴을 살폈다.

"멋있네. 나는 무조건 응원!"

나는 수빈이의 결정에 전적으로 찬성했다. 그 과정에서 많은 난관에 부딪칠 수도 있겠지만 스스로의 의지로 자신의 길을 찾아나가려는 모습이 그저 예쁠 뿐이었다. 수빈이는 엄마와 나의 지지에 힘을 얻었는지 기분이 좋아져서 아빠에게로 달려갔다. 부녀가 늦가을 낙엽이 거의 다 떨어진 나무 아래 앉아 이야기를 나누는 모습이 보기 좋았다. 그런데 예상보다 이야기가 꽤 길었다. 한참 후 들어온 수빈이가 침대에 철퍼덕 쓰러져 눕는 소리가 들렸다. 아빠와의 대화가 어땠을지 궁금해서 가보니 조금 전 양 볼에 볼록했던 미소와 명랑함이 얼굴에서 사라지고 없었다.

"아빠랑 이야기 잘했어?"

"……"

무슨 일이 있었던 건지 수빈이는 꿈쩍도 하지 않았다.

"야, 완전 잘했어. 다른 무엇보다 네 생각을 아빠한테 꺼내고 대화했다는 것 자체가 진짜 대단한 거야."

수빈이에게 기운을 북돋아주고 싶었다.

"아빠가 나더러 고등학교 다시 돌아가서 수능 보래. 대학도 가야 된대."

수빈이의 얼굴이 이내 슬픔으로 일그러졌다.

"네가 어떻게 하고 싶은지는 다 이야기했어?"

"응."

누워 있는 수빈이의 양쪽 눈꼬리에서 굵은 눈물이 관자놀이를 타고 흘러내려 침대를 적셨다. 상황이 그려졌다. 수빈이는 그동안 심사숙

고한 자신의 진로에 대해서 기대 반 긴장 반으로 꺼내놓았을 테고, 아마도 아빠가 자기 의견을 존중해 주길 바랐을 것이다. 아빠는 수빈이의 이야기를 경청했을 테지만, 가장 먼저 "그렇구나" 하고 인정의 메시지를 주기보다 아빠의 경험에 입각한 현실적 판단들을 먼저 조목조목 늘어놓았을 것이다.

"네가 지금 어떤 심정인지 알 것 같아. 나도 아빠 딸이잖아."

나는 토닥여주지는 못하고 그저 화장지 두 조각을 떼어 수빈이의 손에 쥐어주었다.

"박수빈, 그래도 아빠가 강요하는 건 아닌 거 알지? 아빠 의견일 뿐이야. 아빠가 다르게 말했다고 네 생각을 바꿀 필요는 없어. 아빠는 그냥 조언을 해준 것뿐이야. 네가 진로에 대해서 가족들과 의논해 봤다는 게 더 중요해. 정말 잘했어. 처음이라서 그렇지 한 번 두 번 앞으로 더 얘기를 나누다 보면 아빠의 대화 스타일을 너도 이해하게 될 거야. 잘했어."

안타까웠다. 울고 있는 수빈이도, 수빈이를 위해 서투르긴 했지만 진심 어린 조언을 해주었을 아빠도…… 나는 수빈이가 아빠 말에 주눅 들어 스스로 그린 첫 인생 스케치를 포기하지 않기만을 바랐다.

"필요 없어. 나 이제 아빠한테 아무 말도 안 할 거야."

많이 속상했나 보다. 말은 그렇게 했어도 독립의 과정에 들어선 수빈이의 눈물은 이미 수빈이만의 빛으로 반짝이고 있었다. 그 옆에서 나는 좋은 벗이 되어 수빈이가 인생의 그림을 두려움 없이 마음껏 그려나갈 수 있도록 응원해 주련다.

엄마를 위해 할 수 있는 일

깊은 밤, 아빠는 거실 등불에 기대어 페트로스와 아그네스에게 전할 말을 글로 적고 있었다. 전자 사전과 노트에 쓴 단어들을 비교해 가며 글쓰기에 몰두한 상태였다.

지난 밤 황당무계한 일이 있었다. 농장 주인 페트로스가 아빠만 따로 만나 엄마와 수빈이를 보는 게 힘드니 두 사람은 일을 안 해도 된다며 농장 쪽에 나오지 말아달라고 부탁을 했다는 것이다. 이유인즉슨 엄마랑 수빈이가 자신들이 주려고 만든 음식은 안 먹으면서 냉장고에 있는 음식 재료는 마음대로 가져간다거나 말을 걸어도 대답을 하지 않는 등 자신들에게 불만을 가지고 있는 것 같다는 것이었다.

하지만 아까 낮에 아빠로부터 그 이야기를 전해들은 수빈이는 음식 재료를 마음대로 꺼내 쓰라고 먼저 말한 것도 농장 쪽이고, 자기 말에 대답을 하지 않은 것도 아그네스였다며 분개했고, 엄마도 오해는 생길 수 있는 거지만 그렇다고 아빠에게만 일방적으로 말하고, 대화할 여지도 없이 함께 지내는 공간에 나오지 말라는 것은 너무한 거라며 화를 냈다. 나도 호스트가 아니라 우리 가족의 편에 서며 아빠에게 이렇게 말했다.

"나도 엄마 말대로 가만히 있는 건 아니라고 생각해. 우리가 사실을 다르게 알고 있었다는 걸 아빠가 잘 전달해 줬으면 좋겠어. 그리고 이렇게 일방적으로 오지 말라고 하는 건 정말 잘못된 방식이라는 것도, 꼭!"

나는 잠이 오지 않아 아빠 옆을 어슬렁거리다 슬쩍 물었다.

"아빠, 내가 좀 도와줄까?"

"아냐, 이건 내가 써야 할 거 같아. 내가 하고 싶은 말도 있고 하니까……"

아빠는 사명감을 갖고 글을 쓰고 있었다. 어느덧 노트는 우리가 전하려는 말들로 빼곡히 채워져 가고 있었다. 나는 다시 방으로 돌아와 침대에 누워 잠을 청해보려 했지만, 생각할수록 화가 나서 잠을 잘 수가 없었다.

'아무리 그래도 그렇지, 자기네 집 쪽으로 오지를 말라니!'

아무리 순화해서 듣는다 해도 결론이 그렇다. 이런저런 일이 있었는데 오해를 풀고 싶다는 것도 아니고, 그냥 자기들 눈에만 보이지 말아 달라는 것 아닌가? 그건 사람에 대한 예의가 아니었다. 나도 이렇게 화가 나는데 어두운 방에서 혼자 마음을 다독이고 있을 엄마를 생각하니 몸이 벌떡 일으켜졌다. 지금이라도 당장 페트로스와 아그네스에게 찾아가 따지고 사과하라고 말하고 싶은 충동이 일었다. 나는 먼저 엄마를 살피러 갔다.

"엄마, 자?"

엄마는 불 꺼진 방 안에서 우두커니 앉아 기도하고 있었다.

"아니, 안 자."

낮보다 한결 담담한 목소리였다. 그 목소리를 들으니 나도 조금은 안심이 되었다.

"엄마가 잘못한 거 없어. 알지? 그 사람들 생각하지 말고 엄마만 생각해. 너무 마음 쓰지 말고. 얼른 자."

하고 싶은 말이 더 있었지만 갑자기 울컥 눈물이 나올 것 같아 그만두었다. 알겠다는 엄마의 대답만 듣고 방으로 돌아온 나는 입을 틀어막고 엉엉 울었다. 뚜렷한 이유를 알 수 없는 울음이었다. 울면서 이런 생각이 들었다.

'내가 화가 난다고 아그네스에게 사과를 요구한다면 그건 내 속이 후련해지기 위한 선부른 행동이 될 수도 있겠구나.'

어쩌면 기도하면서 차근차근 마음의 평화를 찾고 있는 엄마를 더 불편하게 할 수도 있고, 아그네스와 엄마 사이를 더 꼬이게 만들 수도 있었다. 엄마를 위해서라도 함부로 행동해서는 안 되었다. 생각이 거기에 미치자 불현듯 옛 일이 떠올랐다.

'그때 엄마도 지금 나와 비슷한 마음이었을까?'

성폭력 사건 이후로 내 마음에 앙금처럼 남아 있던 것 하나가 불쑥 건드려졌다. 부모님이 그 사건에 대해 알고 난 후에 엄마는 늘 내가 어떻게 하기를 원하는지 의사를 묻고 내가 원하는 쪽으로 함께해 주었지만, 나는 그것만으로는 부족했다. 정확하게는 내가 정말 원하는 게 무엇인지 생각하기조차 혼란스러운 상황이었다. 내가 겪은 이 일들을 이성적으로 정리하고 갈무리하는 게 중요하다고 생각했던 나는 사실 확인을 위해 이후에 그 남성을 다시 만났던 날에도 소리 한 번 내지르지 않았었다. 아주 나중에서야 그때 내가 테이블 위에 놓여 있던 유리잔을 그의 얼굴에 던져버리고 싶을 만큼 분노에 싸여 있었다는 걸 알았다.

누군가 나 대신 울어주기를, 나 대신 그 사람에게 화를 내주기를 바랐지만 나는 아무에게도 내 감정과 바람을 표현하지 못했다. 내 앞에서 눈물 한 번 보이지 않는 엄마를 원망하는 마음도 아마 그때부터 시작되었던 것 같다. 아빠가 나중에 우연히 말해줘서 알았다. 아빠가 그 사람을 다시 찾아갔다는 이야기, 엄마가 내 앞에서는 차마 표현하지 못했지

만 많이 울었다는 이야기……

그래도 엄마를 향한 원망이 완전히 내려지지는 않았다. 그 사람을 완전히 용서하지 못해서, 엄마가 그 사람에게 더 퍼부어주기를 바라서, 그래야 아무런 미련이 남지 않고 개운해질 것 같아서였을까?

그런데 오늘에서야 엄마의 마음을 온전히 이해할 수 있을 것 같았다. 왜 엄마가 그때 엄마 마음을 다 표현하지 않았는지, 왜 내 옆에서 함께 울지 않았는지…… 모든 게 저절로 끄덕여졌다. 내가 의지할 수 있는 존재가 되어주기 위해 엄마는 혼자서 얼마나 많은 눈물을 흘렸을까? 엄마는 나를 보호하는 나무처럼 말없이 항상 내 곁에 있었다.

나는 우느라 질질 흘린 콧물과 눈물을 화장지로 닦아내고, 엄마를 위해 내가 할 수 있는 일이 무얼까 생각해 보았다. 어렸을 적 엄마가 알려준 기도 방법이 생각났다. 나는 옆방에서 홀로 기도하고 있을 엄마를 위해 두 손을 모았다. 눈을 감고 엄마를 떠올렸다.

숨을 들이마실 때 엄마의 아픔을 들이마시고, 숨을 내쉴 때 엄마와 함께했던 기분 좋은 추억들과 고마움, 따뜻한 기운을 엄마에게 불어넣었다. 엄마는 내게 이 기도가 슬퍼하거나 힘들어하는 사람에게 도움이 된다고 말해줬었다. 기도가 거실을 지나 엄마에게로 가 닿는 상상을 하며 나는 한참 만에 잠에 들었다.

다음날 아빠는 농장 쪽에 우리 의견을 훌륭하게 전달하였고, 페트로스와 아그네스는 아무런 반박도 하지 못했다고 한다. 수빈이는 일하지 않고 남은 시간을 신나게 보냈고, 엄마도 곧 평화로운 일상으로 돌아왔다. 나는 고린도 농장을 떠나는 날까지 엄마와 그들 간의 관계를 억지로 회복시키려 들지 않았다. 마지막 날, 페트로스는 작별 인사를 하면서 미안한 마음을 전하고 싶었는지 자신이 좋아하는 책 한 권을 선물이라며 내게 쥐어주었다.

낯간지러운 칭찬 타임

그리스를 떠나는 순간부터 여행의 진두지휘는 아빠가 맡았다. 아빠 표 터키 여행 안내서는 A4 용지 네 장으로 간단명료했다. 그중 두 장에는 우리의 마지막 두 달 반 일정이 도표로 정리되어 있었다. 맨 끄트머리에 '인천공항 도착'이라고 쓰인 글자를 보니 이제 정말 여행이 끝나가는구나 실감이 났다.

우리는 그리스에서 터키까지 배를 타고 이동했다. 그동안 여행하면서 비행기, 기차, 버스, 자동차는 실컷 타봤으니 안 타본 걸 타보자는 아빠의 아이디어였다. 중간에 산토리니에서 1박, 로도스에서 1박을 하며 지중해 섬 여행도 곁들였다. 터키 남부의 페티예Fethiye 항구에 내려 입국 수속을 마치고 헬프엑스HelpX(필요한 도움을 교환하는 온라인 플랫폼) 사이트에서 알게 된 해리와 이사벨라의 집으로 향했다. 터키 동남쪽 아파식Arpacik 골짜기의 여섯 가구밖에 살지 않는 외딴 시골 동네였다. 터키 전통 집을 서구식으로 개조한 숙소와 오고 가는 길에 만나는 포플러나무들이 참 마음에 들었다.

"언니, 바라고 바라면 진짜 이루어진다! 내가 여기 오기 전에 딱 세 가지를 바랐거든. 진심 거짓말 안 하고 다 이루어졌음!"

해리네 일손을 도우러 가는 아침, 수빈이가 가벼운 발걸음과 함께 이야기를 꺼냈다.

"그 세 가지가 뭔데?"

"와이파이 안 되는 곳, 호스트랑 함께 생활하지 않고 따로 지내는 숙소, 그리고 이렇게 걸어다닐 수 있게 좀 떨어진 곳. 진짜 완벽하게 다 이루어졌어."

수빈이 말대로 우리는 펜션을 운영하는 해리와 이사벨라의 별채에서 지내게 되어 일하는 곳까지 매일 10분 정도를 걸어다녔다.

"진짜네! 그런데 왜 그 세 가지를 꼽았어?"

"와이파이가 안 돼야 확실히 우리끼리 대화를 많이 하더라고. 나도 태블릿을 안 하고. 그리고 이렇게 걸으면 좋잖아, 산책하는 것처럼. 나는 좀 바깥에서 이렇게라도 걷는 버릇을 들여야 해. 너무 집 안에만 있어."

실제로 인터넷이 안 되는 숙소에서 우리의 대화는 몇 배로 늘어났다. 배고프다는 말을 시작으로 하나둘 부엌을 어슬렁거리다 다 같이 식사 준비를 했다. 밥을 먹으면서도, 밥을 먹고 나서도 자리에서 뭉그적대며 시시콜콜한 잡담들을 나누었다.

하나밖에 없는 동네 가로등에 불이 켜질 즈음, 아직 입 안에 남은 저녁밥의 뒷맛을 과일로 입가심하던 나는 아주 중요한 한 가지를 기억해냈다.

"우리 한 달에 한 번 모임 할 때 되지 않았나?"

내가 챙기지 않으면 아무도 챙기지 않는 가족 모임, 이번에도 내가 먼저 챙겼다.

"아이, 그냥 이번 달은 패스해."

아빠는 막상 할 때는 제일 집중하면서 하기 전에는 꼭 저렇게 말했다.

"우리 칭찬 타임 한번 하자! 나 해보고 싶었어. 우리 서로 칭찬 잘 안 해주잖아. 해보자, 응?"

수빈이가 막무가내로 칭찬 세례를 하자며 졸랐다. 칭찬에 알레르기 반응이 있는 세 사람은 자리를 피하려다 수빈이가 하는 이야기에 귀를

쫑긋 세우며 듣기 시작했다. 수빈이는 이때만을 기다렸던 사람처럼 한 사람 한 사람이 가진 아름다운 면모들을 술술 풀어내 우리를 놀라게 했다. 수빈이의 느낌들에 덧대어진 그간의 시간들이 영화처럼 눈앞을 스치고 지나갔다. 바통이 엄마에게 넘어가자 분위기가 한층 더 숙연해졌다.

"나의 최선은 내가 나를 잘 살피고 견제하는 거였어. 아프지 않고, 처지지 않고…… 그러다 보니까 가장 가까이에 있는 규대 씨조차도 내가 챙기거나 할 수 없었다는 걸 얼마 전에서야 비로소 느낀 것 같아. 뭐 그러다 보니 본인한테는 내가 많이 부족하게 느껴졌겠지. 여러 모습에서 아쉬웠을 거고. 나도 규대 씨의 달라지지 않고 여전한 모습들에 아쉬움은 있지. 예를 들면 담배를 많이 피우는 거나 예민하게 반응하는 거나. 그럼에도 뭐랄까 아빠로서 남편으로서 그 역할을 보이게 또 보이지 않게 잘 해줘서 고맙고…… 지금까지 함께 여행하고 있는 것만으로도 정말 대단한 것 같아. 한국에 가고 싶은 마음도 굴뚝같을 테고 나처럼 모든 것이 흥미로운 것도 아닐 텐데, 입장 바꿔 생각해 보면…… 덤덤하게 같이 동행해 주는 게 정말 고마워."

"진짜! 정말 박수쳐 줘야 돼."

나와 수빈이도 가끔 아빠가 함께 여행하고 있다는 사실에 깜짝 놀랄 때가 있었다.

"아주 지겨워죽겠어, 아주!"

아빠의 장난스러운 대답에 우리는 모두 흐드러지게 웃었다.

"그래, 이런 거! 때때로 이런 의외의 유머를 우리에게 선사해 주는 게 자기의 반짝이는 모습인데, 그런 모습들이 발현되어서 정말 좋고 감사한 일 같아."

엄마가 말한 것처럼 이번 여행의 대발견은 아빠의 유머였다. 외국인들에게도 적중하는 웃음 코드였다.

"어쨌든 크게 아프지 않아서 그것만으로도 감사해."

"나중에 몰아서 아플 거야."

아빠는 짓궂게 답인사를 했다.

"에이, 정말!"

아빠를 흘겨보는 엄마.

"이제 아빠 차례야."

수빈이가 콕 집어 아빠를 부추겼다.

"내가 너희들을 칭찬해야 된다고?"

"그럼, 그럼!"

두 딸이 일제히 대답했다.

"나 잠깐 담배 좀 피우고 올게."

아빠는 생각이 많아지는지 핑계삼아 나갔다 들어와 이야기를 시작했다.

"경자…… 경자는 내가 딱 그 이야기만 할게. 내가 대학에 처음 입학하던 날 경자를 봤지. 그 며칠 전까지 나는 공장에서 유독 가스를 마시면서 일을 했어. 지금 보니까 그때 그 노동 환경이 정말 열악했어. 그 위험성을 내가 나중에 알았지. 공장을 그만두고 대학이라는 곳을 갔는데 너무나 환한 세상에 나온 거야. 적응이 안 되더라고. 그때 송경자를 처음 본 거지. 나랑 아주 대조적이었던 것 같아. 나는 굉장히 어둡고 음침하고 힘들게 살아왔는데, 경자는 다른 여학생들보다도 반짝반짝하더라고. 밝아, 아주! 잘 웃고. 내가 군대 가서 제일 먼저 훈련소에서 받아본 편지가 송경자 편지야. 코스모스 따다가 테이프로 붙여서…… 아직도 기억나. 부부가 의리로 산다고들 이야기하지만 그때 생각만 하면 난 다 괜찮아져. 그걸로 살아온 것 같아. 송경자가 마음에 안 들어도 그때로 돌아가면 다 괜찮아. 너희도 콩깍지에 씌어봐야 해. 그게 굉장히 치명적인 거야. 헤어 나올 수가 없어. 솔직히 말하면 그때랑 비교해서 지금의 송경자를 볼 때도 있어. 마음에 안 들 때도 있고. 그래도 그때의 송경자로 돌아갈 지금의 송경자가 있어서…… 끝! 왜, 아쉬워?"

아빠는 쑥스러운지 말을 얼버무리며 엄마를 쳐다봤고, 엄마는 그저 홍홍거리며 웃었다.

"수빈이는 칭찬할 게 없는데…… 일도 별로 안 하고, 농땡이도 자주 피우고, 짜증 잘 내고…… 근데 얘는 영특하고 반짝이는 게 있지. 거침없고. 주눅 들지 않고 치고 나가는 내공 같은 게 있어. 저번에 은빈이가 에코로니로 도망가고 수빈이 혼자 독일에서 일정 짜느라 힘들었을 거야. 그런데 그걸 굉장히 디테일하게 완벽하게 준비했어. 그거 보면서 '아, 얘는 어딜 가도 어떤 일이 있어도 혼자 해나갈 수 있겠구나' 하는 생각을 했어. 그때 수빈이 능력을 본 것 같아. 그런데 수빈이는 아직 자기 진면목을 제대로 못 본 것 같아. 자신감을 더 가지면 좋겠어. 수빈이에게 분명히 그런 빛이 있어. 아빠는 어릴 때부터 봐왔어. 그래서 네가 힘들어할 때 얘가 그럴 필요가 없는데 하는 그런 마음이 많이 들었던 것 같아. '짜식, 잘할 수 있는데 왜 주눅이 들지?' 이런 마음. 그리고 누군가를 한없이 좋아하는 것, 그런 것도 좋은 것 같아. 그게 단지 대상이 샤이니라는 게 아쉽지."

"그럼 누구였으면 좋겠는데?"

수빈이가 물었다.

"너 자신이면 좋겠지. 샤이니가 아닌."

"아빠는 아빠 자신을 사랑해?"

"아니, 마음에 안 들지. 너희도 알다시피."

너스레웃음이 이어졌다.

"누군가에게 아낌없이 열광하고 환호하고 그런 건 좋은 것 같아. 하지만 그 대상을 바꿔나가야 할 필요는 있어. 지금은 한 대상에 너무 오래 머무르는 게 아닌가 싶은 생각도 들어. 그게 수빈이 너의 정체기라고 볼 수도 있고…… 그게 좀 안타까운 거지. 내가 그렇다고 네가 그러는 걸 강력 반대하거나 콘서트장 앞에서 너 나오라고 피켓을 들고 서 있기라도 했냐. 그냥 너 샤이니 보러 갔다 오면 한 마디씩 딴지 건 것밖에 없었지. 너희 엄마가 중·고등학교 때 산에 가서 혼자 눈이 이만큼 쌓인 곳에서 무릎 꿇고 기도하고 그랬어. 그렇게 각자 열광하는 게 있다고. 엄마는 대상이 하나님이고 너는 샤이니인 게 다르지만."

"푸하하하. 달라도 너무 다르다."

모두가 웃는데 그 와중에도 아빠의 진지한 표정은 흐트러지지 않았다.

"그런데 정말 그 에너지 자체는 중요하다고 봐. 방향성도 중요하지만, 아무리 옳은 방향을 가져도 에너지가 없으면 갈 수가 없어. 에너지라고 하는 건 갈 수 있게 해주는 힘이기도 해. 수빈이한테는 그런 에너지가 있어서 좋다고 생각해. 너 자신에게서 샤이니를 발견해 봐."

"내 안에 샤이니…… 오, 명언이다."

수빈이는 조용히 아빠의 말을 음미하듯 되뇌었다.

"은빈이 이야기하기 전에 내 반성을 먼저 해야 될 것 같아. 내가 아빠 될 준비를 못하고 은빈이를 만났구나 싶어. 좋은 아빠가 아니었어. 또 한 가지는 네가 이미 어른이 되었는데 그런 사실에 너무 넋 놓고 있었구나, 그런 생각도 좀 했어. 그러면서 너 어린 시절을 쭉 돌아보면서 너에게 굉장히 미안했던 순간들, 정경들이 몇 개가 떠올랐어. 내가 학교에서 일할 때였는데 얘가 신기하게 한번 초등학교에서 친구들이랑 산을 넘어 나 일하는 대학 캠퍼스로 내려온 적이 있어. 내가 다시 그런 일을 겪는다면 애들 우르르 데리고 슈퍼마켓에 갔을 거야. 근데 내가 그때 굉장히 바쁠 때였거든. 철야를 일주일에 두 번씩 하고, 철야 안 할 땐 새벽 2시에 집에 갔다고. 토요일도 나가서 일하고. 자기 인생에 피크다 싶을 정도로 바쁠 때가 있어. 내가 30대를 그렇게 보냈던 것 같아. 무식하게 일했거든. 하드워커도 그런 하드워커가 없었어. 그러니 은빈이에게는 아빠가 항상 부재했지. 그때, 은빈이가 아빠를 만나서 반갑다고 친구들이랑 인사를 하는데, 나는 바쁘니까 집에 가라고 하고 그냥 사무실에 들어왔어. 그게 항상 뇌리에 남아 있어…… 또 한 번은 한밤중에 학교로 전화가 왔어. 새벽 1시에. 은빈이가 '아빠 언제 와?' 울먹이면서 전화를 한 거야. 그때 나도 찡했는데, 근데 나는 일을 해야만 했어. 그때 얘가 받았을 느낌이 어땠을까 반추가 되었지. 자기가 잘못한 건 기억을 하는 법이야. 그러다 난 또 시골로 내려왔고…… 그래도 은빈이가 한 번도 징징거린 적이 없어. 징징거리지 않아서 잘했다는 건 절대 아냐. 하지만 정말 단 한 번도 뭐가 갖고 싶다고 엄마 아빠한테 졸랐던 적도 없고, 울지도 않았고, 늘 순종하고…… 알아서 잘 자라줘서 고맙지."

나 혼자 화장지로 코 푸는 소리가 집 안에 요란하게 퍼져나갔다.

"그래, 이게 법칙이야. 모임 중에 언니는 백 퍼센트 운다."

천연덕스러운 수빈이의 말투에 나는 울다가 웃음이 나왔다.

가장 인상 깊었던 사람은 누구야?

"미카엘하고 에바지."

아빠와 엄마는 일말의 고민도 하지 않고 말했다.

"엔니와 데이빗도 참 좋았어. 그래도 더 편안하게 지냈던 데는 미카엘네였던 거 같아."

엄마는 언제라도 미카엘과 에바를 생각만 하면 얼굴에 미소가 지어지는 것 같았다. 나는 미카엘네에서 중간에 나와 다니엘을 만나러 에코로니로 갔기 때문에 그 뒤에 가족들이 어떻게 지냈는지 잘 몰랐다. 나 없이 최고의 나날을 보냈다니 내가 없어서 잘 지냈나 싶은 장난스런 생각이 들다가도 가족들에게 좋은 시간을 선물해 준 미카엘과 에바에게 고마운 마음이 들었다.

"나도 거기가 마음이 제일 편했어. 미카엘, 사람이 툭 트여서…… 한 번은 미카엘이 시내를 같이 나가자는 거야. 왠지 나한테 고맙다는 인사를 하고 싶어 했던 거 같아. 축대 쌓아줘서. 그래서 그냥 같이 나갔지. 시내에서 저녁을 먹고 나서 같이 게임을 하재. 구슬이랑 주사위로 하는 윷놀이 같은 게임인데, 아주 조잡하고 어린이스런 그걸 나랑 하자는 거야. 너무 단순하고 너무 재미없는! 그런데 미카엘은 막 엄청 신이 나서 한 게임 또 하자고 그러고~"

아빠는 미카엘의 신나하는 모습을 흉내 냈다.

"그런 미카엘을 보고 나중에 생각을 좀 하게 됐지. 아주 단순한 게임 하나 가지고 거기서 즐거움을 찾는 모습이 굉장히 보기 좋았어. 그

것 말고도 미카엘은 매일같이 기타를 쳤잖아. 노래도 부르면서. 그걸 보며 우리가 참 자극적인 것들에 노출되어 정서가 무감각해졌구나, 소박하고 단순한 것들을 즐길 줄 모르게 되었구나 하는 생각이 들었어. 미카엘, 참 맑은 사람이야."

아빠의 이야기가 끝나기 무섭게 엄마도 그곳 얘기를 늘어놨다.

"한번은 에바가 가고 싶은 곳 없냐고 하길래 인터넷으로 검색을 해봤어. 가까이에 마리아수녀회가 있길래 거기 가보고 싶더라고. 에바와 미카엘, 아빠랑 같이 갔지. 정원도 그렇고 시설이 너무 잘되어 있었어! 신기하게 한국인 수녀님이 계셔서 안내도 받고. 내 카톡 프로필에 나 혼자 앉아 있는 사진 배경이 거기야. 그 예배당…… 예배당이 너무너무 인상적이었어. 들어가서 앉아 있는 것 자체만으로도 좋았어. 제단이나 채광이나…… 아주 아름다운 예배당이었어. 앉아 있는 것만으로도 기도가 되는 그런……"

"그렇게 돌아다닌 게 다 돌담 효과야!"

아빠는 긴 여행 동안 영국과 독일에 아름다운 돌담을 남겨 두 여인, 영국의 엔니와 독일의 에바를 울렸었다. 당시 엄마랑 내 눈에는 다들 쉬는데도 굳이 일을 더 하는 아빠가 못마땅했지만, 아빠 말대로 돌담 효과는 확실했다.

"아빠는 정말 어쩌다 돌담 쌓을 생각을 했어? 나도 사진 보고 놀랐잖아."

내가 에코로니에 가 있어서 사진으로만 본 에바네 집 돌담은 누가 봐도 정교한 예술 작품이었다. 돌담은 길 쪽의 경사면을 받치는 축대 역할도 하면서 2층으로 된 계단식 텃밭의 병풍 역할도 했다. 층층이 이어진 돌담 옆에 작은 나무 벤치와 꽃들이 있어 더 정겨워 보였다.

"진입로 아래 도로가 파였는데 축대를 쌓지 않으면 위험하겠더라고. 에바랑 이야기하다 보니 그게 숙원 사업이래. '그럼 내가 쌓아볼까?' 하니까 에바가 좋다고 해서 시작했지. 한 단 쌓은 걸 저녁에 에바가 보고는 너무 좋아하는 거야. 더 쌓아줄 수 없냐고 부탁을 해서 한 단 더 쌓아 줬지. 경자랑 수빈이는 그 집에서 별로 한 게 없어. 진짜 없을걸? 경자는 사과 망 구멍 난 거 분류하고, 수빈이는 요리하고 마당 좀 청소하고……"

"아빠는 일이 힘들지 않았어?"

"힘들었지. 경자랑 수빈이가 미카엘이랑 밖에 놀러 나갈 때도 나는 안 나갔어. 나라도 일을 해야겠다는 생각이 들었거든."

"그렇게 하는 게 아빠가 편해서 그런 거야?"

"응, 그게 좋았어. 경자랑 수빈이를 데리고 나가주는 게 고맙더라고. 경자랑 수빈이가 일하는 게 늘 마음에 쓰였거든. 둘은 관광하는 걸 좋아하잖아. 미카엘도 그렇고, 영국의 엔니도 자기가 비용 다 써가면서 요가도 하게 하고 갤러리도 구경시켜 주고 그러는 게 고맙더라고. 그냥 기꺼이 한 거야. 사실 엄마나 특히 수빈이가 일할 때 들쑥날쑥했잖아. 굳이 의식해서 그런 행동들을 한 건 아닌데, 나도 모르게 아빠 역할이라고 해야 하나, 내가 그들이 원하는 일을 좀 해놓으면 다른 가족들의 부족한 부분들을 메울 수 있지 않겠나…… 내가 할 수 있는 일이 있어서 좋았던 것 같아."

"규대 씨가 있어서 정말 든든했지."

실제로 여행 후에 엄마 아빠 사이가 더 다정해졌다. 원래 아빠는 늘 엄마 바라기였다 해도, 엄마가 아빠에게 웃어주는 때는 여행 전에 비해 훨씬 잦아졌다.

"아무튼 그 가족은 지금도 가끔 생각나. 미카엘이랑 돌담을 다 쌓고 달 뜬 밤에 그 앞 벤치에 둘이 한참을 앉아 있었지. 그때 좀 속 깊은 대화를 하고 싶다는 느낌이 들었는데 언어가 달렸지. 아, 그래서 외국어를 잘 알아야겠구나 그때 생각했어. 헤어질 때 울던 게 기억나. 역 플랫폼에 들어서는데 에바가 막 우는 거야. 우리가 탄 기차가 출발했는데도 안 떠나고 계속 울었어. 에바가 정말 진심으로 헤어지는 게 서운해서 울더라고. 정말 따뜻한 배웅을 해주었어."

아빠는 미카엘도 좋지만 에바의 푸근한 마음씨가 더 가슴에 남는다고 덧붙였다.

"그리고 헤어질 때 에바가 우리한테 선물 꾸러미를 줬어. 아직도 생생히 기억나. 우리 가족 각자에게 딱딱 맞는 의미 있는 선물이었지. 다 특별했는데 가장 감동이었던 게 아빠한테 준 선물이었어. 미카엘이 정말 아끼는 컵을 줘서 우리가 다 놀랐지."

엄마가 도자기 컵을 보여주며 말했다.

"그렇지. 내가 물 마시려고 저 컵을 쓰려고 했는데 에바가 내 손을 탁 잡으면서 미카엘이 어마어마하게 아끼는 거라 자기도 손을 못 대는 거라고, 함부로 손대면 안 된다고, 사연이 있는 거라고 해서 되게 조심했는데, 포장을 열어보니 이 컵이 있었어."

"아무튼 미카엘과 에바는 언제 생각해도 흐뭇해. 참 따뜻한 사람들이야."

아빠는 엄마가 말한 것보다 더 마음에 드는 표현을 찾으려 애쓰는 것 같았다.

아빠가 쌓은 에바네 집 돌담. 아빠는 조용히 그리고 묵묵히 쌓아올린
돌담처럼 우리보다 몇 배의 몫을 아빠만의 방식으로 채워주었다.

"아니 그걸로 부족해. 깊은 사람들이야. 맑고 깊은 사람들……"

우리 그만 한국 가자

여행의 막바지, 안 그래도 여행 초반과 달리 몸과 마음이 많이 지친 상태였는데, 식재료를 사러 장에 다녀오는 문제로 해리와 작은 다툼이 있었다. 실은 다툼이랄 것도 없이 일방적으로 해리가 나에게 소리를 지른 것이었다. 뒤늦게 이사벨라가 해리 대신 내게 사과를 했지만, 나는 갑작스러웠던 그때의 상황을 도무지 이해할 수 없었다.

일하러 걸어가는 발걸음이 이리도 느렸던 적이 없었다. 그동안 여행하며 축적되어 온 피로감에 이런 일까지 겹치니 기쁜 마음으로 임하려고 했던 의욕마저 꺾이는 듯했다.

"하! 정말 일할 맛 안 나네!"

나는 밭에 있는 돌을 고르며 애꿎게 돌덩이들을 바깥으로 내동댕이쳤다.

"애들아, 우리 한국 빨리 가자~"

그런 내 모습 때문에 한 말인지 아빠가 농담처럼 웃으며 뱉은 말이 나에게는 꼭 진심처럼 들렸다. 힘겹게 일을 마치고 숙소로 돌아가는 길, 여느 때와 다르게 입을 떼는 사람이 아무도 없었다. 어제까지만 해도 석류나무 옆을 지날 때면 농익은 열매에서 터져 나온 구슬 같은 석류 씨앗을 보는 것만으로도 좋아 입을 못 다물던 사람들이 말이다. 포플러나무는 어느 사이 앙상한 가지만 남은 게 쓸쓸해 보였다. 숙소에 도착하자 엄마가 잠시 이야기를 하자고 했다.

"규대 씨가 나한테 지나가는 말처럼 귀국 일정을 앞당기자고 한 게 벌써 여러 번이야. 규대 씨도 이제 힘이 드는 거지. 은빈이도 많이 힘들어 보이고. 수빈이도 우프나 헬프엑스 그만하자고 예전부터 그랬고…… 아무래도 이대로 지속하는 건 모두에게 무리인 것 같아."

"하지만 경자는 계속 여행하고 싶잖아."

오늘따라 아빠는 어깨를 축 늘어뜨린 채 힘이 없어 보였다.

"난 그렇지……"

"여행을 계속하고 싶은데 우프를 안 하면 어떡해? 그래도 농장에서 지내면서 숙박 비용이 덜 들어갔던 건데."

"난 우프 절대 안 해."

수빈이는 한결같은 어조로 말했다.

"은빈이는 어떻게 생각해?"

엄마의 질문에 나는 조금 망설여졌다.

"터키에 왔으니까 터키 전통 농가에서 꼭 한 번 지내보고 싶긴 한데…… 하지만 우프를 더 하면 아빠도 나도 너무 지칠 것 같아. 나도 몸이 예전 같지가 않아서 힘들어."

"방법이 하나 있어. 원래 우리가 농장 다니면서 중간중간 하기로 했던 관광 일정을 먼저 앞당겨서 한 번에 하는 거야. 그러면서 다음 일정을 천천히 생각해 보는 거지."

어떻게 해서든 엄마가 여행을 더 할 수 있기를 바라는 아빠의 절충안이었다.

"좋아!"

나와 수빈이는 흔쾌히 찬성표를 던졌다.

"그래, 그 생각 좋다!"

엄마까지 합의 완료!

"그런데 남은 자금이 넉넉지가 않아서…… 관광이 다 끝나고 우프를 안 하면 귀국 전까지 어떻게 보낼지 걱정이야."

여행 후반부로 접어들수록 엄마가 조금씩 돈 걱정을 하고 있다는 걸 난 이미 눈치 채고 있었다.

"여행하면서 생각해! 시간 많잖아."

태평하게 말하는 수빈이를 현명하다고 해야 할지 철이 없다고 해야 할지……

"그래, 그러자. 일단 계획을 바꿔서 관광하면서 좀 쉬는 걸로~ 규대 씨 말이 맞는 거 같아. 나는 그럼 미리 약속했던 다른 호스트들한테 못 간다고 연락해 놓을게. 그리고 규대 씨가 행선지 알려주면 숙소도 알아볼게."

언제부터인지 모르겠으나 숙소 선정과 예약은 엄마 몫이 되어 있었다.

"나는 맛집!"

이쯤 되면 수빈이는 유럽 맛집을 소개하는 블로그를 운영해도 될 것 같았다.

"그래, 그렇다면 나는 지도를 봐야겠군! 터키에서 운전하기가 어떠려나 좀 봐야겠다. 우리 다음 주부터는 배낭 짊어지고 다니지 않아도 돼."

아빠의 계획은 훌륭하다 못해 완벽했다. 아빠는 네 명이 버스 타고 움직이는 값이면 자동차 한 대 렌트하는 비용과 별 차이 없다며, 이미 차

렌트할 곳까지 다 정해놓았다고 했다.

"그럼 나는 뭐해?"

할 일이 없었다. 여행 초반에는 상상도 못할 일이었다!

"언니는 그냥 따라다녀."

수빈이가 웃었다.

방금 전까지 힘들다고 하던 사람들은 어디로 갔는지 보이지 않았고, 다들 새로운 계획으로 들떠 보였다.

우리끼리 자동차로 달린 터키 5천 킬로미터

해리와 이사벨라네를 떠나, 우리는 예정대로 차를 렌트했다. 차를 시험해 봐야 한다며 액셀을 힘껏 밟는 아빠, 한낮에 잠시 이즈미르Izmir의 폭주족이 되었다. 아빠는 기분을 내고 싶은지 라디오를 크게 틀었고, 스피커에서는 아랍 음악이 귀 따갑게 울렸다.

"어디든 갈 수 있어! 말만 해! 가다가 저기가 궁금하다 싶으면 당장 말해. 바로 차 세울 수 있으니까."

혼자서 껄껄껄 웃으며 운전대를 잡은 아빠는 여행 이래 가장 신나 보였다. 우리는 에페수스Ephesos를 향해 달리고 또 달렸다. 아빠는 국도를 따라 내비게이션도 없이 얼마 전 구입한 종이 지도를 보며 차를 몰았다. 내비게이션이 보편화되기 전, 초행길에 잠깐씩 정차하며 두꺼운 지도책을 꺼내 보던 옛 시절이 정겹게 떠올랐다.

에페수스에 도착하자 엄마는 지난밤에 벼락치기로 짜깁기한 정보를 다시 훑기 시작했다. 우리는 지역별로 한 사람씩 돌아가며 가이드를 맡기로 했는데 첫 주자는 엄마였다. 도시 전체가 유적지다 보니 어디서부터 관광을 시작해야 할지 가늠하기가 어려웠다. 엄마는 처음부터 우리가 가야 할 길과 정반대의 길을 가리켰다.

"엄마, 거기 아닌 것 같아. 사람들 다 저쪽으로 가는데? 저쪽이 맞는 거 같아."

"어머, 그러니? 맞네. 저 길이네!"

엄마는 유치원생처럼 수줍게 발길을 돌렸다.

"엄마, 저건 뭐야? 설명 좀 해줘."

우리는 사방으로 무너져 내린 돌덩이들과 초원을 지나 거대한 고대 건물에 다다랐다.

"자, 집중하세요. 설명해 줄게. 에페수스는 초대 7대 교회 중 한 곳이자 사도 바울의 전도 여행지였던 곳이야. 내가 성지 순례로도 꼭 와보고 싶었는데 이렇게 기회가 되네. 에페수스에는 사도 요한과 생의 말년을 여기서 보낸 마리아를 기념하는 예배당이 있어. 지금 우리가 있는 곳은 그 시대에 소극장으로 사용했던 곳이야."

목사님다운 안내였다.

"이게 소극장이라고? 아닌 것 같은데?"

아빠는 소극장을 한 바퀴 둘러보더니 엄마에게 물었다.

"원형 대극장이잖아! 이런~ 엉터리야, 엉터리!"

혀를 차는 아빠와 지도를 다시 확인하는 엄마.

"그래! 이렇게 큰데 어떻게 소극장이야? 이게 소극장이면 대극장은 도대체 얼마만 한 거야?"

나도 이상하다 싶었다. 에페수스는 터키에서 손꼽히는 관광지다 보니 무리 지어 다니는 패키지 관광객들이 즐비했다. 우리는 쉬엄쉬엄 돌아다니다 관광객 옆에 일행인 양 슬그머니 붙어 서서 가이드의 설명을 엿듣곤 했다. 가이드가 분명 나중에 사진 찍을 시간을 줄 거라 말했지만, 사람들은 인생 샷을 남기기 바빴고, 그러다 보니 대부분 가이드 혼자 외롭게 떠들고 있었다. 가이드는 유일하게 고개를 끄덕이며 경청하던 엄마와 내가 분명 고마웠을 것이다.

"이 길이 에페수스의 중앙로야. 크레테스 거리라고 불러. 이 길 양옆이 원래 다 상점이었대."

엄마는 아까 들은 가이드의 설명을 우리에게 전했다. 우리는 우두커니 서서 2천 년도 훨씬 더 전에 수많은 사람들이 활보하며 물건을 사고팔았을 시장 거리를 눈으로 그려보았다.

우리의 자동차 여행은 에페수스에 이어 터키 남서부에 위치한 고대 도시 히에라폴리스Hierapolis와 에메랄드빛 석회암 온천 지대 파묵칼레Pamukkale를 구경하고, 중부 지역의 실크로드로 이어졌다. 시인 루미Rumi의 도시 콘야Konya에서 나는 루미의 수피즘에 반해버리고 말았다. 전통 이슬람교 의식에서는 일체 사용하지 않는 음악과 춤을 가장 중요한 수행 도구로 삼는 점이나, 글을 몰라 코란을 읽지 못하는 보통 사람들과 배척당하던 많은 신자들을 포용한 이야기가 인상 깊게 다가왔다. 터키의 소도시들을 다니며 테러를 일삼는 이슬람 무장 단체 IS가 생각나 긴장을 놓지 못했던 나는 콘야를 돌아보고 난 후로 이슬람에 대한 모든 선입견이 사라졌다.

HAŞEMA
TESETTÜR MAYO
BIROL İÇ GİYİM
www.birolicgiyim.com

터키 여행을 하는 사이 즐거운 에피소드들도 많았다. 한번은 소금 호수인 투즈Tuz를 찾아가던 길에 이상한 길로 접어들어 울퉁불퉁한 비포장도로를 한참 달린 적이 있었다. 마침 밭에서 일하던 농부 할아버지가 계셔 길을 물으니 친절하게 터키어로 대답을 해주셨는데, 우리는 말을 전혀 알아들을 수 없었는데도 신기하게 소금 호수를 찾을 수 있었다. 또 으흘랄라 협곡Ihlara valley에 들어갔다가 밤이 되어 출구를 찾지 못해 당황하던 우리를 경비원이 에스코트해 준 일도 있었다. 자칭 비를 몰고 다닌다는 어느 한국 배낭 여행객을 우연히 세 곳에서 마주쳤는데 그때마다 정말 비가 와서 곤란했던 일도 있었고, 그밖에도 소소한 웃음을 안겨준 많은 일들이 있었다.

이제 괴레메Goreme, 카파도키아Cappadocia, 그리고 여행의 종착지 이스탄불Istanbul까지 신나게 달리다 보면 터키의 절반을 일주하게 될 것이다.

내가 바라는
여행의 엔딩

"나머지 남은 여행 일정을 어떻게 할까? 이제는 어떻게 할지 이야기를 더 미룰 수가 없어."

엄마가 걱정스런 얼굴로 말을 꺼냈다.

"그래, 결정하자. 한국으로 빨리 돌아갈지, 아니면 어떤 형태로든 여행을 계속할지. 너희 의견은 어떠니?"

나는 아빠가 어떤 생각인지 이미 짐작할 수 있었다.

"한국으로 빨리 가자."

수빈이가 제일 먼저 대답했다. 친구들이 수능을 치르고 난 뒤부터 진로에 대한 고민이 더 많아졌는지 그렇게 좋아하던 맛집도 찾지 않던 수빈이었다.

"엄마 생각은 어때?"

나는 물끄러미 엄마 쪽을 바라봤다.

"나야 여행을 더 하고 싶지. 근데 수빈이랑 아빠가 어서 가고 싶어 하니까, 여기서 더 지속하면 욕심 부리는 게 될 것 같아. 그래서 의견을 따르려고……"

나만 혼자 외톨이가 된 기분이었다.

"난 싫어. 이대로 떠나는 건 더더욱."

"이대로라는 게 어떤 건데?"

수빈이가 물었다.

"다들 지쳤잖아. 몸도 마음도. 모두가 만족스러울 때, 좋을 때 끝내는 게 아니잖아. 아직 터키 전통 농가도 못 가봤고, 이렇게 돌아가면 가서도 두고두고 찝찝할 거라고. 어쨌든 이 상태로 가는 건 싫어."

정말 그랬다. 계획했던 관광 일정이 막바지에 다가갈수록 우리의 기상 시간은 점점 늦어졌다. 아침에 일어나서도 엄마를 제외한 세 사람은 침대에 누워 핸드폰으로 영화나 예능 프로그램을 보며 시간 때우는 걸 더 좋아했다. 몸이 피곤한 탓도 있었지만, 장기 여행자들이 겪는 일종의 매너리즘 같기도 했다. 새로운 곳에 가도 똑같은 관광 놀이처럼 느껴지고, 똑같은 관광객들, 똑같은 기념품 가게들이 지루해지기 시작했다. 더 머무른다고 해서 소진된 에너지가 다시 차오를 거란 확신은 없었지만, 나는 아직 한국에 돌아갈 준비가 되어 있지 않았다.

"언니, 이게 더 진짜 여행을 한 기분이지 않아? 터덜터덜 집으로 돌아가는 모습이 여행을 더 열심히 한 사람들 같잖아."

수빈이 말을 들으니 내가 영화처럼 멋진 해피 엔딩을 바라고 있다는 걸 알게 되었다. 나는 결국 마지못해 예정보다 일찍 한국으로 돌아가는 데 동의했다. 그러나 귀국 일정이 앞당겨지고 나서부터 나는 줄곧 여행의 종착지인 이스탄불에서 뭔가 멋진 일이 일어나기를 기대하고 있었다. 다니엘처럼 생기 어린 눈빛을 주고받을 친구나 브루더호프, 12지파, 에코로니처럼 가슴 뛰게 하는 사람들을 만나는 그런 특별한 일이 벌어지기를 바라는……

하지만 우리에게는 아무 일도 일어나지 않았다. 일주일 후면 인천행 비행기를 타게 될 우리는 숙소에 틀어박혀 마치 히키코모리처럼 지냈다. 일어나는 시간도 제각각, 하루에 밥 한 끼도 겨우 같이 먹는 정도였다. 단 엄마는 제외였다. 아침에 숙소를 나간 엄마는 매일 해가 질 무렵 현관문을 열고 들어왔다. 혼자서 종일 이스탄불을 돌아다니다 와도 지친 기색이 하나 없었다.

"고등어 케밥이 생각보다 맛있던데, 혼자만 먹어서 아쉬웠어."

엄마가 목도리를 풀고 외투를 벗으며 말하면, 수빈이는 혹시나 엄마가 맛있는 걸 사왔을까 싶어 고개를 내밀곤 했다. 아빠는 담배 피우러 발코니에 나갈 때에나 이스탄불의 정취를 감상했고, 그것도 찬 겨울바람 때문에 오래 있지 못하고 금방 안으로 들어와 노트북 앞에 앉았다.

나도 방 안에서 대부분의 시간을 보냈다. '한국에 가서 뭐 하지?' 온

통 그 생각뿐이었다. 구직 사이트를 들어가 보고, 워킹홀리데이 정보를 찾아보고, 재즈 피아노를 배울 수 있는 곳을 알아보며 입술을 물어뜯었다. 인터넷으로 시리아 내전과 난민에 대한 글을 읽으며 구호 단체에서 활동하고 싶다는 생각도 했다. 다시 농장에 돌아가서 일하는 상상도 해봤지만, 몇 달 전 농장 친구들이 뿔뿔이 흩어지면서 환경이 많이 달라졌다는 소식을 듣고 나서는 마음이 많이 접혀져 있었다.

하루에 다섯 번, 이스탄불은 온 도시가 사원의 기도 소리로 진동했다. 저녁 무렵 나는 숙소의 맨 꼭대기 층으로 올라가 노을이 물든 이스탄불의 주홍빛 하늘을 바라보았다. 어지러이 흩어져 있는 구름들 사이로 초저녁 손톱달이 보이고, 허공을 나는 갈매기들이 도시의 잔 불빛들에 비쳤다.

빼곡하게 들어선 주택들 너머로 멀지 않은 곳에 이슬람 사원이 보였다. 불현듯 저 사원에 가고 싶다는 충동이 일었다. 나는 곧장 옷을 챙겨 입고 세 블록 떨어진 거리의 사원으로 걸어갔다. 문 앞에 가지런히 놓여 있는 여러 켤레의 신발을 지나 예배를 드리는 여성들 사이에 가서 조용히 앉았다. 기도 소리도 알아들을 수 없고, 벽면에 적힌 아랍어도 읽을 수 없었지만 그냥 앉아 있는 것만으로 좋았다. 사람들이 늘어나며 자리가 점점 비좁아져도 괜찮았다. 기도하는 사람들 모습을 보며 덩달아 내 마음도 편안해지는 느낌이었다. 기도는 힘을 빼는 시간 같다. 힘이 들어간 몸을 편안하게 풀고, 꽉 움켜쥐고 있는 마음을 내려놓는 시간, 나에게 그런 시간이 필요했었나 보다.

잠시 눈을 감고 가만히 내 마음을 들여다보았다. 쓸모없는 사람이 될까봐 전전긍긍하는 마음들이 보였다. 나는 내 바깥에서 사랑을 찾아다

니던 어느 날처럼 사람들이 나를 인정해 주기를, 나를 언제나 필요로 해 주기를 바라고 있었다. 그저 가만히 그 마음 곁에 머물렀다. 그리고 그냥 '그랬구나' 하고 그 마음을 바라봤다. 그 순간 마치 버튼을 누른 것처

럼 눈물이 핑 돌았다. 다시 마음의 중심을 찾아가는 듯한 기분이었다.

여전히 미래는 알 수 없고, 기대했던 어떤 일도 벌어지지 않았지만, 숙소로 돌아오며 들이마시는 밤공기가 더없이 신선했다.

진로 상담에는 나이 제한이 없습니다

어쩐 일로 수빈이가 우리를 다 불러 모았다. 거실에 앉은 우리는 수빈이의 입이 벌어지기만 기다렸다.

"내가 그동안 내 진로에 대해서 이야기를 잘 안 했었어. 왜냐면 아직 확신이 없었거든. 뭔가 정해진 다음에 이야기를 하고 싶었어. 한국에 돌아가면 스무 살인데 나도 이제 앞으로 어떻게 할지 결정해야 할 것 같아서……"

다음 이야기가 궁금한 우리는 장난감 인형들처럼 고개를 끄덕였다.

"고민하다 보니 내가 살아온 지난 19년을 돌아보게 되었어. 그 이야기부터 해야 할 것 같아. 난 지금까지 살면서 초등학교 때가 내 리즈 시절이었던 거 같아. 자신감 있고 선생님도 친구들도 너무 좋고, 늘 일등하고, 스케이트 선수에서부터 풍물, 밴드부, 전교회장, 이것저것 안 해본 것 없고. 중학교 때도 늘 공부 잘하는 일등 학생이었어. 그러다 고등학교에 가서 충격을 받았어. 지역에서 최상위권 애들만 모여 있으니까 정말 열심히 공부하는데도 안 되는 거야. 나는 걔네들하고 시작부터가 다른 느낌…… 그러면서 나랑 비슷한 친구들하고 모여 우린 안 된다고, 뭘 해도 안 된다고 그랬었어."

수빈이의 말 마디에 쉼표가 점점 길게 늘어졌다.

"지금 보니까 나는 그때부터 패배감에 빠져 살았던 거 같아. 나는 뭘 해도 안 된다고 하면서……"

꽉 쥔 주먹으로 재빨리 눈물을 훔치는 수빈이.

"나 검정고시 보고 수능 준비하려고. 나의 한계를 넘어보고 싶어. 이대로 살다가는 정말 평생 흐지부지 살게 될 것 같아. 나는 뭘 해도 안 된다는 생각을 이제 뛰어넘어 보고 싶어. 나 스스로를 위해서. 그러면 내가 스스로에 대한 자신감도 다시 찾을 수 있겠지?"

수빈이 얼굴을 지켜보던 나도 눈물을 찔끔 흘렸다.

"그리고…… 이렇게 이야기 나눌 수 있는 가족이 있다는 게 너무 고마워."

수빈이는 꽤 오랫동안 고여 있던 웅덩이에 물길이라도 난 듯 눈물을 그치지 못했다.

"그래. 그게 뭐든 간에 너는 스스로에 대한 자신감을 찾게 될 거야. 걱정하지 마."

아빠가 박수를 치기 시작했고, 나와 엄마도 합세했다.

"엄마 아빠는 이번에 입시 정보 같은 것들 알아봐 줘야 해. 다른 건 못해도 이건 정말 해줘야지, 한 게 뭐가 있어?"

하지만 수빈이의 마지막 말은 우리의 감동을 단박에 깨뜨리고 말았다.

"야, 너야말로 엄마한테 의지하는 게 얼마나 많아? 아침에 늦게 일어나면 자기가 안 일어난 걸 왜 엄마한테 안 깨웠냐고 짜증내고. 너를 극복하고 싶은 거라면 네가 너의 생활을 주체적으로 해나가는 것부터 시작해. 엄마 탓하지 마."

순간 내가 질책하듯 말했다. 잠시 정적이 흐른 뒤 엄마가 입을 열었다.

"내 인생 통틀어서 에너지 쓴 걸 보면 8할은 자식들을 위해 썼어. 2할은 나를 위해서나 부모를 위해서 썼고. 난 정말 할 만큼 했다고 생각해.

너희가 엄마는 못했다 어쨌다 하지만 그건 너희 몫이야. 나는 네가 말한 것처럼 입시 알아보고 그런 거 못해. 어떻게 하는지도 모르겠고. 다만 늘 그래왔던 것처럼 엄마는 엄마의 몫을 할 거야."

엄마의 말에 아무도 뭐라고 이의를 달 사람은 없었다. 수빈이가 눈물을 닦아낸 화장지는 말라가고, 아무도 서로의 눈을 쳐다보지 못했다. 아빠가 군기침을 하며 낮은 목소리로 이야기를 시작했다.

"수빈아, 너는 지금 너의 진로, 너의 인생 설계를 가족들과 공유한 거잖아. 근데 그건 너만의 고민이 아니야. 아빠도 그렇고, 언니도 그렇고, 엄마도 그렇고, 다들 너처럼 앞으로의 진로에 대해 고민하고 있어. 언니도 말은 안 했어도 내가 볼 땐 고민이 많을 거야. 그리고 아빠도 매일 밤잠을 못 자고 늘, 아니 여행을 시작하던 날부터 늘 고민하고 있어. 앞으로 뭘 해야 할까…… 농사로 벌어서 우리 가족들 다 먹고살기는 어렵잖아. 몸도 골병이 들었고. 예전 같으면 힘들지 않았을 일들이 올해 우프하면서 보니까 너무 힘들었거든. 이젠 다른 일을 찾아봐야 하는 상황인 거야. 뭐 하지? 뭐 할까? 이런 고민…… 엄마야말로 깜깜할걸? 아빠는 돌아가면 밭이라도 있잖아. 목사가 교회를 떠났으니 어찌 보면 제일 암담할지 몰라."

귀국을 며칠 앞두고 우리는 텅 빈 논바닥에 물이 차듯 여러 가지 감정과 생각이 가득했다가 여름 장마에 툭 하고 논둑이 무너지듯 마음의 둑이 무너지며 애써 정리한 생각들이 모두 쓸려나가는 듯한 경험을 여러 번 반복했다. 아무리 눈을 감았다 떠봐도 집으로 돌아간 뒤 우리의 일상이 어떨지 그려지지 않았다.

다시 겨울,
그리고 집

한국에 돌아왔다. 제일 반가운 건 다름 아닌 도처에 한글로 새겨진 표지판들이었다.

"언니! 저기 봐! 잃어버린 짐이래, 잃어버린 짐. 왜 이렇게 웃기지? 푸하하!"

웃고 있는 수빈이의 옆에서 나는 한글을 아랍어처럼 한 자 한 자 떼어가며 읽었다.

"잃.어.버.린.짐."

우린 드넓은 세상에서도 참 작은 나라에 살고 있었다. 인천공항을 빠져나가는 고속도로 양옆으로 고층 아파트들이 레고 블록처럼 다닥다닥 서 있었다. 잠시 정류장에 멈춰선 버스 안으로 똑같은 스타일의 투블록 커트를 한 중학생 남자아이들이 탔다. 유행하는 신발, 비슷한 옷차림…… 역시 한국이었다.

이튿날 아침, 이불 속에 누운 채 창문 쪽을 바라보니 뿌옇게 김 서린 창과 눈 내린 창밖 풍경이 묘하게 어우러져 한 폭의 아름다운 추상화를 그려낸 것 같았다. 창밖의 나무들은 흰 눈으로 된 가지가 밤새 새로 돋아난 것처럼 하얗게 변해 있었다. 그동안 사람 손길을 타지 않아 기다랗게 자란 잡초들이 겨울 바람에 흔들리며 서로 부딪치고 있었다. 그때 밥솥의 신호음이 들렸다. 동시에 하얀 증기가 수직선을 그으며 뿜어져 나오고, 부엌에서는 구수한 들기름 향과 김치찌개 끓는 냄새가 흘러왔다.

"일어나! 밥 먹어."

늦잠 자는 우리를 깨우는 사람은 늘 엄마였는데, 지금 저 목소리는 엄마가 아닌 수빈이의 목소리였다. 어쩐지 잠자던 옆자리가 허전하더라니.

"어서 일어나. 밥 식는다!"

수빈이는 안방 문을 벌컥 열고 익살스럽게 엄마 행세를 했다.

"나는 더 자고 싶어~"

엄마와 아빠는 퉁퉁 부은 얼굴을 이불 속으로 숨겼다.

"지금이 몇시인 줄 알아? 잘 만큼 잤어. 일어나!"

나도 부스스한 머리를 대충 묶고 나가 수빈이 옆에 서서 엄마 아빠를 귀찮게 했다.

"아우~ 왜 이래들!"

고요한 겨울 낮의 아우성소리가 정겨웠다. 하는 수 없이 일어난 아빠는 졸린 눈으로 냉장고에서 감 한 개와 귤 두 개를 꺼냈다. 입이 쩌억 벌어지게 하품을 하고 오물오물 귤을 까먹고 나더니 아빠는 남아 있는 감 한 개를 깎았다. 아빠는 과일 껍질을 끊김 없이 얇게 깎아서 마치 긴 용수철처럼 늘어뜨리곤 했다. 아빠는 먹기 좋은 크기로 반듯하게 자른 감을 그릇에 담아 내어놓더니 자리에서 일어났다. 아빠는 애초부터 감을 먹을 생각이 없었다. 감 좋아하는 딸들에게 내미는 아빠의 작은 마음인 것이다. 드러내지 않을 뿐 아빠는 늘 그렇게 우릴 사랑했다.

예전에도 아빠는 오늘처럼 감을 깎아주었지만, 그때의 나는 이런 사랑을 알아차리지 못했었다. 사랑을 인식하는 회로가 여행 후에 업그레이드되었나 보다. 26년 치 징징거림을 1년 동안 다 해서 이제 더 바랄 게 없어서 그런가? 사랑을 알아보기에 좁디좁은 시야를 가졌던 나는 사랑이라 여기는 범위 또한 협소했는데, 그 모든 기준을 내려놓으니 도처에서 사랑이 서서히 보이기 시작했다. 아빠가 나를, 엄마가 나를, 수빈이 나를 아끼고 사랑하는 방식들이 눈에 들어오기 시작했다.

우리는 1년여 시간 동안 애환을 함께해 온 가방을 비워내고, 그 대신 비어 있던 집 안의 서랍들을 차곡차곡 채워갔다. 아무런 계획도 하지 않았다. 그저 당분간은 '해야만 하는' 것들을 서둘러 찾지 않기로 했다. 마치 아직 여행이 끝나지 않은 사람들처럼.

1년 후, 변한 것과 변하지 않은 것

"나, 우리 학번에 모르는 사람이 없어. 친구들도 다 좋아, 진짜."

오랜만에 가족들이 한 집에 모였다. 얼마 전 대학에 입학한 동생은 그토록 바라오던 서울 생활을 시작하고는 한동안 깜깜무소식이었다.

"근데 나 전과할래. 사회과학 너무 어려워. 영어학과로 바꿀까봐."

"자퇴해도 돼."

아빠는 태연스레 말하며 구운 갈치 살을 발라 동생 밥그릇에 얹어 주었다.

"아! 뭐래! 아빠한텐 무슨 말도 못해~"

"진짜야! 대학 들어가려고 그렇게 열심히 공부해 봤으니까 됐지 뭐!"

수빈이는 자기의 한계치를 무너뜨리며 마치 수행을 하듯 수능 공부를 했다.

"그래도 자퇴가 뭐야!"

"하고 싶으면 하는 거지 왜 못해?"

둘의 대화를 들으며 엄마와 내가 웃었다.

"엄마는 학원 어때?"

최근에 학원의 생활 담임으로 취직한 엄마는 업무 특성상 주말에만 집에 왔다. 그동안의 이력과 아무런 상관이 없는 직장에 들어가 새로운 도전을 시작한 엄마가 참 대단했다.

"마음이 편해. 어쩌면 집에 있는 것보다 편해. 밥도 삼시세끼 다 주지, 청소도 내 방만 하면 되지, 같이 일하는 선생님들도 다들 훌륭하고. 학생들한테 대하는 거 보면 정말 대단해. 존경스러워, 진짜."

엄마는 당분간 교회에는 돌아가지 않을 거라고 했다. 어느 자리에서든 고요히 예배와 기도를 드리는 엄마의 마음이 고스란히 전해져 왔다.

"엄마는 일이 힘들지도 않나봐. 어떻게 전보다 얼굴이 더 밝아졌어?"

수빈이가 본 그대로였다. 아빠는 농사를 정리하고 전국을 돌아다니며 한옥을 지었다. 13년 전 아빠가 직접 설계하고 손수 흙과 나무로 우리 집을 지었는데, 그게 주변 사람들에게 소문이 나 종종 상담도 해주고 도와줬던 게 일이 된 것이다. 지금도 아빠를 찾는 사람들이 끊이질 않는다.

나는 귀국하고 여독을 채 풀기도 전에 예상보다 빨리 한 회사에 취직했다. '어린이 농부학교'를 운영하며 아이들과 밭에서 사계절을 보내는 일을 하다 얼마 전 그만두고 모처럼 집에서 백수 생활을 즐기는 중이다.

"그나저나 언니, 연애 사업은 어떻게 되어가?"

최근 나는 연애를 시작했다.

"잘 지내기는 하는데, 요즘 그 친구가 뭘 해도 자꾸만 맘에 안 들어…… 가만 보니까 내가 우리 여행할 때 가족들한테 들이댔던 기준들 있잖아, 아빠라면 이러이러해야 한다 같은…… 그 친구한테도 계속 그렇게 뭘 바라는 거 같아."

나를 제외한 세 사람이 기겁을 했다.

"어머, 그 친구 너무 안됐다. 어쩜 좋아……"

엄마는 국을 떠 담던 그릇을 내려놓고 혀를 찼다.

"내가 너한테 아직 말을 안 해서 그렇지, 아직도 너한테 앙갚음할 게 남아 있어! 너 그러면 안 돼, 정말."

아빠는 농담 반 진담 반으로 내게 말했다. 모두들 지난 여행중 나에게 겪었던 수모를 떠올리며 하나로 똘똘 뭉치는 것 같았다.

며칠 뒤 엄마는 기숙 학원으로, 아빠는 한옥을 지으러 지방으로, 수빈이는 자취하는 서울로, 다들 각자의 자리로 떠나고 집 안에 나 혼자 덩그러니 남겨졌다.

'그러고 보니 가족들이 다시 다 뿔뿔이 흩어졌잖아?'

가족이 떨어져 사는 건 두 번 다시 겪고 싶지 않다며 눈물을 뚝뚝 떨어뜨리던 예전의 내가 떠올랐다. 그랬던 내가 어느새 텅 빈 집에 홀로 있으며 내 안 깊숙한 곳에서부터 올라오는 감사함을 마주하고 있다. 떨어져 있든 함께 있든 그건 중요치 않다. 지금 이 자리에서 있는 그대로 모든 게 충분하다는 걸 알아차리며, 그저 감사할 뿐이다.

"잠시 떨어져 있거나 다른 곳에 있거나 항상 함께하고 있음이 가족임을 우리 잊지 말자.— 큰딸을 사랑하는 아빠."

열여덟 내 생일날 아빠가 작은 엽서에 써줬던 그 말의 의미를 1년간의 가족 여행을 통해 알게 된 스물여덟 살의 나는 더 이상 울지 않았다. 누구나 자신의 인생 스토리가 있다. 줄줄 외울 수 있을 만큼 가슴 깊이

우리 집 앞마당에 있는 네 사람의 자리.
우린 가족이지만, 가족이기 전에
하나씩 우뚝 서 있는 저 나무기둥처럼
자신의 삶을 살아가는 한 사람이었다.

각인된 저마다의 레퍼토리들이 있다. 나에게는 오래 떨어져 살았던 아빠의 부재, 남성에 대한 혐오감, 그리고 그들이 나를 해칠지도 모른다는 망상이 그런 것이었다.

여행은 내가 얼마나 오랫동안 그 마음들을 지니고 살아왔는지 여실히 바라보게 했다. 가족은 나의 그런 모습을 적나라하게 비춰주는 거울이었고, 여행에서 만난 소중한 인연들은 내가 가야 할 방향을 가리켜주는 나침반 같은 존재들이었다. 덕분에 나는 정체되고 고립된 채 같은 곳만 빙빙 돌던 과거의 관성에서 벗어나 새로운 길에 들어설 수 있었다. 이제야 어린이 티를 벗고 어른이 된 것 같달까? 인생의 새 챕터를 막 시작한 기분이다.

스스로를 묶어두고 한계 짓던 마음들로부터 거리를 두는 힘이 커질수록 나 자신을 이해하고 품어 안는 힘도 동시에 커졌다. 내가 나 자신을 있는 그대로 받아들이니 내 마음대로 규정하고 판단해 왔던 가족들의 모습도 있는 그대로 받아들일 수 있게 되었다. 누구도 고정되어 있는 사람은 없다. 내가 고정된 틀로 바라볼 뿐이다. 우리 모두는 매 순간 변화하고 새로워지고 있다. 아빠이기 전에 박규대로, 엄마이기 전에 송경자로, 동생이기 전에 박수빈으로 만나니 전보다 더 깊게 그들과 연결된 느낌이 들었다. 이전의 관계는 마치 그동안의 경험을 토대로 나의 익숙한 생각 속에서 만들어낸 가상의 인물들과 가졌던 것처럼 여겨질 정도로…… 나는 내 관점에서 그들을 생각하기보다 그들이 행복하기 위해 정말 원하고 필요로 하는 것이 무엇일지 그들 편에서 질문하기 시작했다. 그 다음 내가 정말 할 수 있는 것들은 무엇인지 고민하였다.

인생은 오르락내리락 롤러코스터 같은 것이기에 우리에게는 앞으로 웃을 일만큼이나 다툴 일도 많을 것이다. 확실한 건 우리가 전보다 함께 있는 시간을 좋아하게 되었고, 함께 웃는 시간이 더 많아졌다는 것이다. 그리고 우린 서로에게 더 솔직해졌다. 어느 날 우리에게 힘든 시기가 찾아올지라도 나는 피하거나 싸우기보다 있는 그대로 수용할 수 있는 한 사람이 되어주고 싶다. 우리 중 누군가 슬퍼하더라도 나는 그 슬픔에 휘둘리기보다 가만히 옆에서 그가 슬픔과 잘 조우할 수 있도록 함께해 주고 싶다.

우리가 행복하기 위해 내가 할 수 있는 일은 내가 먼저 정말로 행복해지는 것, 행복한 마음을 잃지 않는 것, 그래서 우리가 행복할 수 있도록 돕는 것이란 걸 알게 되었다. 행복을 잃지 않도록 늘 자신을 지키며 그렇게 그들 곁에서 살아갈 것이다.

"잠시 떨어져 있거나 다른 곳에 있거나
항상 함께하고 있음이 가족임을 우리 잊지 말자.
—큰딸을 사랑하는 아빠."

부록★여행 팁

여행 기간에 대하여

우리는 모두 관광 비자로 움직였다. 영국은 관광 비자로 최대 6개월 체류가 가능하다. 쉥겐조약 국가(유럽연합회원국, 즉 EU 간 무비자 통행을 규정한 국경 개방 조약에 가입한 국가, 현재 26개국이 가입됨)는 최대 3개월, 비쉥겐조약 국가도 최대 3개월이다. 모두 합쳐 유럽에서 비자 고민 없이 12개월을 여행할 수 있다.

장기 여행시 다른 유럽 국가에서 영국으로 들어가는 건 영국의 까다로운 입국 심사 때문에 추천하지 않는다. 유럽 여행의 시작은 영국부터 하는 것을 추천한다.

농장과 공동체에서는 얼마나 지낼 수 있을까? 여행 취향에 따라 머무는 기간을 달리할 수 있다. 우리 가족은 다양한 농장과 공동체를 경험하고 싶어 각각의 장소에서 2주 정도의 시간을 보냈다. 자신과 맞는 곳인지 알 수 없으니 먼저 1~2주 정도의 기간으로 호스트와 약속하는 것이 좋다. 우리도 약속했던 기간보다 더 머무르고 싶어지는 경우가 생겨, 그곳에 가기로 한 날로부터 2~3일 전에 호스트와 이야기를 나누어 한 달 이상을 지내기도 했다.

도착한 후에 혹시나 맞지 않은 곳으로 판단되면 호스트와 상의하여 약속했던 시간보다 일찍 떠날 수도 있다.

우프WWOOF

1970년대 영국에서부터 시작된 것으로 유기농가와 자원 봉사자를 연결하는 세계적인 네트워크. 금전적인 교환이 없는, 신뢰를 바탕으로 문화 교류와 교육 기회를 넓히고 자연과 공존하며 지속 가능한 글로벌 사회를 만드는 운동이다.

여행할 나라의 우프 지부에 36,000원 정도의 가입비를 내면 우퍼로서 활동할 자격이 주어진

다. 동시에 우프 호스트 목록을 열람할 수 있다. 원하는 지역 혹은 형태에 따라 공개되어 있는 호스트의 연락처/이메일로 우핑 희망을 요청하면 된다.

나라별·농장별로 숙식 제공 여건이 모두 다르다. 주로 주 5일, 하루 4~5시간 일손을 돕고 숙식 제공을 받는다. 중요한 건 호스트와 소통하며 상황에 맞게 조율하는 것이다.

우프 전세계 네트워크 본부 http://www.wwoof.net/

우프 한국 지부 http://wwoofkorea.org/

배낭 vs 캐리어

자유 여행과 장기 여행의 상징은 당연히 배낭! 하지만 막상 다녀보니 캐리어도 괜찮을 뻔했다. 오지 탐험이 아닌 이상 캐리어도 괜찮다. 하지만 혼자서 떠나는 여행이라면 한 몸으로 움직일 수 있는 배낭이 낫다. 3~4명 무리지어 떠나는 여행이라면 한 명 정도는 캐리어를 들고 무거운 공용 짐들을 나눠 넣길. 무거운 배낭은 가위바위보로 돌아가며 메고, 가끔은 캐리어를 끄는 행운을!

요긴한 것 vs 의외로 필요 없는 것

- **요긴한 것 :** 미용 가위, 담요/침낭, 손전등, 요리에 필요한 기본 양념류, 멸치, 압축팩, 김장 비닐
- **의외로 필요 없는 것 :** 집집마다 기본적으로 보드 게임을 구비하고 있으니 게임 도구는 가져갈 필요 없다. 쌀은 어디서나 살 수 있다. 두루마리 화장지, 자물쇠, 책(E-book으로 보세요), 우비

세계의 영성 공동체를 찾는 방법

FIC(Fellowship for Intentional Community)

전 세계 곳곳에 있는 영성 공동체들의 디렉토리를 제공한다.

http://www.ic.org/

이곳에서도 찾아봐요!

'가드닝, 지속 가능, 순환, 로컬, 농사, 농촌'과 같은 키워드에 관심이 있다면 아래 네트워크에서도 현재 이뤄지고 있는 다양한 프로젝트들을 확인할 수 있다.

http://permacultureglobal.org/

http://www.transitionnetwork.org/

카우치서핑Couchsurfing과 헬프엑스HelpX 외에도 아래와 같은 여행 형태도 가능하다.

https://www.workaway.info/

http://www.servas.or.kr/

영국으로 간다면 여긴 꼭!

영국 내 모든 공동체들을 아우르는 네트워크, 디거 엔 드리머Diggers and Dreamers.

도시 내 주거협동조합에서부터 숲속에서 전기 없이 사는 생태 공동체에 이르기까지 다양한 공동체들을 찾아볼 수 있다. 실제 많은 영국인들이 귀농 · 귀촌을 고려할 때 이곳을 애용한다.

http://www.diggersanddreamers.org.uk

사계절 농사일을 하기 위한 필수 아이템

추운 겨울에는 얇은 긴팔을 여러 겹 입는 걸 추천. 조끼로 된 패딩도 유용하다.

바지는 편안한 청바지가 좋다. 면바지는 쉽게 뜯어진다. 겨울 바지를 따로 가지고 갈 필요도 없다. 기존의 바지 안에 쫄바지나 내복을 입으면 딱이다.

목장갑은 각 농장이나 공동체에서도 얻을 수 있지만, 이상하게도 유럽 농부들은 모자도 장갑도 잘 착용하지 않는다. 튼튼한 자기 목장갑을 가지고 있으면 혹시나 목장갑이 없는 상황을 대비할 수 있다.

팔토시가 있으면 반팔을 입었을 때 나머지 드러난 부위의 살이 타는 것을 막을 수 있다. 살을 태우고 싶은 분들은 없어도 된다.

목수건 혹은 커다란 손수건은 땀을 닦거나 목이 타는 것을 방지할 수 있다.

시장에 가면 발목까지 오는 가벼운 공기 장화를 구할 수 있다. 고무로 된 장화보다 공기 장화가 훨씬 가볍고, 운동화는 젖거나 더러워지면 관리하기 어렵다. 공기 장화 추천!

챙이 넓은 일 모자, 바람에 날아가지 않도록 묶을 수 있는 모자여야 편리하다.

선크림은 괜히 많이 챙겨가지 말고 그때그때 사자.

돈

돈은 쓰기 나름이다. 크게 두 가지 경우로 나눠보자면 아래와 같다.

- 농장과 공동체에서 지내는 경우: 교통비, 개인 소모품, 간식, 인근 소도시 관광비(교통비+입장료+식대 등) 4인 기준, 한 달 총지출 692,000원
- 우프와 관광을 겸하는 경우: 교통비, 스위스 5일 관광/파리 3일 관광(교통비+식대+숙박비+입장료 등) 4인 기준, 한 달 총지출 3,475,000원

OFF-Grid로 사는 사람들

Off-Grid란 가스와 전기 없이 생태적으로 사는 형태를 말한다. 그들의 삶이 궁금하다면 웨일즈 서쪽 끝 펨브룩셔Pembrokeshire 뉴포트Newport 인근 골짜기로 가보자.

그 단계도 여러 가지라 처음 접하는 사람이라면 브릿트마 공동체를 추천한다. 그 이웃에 개인 혹은 공동체 형태로 다양한 사람들이 Off-Grid 형태로 살고 있으니, 더욱더 원시적인 삶이 궁금하다면 브릿트마 사람들에게 문의할 것.

http://www.brithdirmawr.co.uk/

와이파이, 꼭 필요한가요?

그때그때 충전해서 쓰는 요금제를 추천한다. 농장이나 공동체 등 어딜 가나 와이파이를 사용할 수 있으니 따로 마련하지 않아도 된다. 우리는 처음 한 달 정도만 와이파이 무제한 요금제를 쓰고 이후에는 사용하지 않았다. 어딘가를 찾아가야 할 때 지도는 미리 캡처해 놓으면 충분하다. 긴급한 상황에는 근처 카페, 호텔 등을 이용!

웨일즈에 간다면

세인트 데이빗St.david's에서의 하이킹, 해변에서의 여유로운 하루를 만끽해야만 한다.

해변가를 도는 마을 버스(Pembrokeshire Coastal Bus Services)가 있으니 버스 타고 여행하는 것도 추천!

우프, 헬프엑스 등 그 어디에도 속해 있지 않은 곳은?

몇몇 곳은 내가 구글링을 통해 직접 접촉을 하였다. 세상 어딘가에는 내가 상상했던 것들이 이미 벌어지고 있으니, 관심 있는 분야와 주제가 있다면 넓디넓은 구글의 세계를 뒤져볼 것. 그리고 관련 단체에서 지내며 배울 수 있는 형태를 직접 제안해 볼 것.

생태공동체를 찾아라!

전 세계의 에코 빌리지, 생태 공동체들을 찾을 수 있다. 또한 다양한 포럼, 교육들도 진행한다.

이곳의 디렉토리를 참조하여 원하는 곳을 방문해 보자.

http://gen.ecovillage.org/

독일의 소농들

개인적으로 농업의 다양한 형태 중 꾸러미CSA에 관심이 있었다. 아래 사이트에서 독일 내에 꾸러미를 하는 다양한 농장들에 대한 정보를 찾을 수 있다. 개별 연락이 어렵다면 위 네트워크의 담당자에게 자초지종을 설명하면 친절히 답변해 준다.

http://www.solidarische-landwirtschaft.org/

유럽의 젊은 농부들

유럽 젊은 농부들의 상황, 현위치를 살펴볼 수 있는 좋은 곳이다. 그들이 어떻게 사는지 궁금하다면 아래 사이트를 방문해 보길.

http://future-farmers.net/

우유니 소금 사막

우유니 소금 사막을 보는 게 평생 소원 중의 하나였다. 하지만 볼리비아까지 갈 필요가 없었다. 터키, 악사라이Aksaray에서 앙카라Ankara 가는 길에 있는 투즈Tuz 호수가 바로 소금 호수다.

이슬람 나라를 여행한다면

《신의 정원에 핀 꽃들처럼》(신학자 현경이 이슬람 순례를 통해 얻은 99가지 지혜)을 꼭 읽어보기를 추천한다. 혹은 2006년도 《한겨레신문》에 현경 교수가 연재한 이슬람 순례기를 인터넷에서 열람해 보길!

선물 가게를 지나야 출구

어느 관광지를 가나 선물 가게를 지나야만 출구가 나온다. 꼭 기념품을 사야 할까? 그보다 더욱 멋진 선물이 있다! 카파도키아를 거닐다 만난 꽃을 책 사이에 끼워 말려 나중에 책갈피로 만드는 건 어떨까? 산토리니 해변에 반짝이던 조약돌은? 그때 그 장소, 그 시간을 기념하며 세상에서 하나뿐인 선물을 전하자.

샨티의 뿌리회원이 되어
'몸과 마음과 영혼의 평화를 위한 책'을 만들고 나누는 데
함께해 주신 분들께 깊이 감사드립니다.

개인

이슬, 이원태, 최은숙, 노을이, 김인식, 은비, 여랑, 윤석희, 하성주, 김명중, 산나무, 일부, 박은미, 정진용, 최미희, 최종규, 박태웅, 송숙희, 황안나, 최경실, 유재원, 홍윤경, 서화범, 이주영, 오수익, 문경보, 최종진, 여희숙, 조성환, 김영란, 풀꽃, 백수영, 황지숙, 박재신, 염진섭, 이현주, 이재길, 이춘복, 장완, 한명숙, 이세훈, 이종기, 현재연, 문소영, 유귀자, 윤홍용, 김종휘, 이성모, 보리, 문수경, 전장호, 이진, 최애영, 김진회, 백예인, 이강선, 박진규, 이욱현, 최훈동, 이상운, 이산옥, 김진선, 심재한, 안필현, 육성철, 신용우, 곽지희, 전수영, 기숙희, 김명철, 장미경, 정정희, 변승식, 주중식, 이삼기, 홍성관, 이동현, 김혜영, 김진이, 추경희, 해다운, 서곤, 강서진, 이조완, 조영희, 이다겸, 이미경, 김우, 조금자, 김승한, 주승동, 김옥남, 다사, 이영희, 이기주, 오선희, 김아름, 명혜진, 장애리, 한동철, 신우정, 제갈윤혜, 최정순, 문선희

단체/기업

주/김정문알로에 KIM JEONG MOON ALOE CO., LTD. 한경재단 design Vita PN풍년
사단법인 한국가족상담협회·한국가족상담센터 생각과느낌 소아청소년 성인 몸 마음 클리닉
경일신경과 | 내과의원 순수피부과 월간 풍경소리 FUERZA

이메일로 이름과 전화번호, 주소를 보내주시면 샨티의 신간과 각종 행사 안내를 이메일로 받아보실 수 있습니다.

전화 : 02-3143-6360 팩스 : 02-6455-6367
이메일 : shantibooks@naver.com